庫

31-042-10

荷 風 俳 句 集

加 藤 郁 乎 編

岩 波 書 店

凡　例

一　本書は、永井荷風の俳句、狂歌、小唄、端唄、琴唄、清元、漢詩、俳句にかかわる随筆を、編纂したものである。

一　底本には、『永井荷風日記』(全七巻、東都書房、一九五八―一九五九年)、中央公論社版『荷風全集』(全二十四巻、一九四八―一九五三年)、岩波書店版『荷風全集 第二次』(全三十巻・別巻、二〇〇九―二〇一一年)、『葛飾土産』(中央公論社、一九五〇年)、『荷風句集』(細川書店、一九四八年)、『罹災日録』(扶桑書房、一九四七年)、『荷風日歴』(上・下巻、扶桑書房、一九四七年)、『冬の蠅』(私家版、一九三五年)、岩波書店版全集未収録の色紙短冊等の墨蹟、荷風以外の著者による単行本、随筆を用いた。各作品の出典については、「注解」を参照されたい。

一　俳句は、最初に荷風自選による「荷風百句」(『おもかげ』岩波書店、一九三八年所収)を掲げ、次に「荷風百句」収録句以外の寓目し得た俳句を年次順を原則として排列した。但し、一つの句の類型句が複数年にわたる場合は、初出の句の後にまとめた。年次不詳の俳句は、「俳句」の末尾に季別で収録した。

一 「断腸亭日乗」収載の作は、著者により公刊された最終仕上げ本である『永井荷風日記』(東都版)を、第一の底本とした。「東都版」に収録されていない作は、中央公論社版『荷風全集』(中公版)、岩波書店版『荷風全集』(岩波版)を底本とした。

一 「写真と俳句」には、『おもかげ』、『濹東綺譚』(私家版、一九三七年)、『葛飾土産』(中央公論社、一九五〇年)に収録された写真とその写真に添えられた俳句、狂歌、漢詩、小唄から、三十三点を選んで収録した。

一 俳句、狂歌には、通し番号を付した。

一 池澤一郎による注解を、俳句、狂歌、小唄他は巻末の「注解」に、漢詩は各詩の後に付した。

一 巻末に、俳句、狂歌の初句索引を付した。

目　次

自選 荷風百句

自選荷風百句序

わが発句の口吟《こうぎん》、もとより集にあむべき心とてもなかりしかば、書きもとゞめず、年とともに大方《おほかた》は忘れはてしに、をり〳〵人の訪来《とひ》りて、わがいなむをも聴かず、短冊色帋《しきし》なんど請《こ》はるゝものから、是非もなく旧句をおもひ出《いだ》して責《せめ》ふさぐことも、やがて度《たび》重《かさな》るにつれ、過ぎにし年月、下町のかなたこなたに佗住《わびずま》ひして、朝夕の湯帰りに見てすぎし町のさま、又は女どもと打《うち》つどひて三味線《さみせん》引きならひたる夜々のたのしみも、亦おのづから思返されて、かへらぬわかき日のなつかしさに堪へもやらねば、今はさすがに棄てがたき心地せらるゝものを択《えら》みて、老《おい》の寐覚のつれ〴〵をなぐさむるよすがとはなしつ。

昭和丑《うし》のとし夏五月

荷風散人

春之部

1 墨《すみ》も濃《こ》くまづ元日の日記かな

2 正月や宵《よひ》寐《ね》の町を風のこゑ

3 暫《しばらく》の顔《かほ》にも似たりかざり海老《えび》

4 羽子板や裏絵さびしき夜の梅

5 子を持たぬ身のつれ〲や松の内

6
九段坂上《うへ》の茶屋にて
初《はつ》東風《こち》や富士見る町の茶屋つゞき

7
まだ咲かぬ梅をながめて一人《ひとり》かな

8
清元なにがしに贈る
青《あを》竹《だけ》のしのび返《がへし》や春の雪

9
市川左団次丈《ぢやう》煙草入《たばこいれ》の筒に
春の船名所ゆびさすきせる哉《かな》

10
自画像
永き日やつばたれ下《さが》る古《ふる》帽子《ばうし》

11
浅草画賛
永き日や鳩も見てゐる居《ゐ》合《あひ》抜《ぬき》

12 春《はる》寒《さむ》や船からあがる女づれ
柳嶋《やなぎしま》画賛

13 葡《ぶ》萄《だう》酒《しゆ》の色にさきけりさくら艸《さう》

14 紅《こう》梅《ばい》に雪のふる日や茶のけいこ

15 出《で》そびれて家にゐる日やさし柳

銀座裏の或《ある》酒亭にて二句

16 よけて入《い》る雨の柳や切《きり》戸《ど》口《ぐち》

17 傘さゝぬ人のゆきゝや春の雨

妓楼の行燈《あんどう》に

18
しのび音《ね》も泥の中なる田螺《たにし》哉

19
室咲《むろざき》の西洋花《ばな》や春寒し

20
日のあたる窓の障子《しやうじ》や福寿草《ふくじゆさう》

21
うぐひすや障子にうつる水の紋《あや》

22
色町や真昼しづかに猫の恋

画賛

23
門《かど》の灯《ひ》や昼もそのまゝ糸《いと》柳《やなぎ》

24 石垣にはこべの花や橋《はし》普《ぶ》請《しん》

送別二句

25 笈《おひ》を負《お》ふうしろ姿や花のくも

26 行《ゆく》先《さき》はさぞや門《かど》出《で》の初ざくら

27 鼬《いたち》鳴く庭の小《こ》雨《あめ》や暮《くれ》の春

28 行《ゆく》春《はる》やゆるむ鼻《はな》緒《を》の日《ひ》和《より》下《げ》駄《た》

29 春惜《を》しむ風の一《ひと》日《ひ》や船の上《うへ》

夏之部

30
夕風《ゆふかぜ》や吹くともなしに竹の秋

31
よし切《きり》や葛飾《かつしか》ひろき北みなみ

32
待つ人の来ざりしかば
水雞《くひな》さへ待てどたゝかぬ夜《よ》なりけり

33
築地閑居
夕河岸《ゆふがし》の鰺《あぢ》売る声や雨《あま》あがり

34
御家人《ごけにん》の傘張る門《かど》や桐の花

35 明《あけ》やすき夜《よ》や土《つち》蔵《ぐら》の白き壁

36 青《あを》梅《うめ》の屋根打つ音や五《さ》月《つき》寒《さむ》

37 八《はち》文《もん》字《じ》ふむや金魚のおよぎぶり

38 荷《に》船《ぶね》にもなびく幟《のぼり》や小《こ》網《あみ》河《が》岸《し》

39 四月十八日

物《もの》干《ほし》に富士やをがまむ北《ほく》斎《さい》忌《き》

40 芍《しやく》薬《やく》やつくゑの上の紅《こう》楼《ろう》夢《む》

41
卯《う》の花や小《こ》橋《はし》を前《まへ》のくゞり門

42
百《ゆ》合《り》の香《か》や人待つ門《かど》の薄《うす》月《づき》夜《よ》

43
蝙《かう》蝠《もり》やひるも燈《ひ》ともす楽《がく》屋《や》口《ぐち》

44
石《せき》菖《しやう》や窓から見える柳ばし

45
一《ひと》ツ目《め》の橋や墨絵のほとゝぎす

向嶋水神《すゐじん》の茶屋にて

46
葉ざくらや人に知られぬ昼あそび

47 散りて後《のち》悟るすがたや芥子《けし》の花

48 わが儘《まま》にのびて花さく薊《あざみ》かな

49 あぢさゐや瀧《たき》夜《や》叉《しゃ》姫《ひめ》が花かざし

50 拝領の一《いち》軸《ぢく》古《ふ》りし牡《ぼ》丹《たん》哉《かな》

51 涼しさや庭のあかりは鄰《となり》から

52 枝刈りて柳すゞしき月夜哉

53
涼風《すずかぜ》を腹《はら》一《いつ》ぱいの仁王かな

54
鞘《さや》ながら筆《ふで》もかびけりさつき雨

55
五《さ》月《み》雨《だれ》の或《ある》夜《よ》は秋のこゝろ哉

56
住みあきし我《わが》家《や》ながらも青《あを》簾《すだれ》

57
蚊ばしらを見てゐる中《うち》に月夜哉

58
藪《やぶ》越《ご》しに動く白《しら》帆《ほ》や雲の峯

59
中洲《なかず》眺望
深《ふか》川《がは》や低き家《や》並《なみ》のさつき空

60
みち潮《しほ》や風も南のさつき川

61
妓《ぎ》の持ちし扇《あふぎ》に
気に入らぬ髪結《ゆひ》直《なほ》すあつさ哉

62
秋近き夜《よ》ふけの風や屋根の草

秋之部

63
蘭《らん》の葉のとがりし先《さき》や初《はつ》嵐《あらし》

64
稲《いな》妻《づま》や世をすねて住む竹の奥

女の絵姿に

65
半《はん》襟《えり》も蔦《つた》のもみぢや窓の秋

四谷怪談画賛四句

66
初《はつ》汐《しほ》や寄る藻《も》の中《なか》に人の骨

67
樒《しきび》売る小《こ》家《いへ》の窓や秋の風

68
人のもの質《しち》に置きけり暮の秋

69
川風も秋となりけり釣《つり》の糸

70 象《ざう》も耳立てゝ聞くかや秋の風

71 鯊《はぜ》つりの見返る空や本《ほん》願《ぐわん》寺《じ》

72 庭《には》下《げ》駄《た》の重きあゆみや露の萩《はぎ》

73 かくれ住む門《かど》に目立つや葉《は》雞《げい》頭《とう》

74 浅《あさ》草《くさ》や夜《よ》長《なが》の町の古《ふる》着《ぎ》店《みせ》

75 糸《いと》屑《くづ》にまじる柳の一《ひと》葉《は》かな

76
病中の吟
粉《こ》薬《ぐすり》やあふむく口に秋の風

77
降り足らぬ残暑の雨や屋根の塵《ちり》

78
秋の雲雨ならむとして海の上

79
引《ひき》汐《しほ》や蘆《あし》間《ま》にうごく秋の雲

80
物《もの》足《た》るや葡《ぶ》萄《だう》無《い》花《ちじ》果《ゆく》倉ずまひ

芝口《しばぐち》の茶屋金兵衛《きんべゑ》にて三句

81
盛《もり》塩《しほ》の露にとけ行《ゆ》く夜《よ》ごろかな

82
柚《ゆず》の香《か》や秋もふけ行く夜の膳《ぜん》

83
秋風や鮎《あゆ》焼く塩のこげ加《か》減《げん》

小波大人《さざなみうし》追悼

84
極《ごく》楽《らく》に行く人送る花《はな》野《の》かな

妓の写真に

85
吉《きち》日《にち》をえらむ弘《ひろ》めや菊《きく》日和《びより》

86
行《ゆく》秋《あき》や雨にもならで暮るゝ空

87
秋《あき》雨《さめ》や夕《ゆふ》餉《げ》の箸《はし》の手くらがり

88
雨やんで庭しづかなり秋の蝶《てふ》

89
昼《ひる》月《づき》や木《こ》ずゑに残る柿一《ひと》ツ

冬之部

90
初霜や物《もの》干《ほし》竿《ざを》の節《ふし》の上《うへ》

91
降りやみし時雨《しぐれ》のあとや八《や》ツ手《で》の葉

92
釣《つり》干《ほし》菜《な》それ者《しや》と見ゆる人の果《はて》

93 箱《はこ》庭《には》も浮世におなじ木《こ》の葉《は》かな

94 古《ふる》足《た》袋《び》の四《し》十《じふ》もむかし古《ふる》机《づくゑ》

代地河岸の閑居二句

95 北《きた》向《むき》の庭にさす日や敷《しき》松《まつ》葉《ば》

96 垣《かき》越しの一《いっ》中《ちゅう》節《ぶし》や冬の雨

97 よみさしの小《こ》本《ほん》ふせたる炬《こ》燵《たつ》哉《かな》

98 小《こ》机《づくゑ》に墨摺《す》る音や夜《よ》半《は》の冬

99 冬空や麻布《あざぶ》の坂の上《あが》りおり

100 門《もん》を出《で》て行《ゆく》先《さき》まどふ雪見かな

101 雪になる小《こ》降《ぶ》りの雨や暮の鐘《かね》

102 湯《ゆ》帰《がへ》りや燈《ひ》ともしころの雪もよひ

103 窓の燈やわが家《や》うれしき夜《よる》の雪

104 寒き夜《よ》や物読みなるゝ膝《ひざ》の上《うへ》

105 冬ざれや雨にぬれたる枯《かれ》葉《は》竹《だけ》

106 襟《えり》まきやしのぶ浮世の裏《うら》通《どほり》

107 落《おち》る葉は残らず落ちて昼の月

108 落《おち》残《のこ》る赤き木《き》の実《み》や霜柱

109 荒《あれ》庭《には》や桐の実つゝく寒《かん》雀《すずめ》

110 昼間から錠《ぢやう》さす門《かど》の落葉哉

111
冬空や風に吹かれて沈む月

112
寒《かん》月《げつ》やいよ〳〵冴《さ》えて風の声

小松川漫歩三句

113
あちこちに分《わか》るゝ水や村《むら》千《ち》鳥《どり》

114
寒き日や川に落《おち》込《こ》む川の水

115
大《だい》根《こ》干す茅《かや》の軒《のき》端《ば》や舟《ふな》大《だい》工《く》

116
下駄買《か》うて簞《たん》笥《す》の上や年の暮

麻布閑居

117 座《ざ》布《ぶ》団《とん》も綿《わた》ばかりなる師《し》走《はす》哉

118 行《ゆく》年《とし》や鄰《となり》うらやむ人の声

俳句

明治三二(一八九九)年

119 消えのこる行燈《あんど》にとまる蛍《ほたる》かな

120 飛ぶ蛍簾《すだれ》そで垣《かき》手水《てうづ》鉢《ばち》

121 片町《かたまち》や蛍飛び行《ゆ》くあさ月《づく》夜《よ》

122 蛍一つすッと飛びたる簾かな

123 後《うしろ》向く女の帯に蛍飛《と》ぶ

124 隧道《トンネル》を出れば夜汽車の明《あけ》易《やす》き

125 短《みじか》夜《よ》やカンテラ暗き手《て》内《ない》職《しょく》

126 短夜や門《かど》にうろつく小《こ》盗《ぬす》人《びと》

127 短夜や病《やみ》伏す妻の咳《せ》嗽《き》の声

128 流し呼ぶ揚《あげ》屋《や》の町の明け易き

129 石《せき》竹《ちく》や貸《かし》家《や》の椽《えん》のくさりたる

130 石竹のわけて目に立つ小《こ》庭《には》かな

131 石竹や河《か》原《はら》を急《いそ》ぐ旅の人

132 半《はん》襟《えり》に石竹染めし女かな

133 水《すい》飯《はん》や濡れ椽近く燈《ひ》をともす

134 胡《あ》座《ぐら》かいて水飯をめす紳士哉《かな》

135 夕《ゆふ》月《づき》や水飯喰《くら》ふ小《こ》欄《らん》干《かん》

136 水飯を西《せい》洋《やう》皿《ざら》に盛《もり》て見し

137 人もなき座《ざ》敷《しき》の隅《すみ》の竹《ち》婦《ふ》人《じん》

138 竹婦人未《ま》だ恋知らぬ妹《いも》が室

139 新聞と竹婦人と置きし坐敷かな

140 竹夫人抱《いだ》く女の手のしろき

141 傾《けい》城《せい》の腹の細さよ竹夫人

142 階《きざはし》に石竹植ゑし異《い》人《じん》館《くわん》

明治三三(一九〇〇)年

143 女房に衣《きぬ》買《か》うてやる弥《や》生《よひ》哉

144 狼《おほかみ》の鳴く山《やま》路《みち》や雪解《と》くる

145 大《だい》道《だう》に吸《すひ》物《もの》を売る女かな

146 君行《ゆ》くや江《かう》上《じやう》に梅の散る夕《ゆふべ》

147 思ひ出《い》でゝ恋しき時は夏《げ》書《がき》かな

148 埒《らち》もなく夏書ちらばる一《ひと》間《ま》かな

149 蟲《むし》干《ぼし》に昔の夏書出《いだ》しけり

150 先生の夏書貰《もら》うて帰りけり

小楼一夜

151 傘さゝで物買ひに出る春の雨

152 はる雨《さめ》に燈《ひ》ともす船や橋の下

153
昼《ひる》寄《よ》席《せ》の講釈聞くや春のあめ

154
春さめや井戸に米とく青《あを》女《によう》房《ばう》

155
はるさめに昼の廓《くるわ》を通りけり

156
端《はし》なくもあさ湯帰りを春の雨

157
春さめや鄰《となり》に住《すま》ふ琵《び》琶《は》法《ほふ》師《し》

158
楼《ろう》上《じやう》の茶の湯の会やはるの雨

159
つめ弾《び》きの一《いっ》中《ちゅう》節《ぶし》や春の雨

160
傾《けい》城《せい》の無《む》心《しん》手紙やはるのあめ

想

161
春の宵《よひ》想《おも》はぬ人を想ひけり

162
卯《う》の花《はな》に歌よむ人の住ひけり

163
渋《しぶ》柿《がき》の花咲く裏の厩《うまや》かな

164
町々に馬市立つや夏の月

165 江《かう》上《じやう》の百《ひやく》尺《しやく》楼《ろう》や夏の雲

166 若《わか》楓《かへで》小《こ》姓《しやう》茶を運ぶ長廊下

167 葉《は》桜《ざくら》や茶屋の娘のとつぎたる

168 人も居《ゐ》ぬ書院の椽《えん》や毛蟲這《は》ふ

169 情《なさけ》なう蝸牛《まひまひ》落ちて石の上

170 憂《う》き人の歌書きつくる扇《あふぎ》かな

171 寐《ね》転《ころ》んで文《ふみ》見る人や青《あを》簾《すだれ》

172 撫《なでし》子《こ》やすこし日のさす庭の隅《すみ》

173 撫子やすこし日のをつ庭のすみ

174 明《あけ》方《がた》の溮《き》車《しや》の煙や時《ほととぎす》鳥

175 蚊《か》遣《やり》火《び》の煙らで遂《つひ》に燃えに鳬《けり》

176 石の上に香《かう》の煙や若かへで

177 三日月《みかづき》やおりからいかり上ぐるふね

明治三四(一九〇一)年

178 淡雪《あはゆき》や水涸《か》れ果てし池の石

179 梅咲《さい》て主人の病《やまひ》癒えやせん

180 小晦日《こつごもり》好《よ》き帯買ふて帰りけり

181 傾城《けいせい》の病もいえつ小つごもり

明治三五(一九〇二)年

182 京を出て駕《かご》に乗りけり朧《おぼろ》の夜《よ》

183 井《ゐ》戸《ど》端《ばた》の物干す上や柿のはな

184 裏道の卯の花散るや水たまり

185 肌ぬぎのむすめうつくし心太《ところてん》

明治三六(一九〇三)年

186 Kane naru ya, Fuyu no makiba ni, Hi no Kururu.

187 冬の夜を酒屋《バア》に夜ふかす人の声

188 凩《こがらし》や電車過ぎたる町の角《かど》

189 菊さくやペンキ古びし板がこひ

190 窓あけて見るやそこらの冬木立《ふゆこだち》

191 橋の霜くわへパイプで渡りけり

192 クリスマス星降る夜となりにけり

193 寺との鐘や夜明けのクリスマス

194 クリスマス今日《けふ》を晴れ着の異人の児《こ》

195 霧にあけて初日も見ずにしまひけり

196 腰まげてジャップが申す御慶《ぎよけい》哉《かな》

明治三七(一九〇四)年

197 亜《ア》米《メ》利《リ》加《カ》の野や冬枯れて三千里

駄句

198 桜散る小道に暑の午《ご》睡《すい》哉

明治四二(一九〇九)年

199 鶯《うぐひす》や床の間暗《く》らき植木鉢

200 馬の糞《ふん》四《よ》谷《や》通りの日《ひ》永《なが》かな

201 髪洗ふ水楼の昼や春寒き

202 春寒き大《おほ》川《かは》筋《すぢ》の橋《はし》普《ぶ》請《しん》

203 廓《くるわ》出てあき地通るや春の水

204 小《こ》楊《やう》子《じ》に団《う》扇《ちは》の骨をぬき取りし

205 取られたる財布の中の守《まもり》札《ふだ》

206 短《みじか》夜《よ》や大川端《ばた》の人殺し

207 萩咲くや敷《しき》石《いし》長き寺の門《もん》

208 寺に添《そう》て曲れば萩の小道哉

209 稲《いな》妻《づま》や廓の外の田《たん》圃《ぼ》道

210 葬《とむら》ひの帰り時《し》雨《ぐ》れぬ山《さん》谷《や》堀《ぼり》

明治四四(一九一一)年

211 ゆあみして爪きる春のとまりかな

小西湖上にて

212 枯《かれ》蓮《はす》にちなむ男の散歩かな

213
椎《しひ》の実の栗にまじりて拾はれし

明治四五・大正元(一九一二)年

214
春の雨小窓あくれば草の海
二日ほど流連の後大久保の庭を見て

215
時鳥《ほととぎす》きかぬ都の闇夜かな

大正四(一九一五)年

216
君は今鶴《つる》にや乗らん富士の雪

217
卯の年を憂の年といふ夜《よ》寒《さむ》かな

218
音《ね》もしめる八幡鐘や笹《ささ》丸《まる》忌

219
河《か》東《とう》忌や雨も声なき築《つき》地《ぢ》川《がは》

220
河東忌や雨に声なき築地川

221
売《ばい》文《ぶん》の筆《ふで》買ひに行く師《し》走《はす》かな

222
冬《ふゆ》日《びより》和《り》空にはものゝ烟《けむり》かな

223 屋根草のかれ葉あはれむ二階かな

十月某日築地を引払ひてしばし宗十郎町の妓家にかくれける

224 亡《ばう》八《はち》に身をおとしけり河豚《ふくと》汁

225 焼《やき》もちの老妓に狎《な》れて今朝の冬

226 いまはしき身のなりはひや木《この》葉《は》髪《がみ》

227 北窓をふさぎて今日の午《ご》睡《すい》かな

乙卯十一月十六日

228 つくり菊塵《ちり》多き世のまつりかな

229 夕《ゆふ》ざれや土の香《か》匂ふ冬の庭

230 春行くやゆるむ鼻緒《はなを》の日和下駄《ひよりげた》

231 夕陽《せきやう》や常磐木《ときはぎ》落葉庭後庵《ていごあん》

232 石蕗花《つはぶき》をゐがいて菊に類しけり

大正六(一九一七)年

233 寂しさや独り飯《めし》くふ秋の暮《くれ》

234 風鈴《ふうりん》や庭のあかりは隣から

235 花火つきて引汐《ひきしほ》すごき橋間かな

236 蜉《こほろぎ》と脛《すね》くらべせん露の宿

大正七(一九一八)年

来青閣《らいせいかく》即景

237 松の花筆洗ふ水捨てにけり

238 夕風の吹くともなしに竹の秋

239 竹縁《たけえん》に主なく如露《じよろ》と箒哉《はうきかな》

240 つゆ晴れの暑き一日《ひとひ》や鳳仙花《ほうせんくわ》

241 粉薬《こぐすり》を呑《の》む口吹くや初嵐

大正八(一九一九)年

242 暫《しばらく》の顔とも見えて飾海老《かざりえび》

243 夏芝居役者にまけぬ浴衣《ゆかた》かな

244 八文字《はちもんじ》ふむか金魚のおよぎぶり

245 日《ひ》当《あたり》のとなりうらやむ冬至《とうじ》かな

246 おとなりの一《いっ》中節《ちゅうぶし》や敷松葉《しきまつば》

大正一〇（一九二一）年

247 名月や垣根にひかる蟹《かに》の泡《あわ》

248 葡《ぶ》萄《どう》酒《しゅ》のせん抜く音や夜《よ》半《は》の冬

大正一一(一九二二)年

249
手《た》枕《まくら》の頬《ほほ》につめたき時計かな

250
置《おき》炬《ご》燵《たつ》まづ時計からはづしけり

251
手を分《わか》つ夜《よ》寒《さむ》の門や腕時計

大正一三(一九二四)年

252
ぬすまれし猫の子さがす露の門

大正一四(一九二五)年

253 秋草やむかしの人の足の跡

254 初潮《はつしほ》に寄る藻《も》の中や人の骨

255 悪人の兄持つ妹や破団扇《やれうちは》

256 行《ゆ》く秋や置く質草《しちぐさ》も人のもの

きやうげん十句
矢の根

257 梅さいて研《と》石《いし》の音ものどかなり

258 生《なま》酔《ゑひ》の面《つら》魂《だましひ》や蚊《か》喰《くひ》鳥《どり》　忠弥

259 散らさではをかじと花の夜《よ》雨《さめ》かな　佐野

260 稲妻に曲《くる》輪《わ》も見ゆる入《いり》谷《や》かな　団七

261 悪人の妹うつくし破団扇　三角屋敷

262 人の物質《しち》にや置かん秋の暮

263 肌《はだ》寒《さむ》や隣り座敷に人の声　さつま歌

264 寒《かん》月《げつ》や女肌には白の無《む》垢《く》　鳥辺山

大正一五・昭和元(一九二六)年

265 靴先にしたゝる酒や夜半の春

266 初潮や蘆《あし》の絶《たえ》間《ま》を鉦《かね》の声

267 木《もく》母《ぼ》寺《じ》に歌の会あり秋の風

268 傘さして鐘きく門や春の雨

269 傘さゝで鐘きく門や春の雨

270 傘さゝで鐘きく人や春の雨

271 たまに来て看《み》るや夕日の冬の庭

272 冬空の俄《にはか》に暗しきのふから

273 木《こ》枯《がらし》も音やしづめむ今日の空

274 行《ゆく》春《はる》や窓の鸚《あう》鵡《む》の案じ顔

昭和二(一九二七)年

初夏風景

275 鉢《はち》植《うゑ》の海《かい》棠《だう》散るや唐《たう》机《づくゑ》

276 金《きん》屏《びやう》に銀《ぎん》泥《でい》の月朧《おぼろ》なる

277 したゝかに蝸牛《まひまひ》落ちて石の上

278 牡《ぼ》丹《たん》散つて再び竹の小《こ》庭《には》かな

279 蔵たつる足場の下や土筆《つくづくし》

280 宵《よひ》ごとに傘のおもさや五《さ》月《つき》雨《あめ》

281 紫《あ》陽《ぢさ》花《ゐ》や身を持ちくづす庵《いほ》の主《ぬし》

282 紫陽花や身持よからぬ庵の主

283 鍵穴をさぐる戸口や飛ぶ蛍《ほたる》

284 夏草の匂ひも闇の夜ふけ哉

285 蟾《ひ》蜍《き》ばかり迎へに出たり石の上

286 おとろへや家を出て知る山の秋

287 秋の日の髭《ひげ》削《そ》る中に暮れにけり

288 秋の日の髭削るひまもなかりけり

289 御手洗《みたらし》にあふるゝ水の夜《よ》寒《さむ》かな

290 御手洗に水のあふるゝ夜寒かな

291 御手洗の水のこぼるゝ夜寒かな

292 観《くわん》音《おん》の御《み》堂《だう》仰ぐや天の川

293 観音の御堂の軒や天の川

294 小《こ》芝《しば》居《ゐ》の裏木戸通る夜寒哉

295 のらくらと既《すで》に五十の夜寒哉

296 立《たち》すくむ仁《に》王《わう》の腹の夜さむ哉

297 首見えぬ仁王の腹の夜さむ哉

298 鉦《かね》たゝく路地の小家《こいへ》や露時雨《つゆしぐれ》

駒形の新橋を過ぎて

299 駒形に似合はぬ橋や散《ちる》柳《やなぎ》

300 石蕗花《つはぶき》や葉をかゝざれば菊の花

301 柳でも竹でもよしや秋の風

302 文人画《ぶんじんぐわ》ならひはじめのかぶら哉

303 芋の葉に花を添へたり秋海棠《しうかいだう》

304 秋海棠下手な画もかく庭の主

305 秋の雲雨ともならで海の上

306 長らへてわれもこの世を冬の蠅《はへ》

307 日だまりのこのかくれ家や冬の蠅

308 樟《しやう》脳《なう》の身にしむ秋の袷《あはせ》かな

309 藪《やぶ》越しに見ゆる曲《くる》輪《わ》や門《かど》の秋

310
藪こしに曲輪見ゆるや門の秋

311
巻《まき》紙《がみ》のさら〳〵すべる寒さかな

312
初富士や江戸むらさきの横《よこ》霞《かすみ》

昭和三(一九二八)年

313
眼鏡かけて窗《まど》にかさすや初《はつ》暦《ごよみ》

314
雪の夜やふけてひそかに竹の月

315 恙《つつが》なく君鎌倉に在り初鰹《はつがつを》

昭和四(一九二九)年

316 独活《うど》掘るや程《ほど》好《よ》くふりし雨の後

317 稲妻《いなづま》に臍《へそ》もかくさぬ女かな

318 寐《ね》て仰《あふ》ぐとなりの屋根や天の川

319 路地の蚊に馴《な》れて裸の涼《すずみ》かな

松過《まつすぎ》

320 松過や蜜《み》柑《かん》の皮のすてところ

321 去年からつゝく日和《ひより》や今朝の春

322 初《はつ》東《こ》風《ち》や一二の橋の人《ひと》通《どほり》

323 仮《かり》越《こし》の家にも十《と》歳《とせ》小《さ》夜《よ》しぐれ

昭和五(一九三〇)年

324 寐《ね》静《しづま》る巷《ちまた》の風や松《まつ》飾《かざり》

325
元日や宵《よひ》寐《ね》の町を風の音

326
元日や早寐の町を風の声

327
春《はる》駒《こま》や子供にかへる賀の祝《いはひ》

328
金《きん》屏《びやう》風《ぶ》緋《ひ》の座布団や春寒き

329
鶯《うぐひす》や雪まだ残る崖《がけ》の道

330
鶯や崖の小《こ》径《みち》にのこる雪

331 東《こ》風《ち》吹くや晴れ行く空のちぎれ雲

332 雪《ゆき》解《どけ》や竹のそよぎも春の声

333 行《ゆく》春《はる》に殊《こと》更《さら》惜しむ別《わかれ》かな

334 着ながしに主人若《わか》やく袷《あはせ》かな

335 庭《には》下《げ》駄《た》のゆるむ鼻《はな》緒《を》や萩の露

336 蛼《こほろぎ》と夜な〳〵脛《すね》をくらべけり

337
コスモスや在家《ざいけ》に似たる寺の垣

338
無花果《いちじゆく》や物干す寺のかくし妻

339
何もせぬ人の心や秋早し

胡瓜の花を描きて

340
世をしのぶ乳母《うば》が在所の蚊遣《かやり》かな

庚午の年十月楽天居小波大人か還暦をことふくとて
麦人子より賀辞をもとめられたれは

341
古いほとたつとき笠《かさ》や初しくれ

昭和六(一九三一)年

342 老《おい》の身や世にいとはるゝ蛸《たこ》頭《づ》巾《きん》

蛸入道の画に

343 老の身や世にうとまるゝ蛸頭巾

雪中山水の図に

344 読みかきも馴れて火《こ》燵《たつ》を机《つくゑ》哉《かな》

345 八《や》重《へ》梅《うめ》のおそき眺《ながめ》や木《こ》芽《め》垣《がき》

346 五月雨《さみだれ》やたゞ名ばかりの菖蒲《しやうぶ》河岸《かし》

347 乳のみ子の船に啼《な》く夜やさつき雨

348 さみだれや人の通らぬ夜の橋

349 さみだれのまた一《ひと》降《ふ》りや橋なかば

350 五月雨の晴れまいそぐや人の足

351 深川の低き家《や》並《な》みやさつき空

352 化《ば》けさうな留《る》守《す》居《ゐ》のばゞや月の雨

353 戸をしめし茶屋の二階や雨の月

354 思出《おもひで》のむかしがたりや雨の月

十五夜も近きたれば

355 名月を待つとて切りぬ窓の竹

356 木犀《もくせい》の香《か》を待つ宵の月見かな

昭和七(一九三二)年

357 はからずも暖《あたたか》き日や寒《かん》の入《いり》

358
売《うり》声《ごゑ》に似合はぬ爺や寒の紅《べに》

千住晩歩即興
359
蒲《かば》焼《やき》の行《あん》燈《どん》くらし冬《ふゆ》柳《やなぎ》

360
蒲焼の行燈くらし枯《かれ》柳《やなぎ》

361
はだか火に大根白き夜店かな

362
渡《わたし》場《ば》におりる小道や冬の草

363
水涸《か》れて桟《さん》橋《ばし》ながき渡し哉

364 街《かい》道《だう》の食ひ物店や冬の月

365 遅き日の道一《ひと》筋《すぢ》や小《を》名《な》木《ぎ》川《がは》

366 墓場から中《なか》川《がは》見るや荻《をぎ》若《わか》葉《ば》

367 路《みち》ばたに舟の底干す日《ひ》永《なが》かな

368 引《ひき》揚《あ》げて舟の底干す日永かな

369 一日の晴《はれ》をよろこぶ幟《のぼり》かな

370
大《おほ》潮《しほ》や風も南にさつき川

371
ともし火のつき際《ぎは》うれし皐《さ》月《つき》雨《あめ》

372
夏の雲わたし場遠き蘆《あし》間《ま》かな

373
下《した》闇《やみ》の何やらこわし倉の壁

374
下闇の何やらすごし倉の壁

昭和八(一九三三)年

375 かぞへ見る日記の巻や古《ふる》火《ひ》桶《をけ》

376 もてあます西《すい》瓜《くわ》一つやひとり者

377 極《ごく》楽《らく》へ行《ゆく》人《ひと》おくる花野かな

378 折《をり》からにさびしき風や後《のち》の月

379 用もなく銭もなき身の師《し》走《はす》かな

380
裏町や寺と質屋の冬木《ふゆこ》立《だち》

381
木《こ》枯《がらし》やひろき巷《ちまた》の千《せん》住《ぢゆ》まで

382
火の番の宵は居眠る囲《ゐ》炉《ろ》裏《り》かな

昭和九(一九三四)年

383
梅が香《か》や木《もく》魚《ぎよ》しづかに竹の奥

384
木魚ひゞく寺の小《こ》径《みち》や梅の花

385 春《はる》寒《さむ》や船から上る女客

浅草川舟中口占

386 花散つてまた吹く風や隅《すみ》田《だ》川《がは》

387 花散つてまた吹く風の一《ひと》日《ひ》哉

388 花散つてまだ吹く風や隅田川

389 両国や船にも立てる鯉《こひ》のぼり

390 風やんで燈《ひ》ともす町の柳かな

391
柚《ゆず》の香《か》や秋も暮《くれ》行《ゆ》く夜の膳《ぜん》

392
燈ともすや千客万来春の風

393
縄《なは》納《の》簾《れん》音はせずとも初《はつ》時《し》雨《ぐれ》

394
青《さ》刀《ん》魚《ま》焼く烟《けむり》や路地のつゆ時雨

395
秋風や鰺《あぢ》焼く塩《しほ》のこげ加減

396
名月や鰺焼く塩のこげ加減

贈空庵主人

397 稲妻や町の燈を見る屋根の上

398 蘭《らん》の香やかけかへて見る床の幅《ふく》

399 蝙《かう》蝠《もり》や銀座がよひの川づたひ

400 何事も思ひのたねや捨《すて》扇《あふぎ》

401 長雨や庭あれはてゝ草《くさ》紅《も》葉《みぢ》

402 ふけ易《やす》き夜寒の町のあかりかな

403
宵《よひ》ながら雨にふけたり秋の町

404
裏《うら》河《か》岸《し》や夜《よ》寒《さむ》にいそぐ人の足

405
むかし〳〵築《つき》地《ぢ》の雨の夜長かな

406
露《つゆ》時《し》雨《ぐれ》築地がへりのむかしかな

407
砂糖つけて食《しよく》麵《パ》麭《ン》かじる夜《よ》長《なが》哉《かな》

昭和一〇(一九三五)年

408 元日やひそかにをがむ父の墓

409 行くところなき身の春や墓《はか》詣《まうで》

410 門しめて寐《ね》るだけ寐たりけさの春

411 若《わか》水《みづ》にまづ粉《こ》ぐすりをのむ身哉

412 初夢を見よと物食ふ寐しな哉

413 松とれば貧《まづ》しきものくゞり哉

414 松とりて貧しきものくゞり哉

415 松過ぎてわれにかへりし心哉

冬牆子を悼む

416 福《ふく》寿《じゆ》草《さう》梅より早くちりにけり

これより後薬を乞ふべきところもなくなりたれば

417 木《こ》枯《がら》しに笠《かさ》も剝がれし案《か》山《か》子《し》かな

418 雨はれて起きでる犬や春の月

419 昼《ひる》顔《がほ》の蔓《つる》もかしくとよまれけり

420 春寒き闇の小《こ》庭《には》や沈《ぢん》丁《ちやう》花《げ》

421 春寒の門《かど》に匂ふや沈丁花

422 沈丁花環《くわん》堵《と》蕭《せう》然《ぜん》として春寒し

423 紅《こう》梅《ばい》に雪降る日なり茶の稽《けい》古《こ》

424 雀《すずめ》鳴くやまづしき門の藪《やぶ》椿《つばき》

425
春の雨雪になり行《ゆ》く風情《ふぜい》哉《かな》

彼岸に雪ふりければ

426
傘重き彼岸の雪や老《おい》の坂

427
松《まつ》杉《すぎ》や寂しきもとのくぐり門

428
飲みならふ酒のはじめや雪見《ゆきみ》船《ぶね》

429
酒のまぬ人も酒飲む雪見かな

430
降《ふ》りながら消え行く雪や藪の中

431 塀《へい》外《そと》に物《もの》売《うり》やすむ青葉哉

432 塀外に物売憩ふ茂《しげみ》かな

433 結《ゆひ》直《なほ》す髪気に入らぬ暑《あつさ》かな

434 銭《ぜに》も無く用もなき身の師《し》走《はす》哉

435 北《きた》向《むき》の庭しつかなり散《ちり》松《まつ》葉《ば》

436 北向の庭しつかなり敷《しき》松《まつ》葉《ば》

437 夕《ゆふ》潮《しほ》や風も南にさつき川

438 買《かひ》直《なほ》す老《おい》の眼鏡や年のくれ

昭和一一(一九三六)年

439 物足るや葡《ぶ》萄《だう》無花果《いちじゆく》町ずまひ

440 物見るやぶだう無花果町ずまひ

中秋散歩口吟

441 燈《ひ》の見えぬ川《かは》岸《ぎし》ばかり月見哉

442 名月や橋をわたりて橋の上

443 玉《たま》の井《ゐ》や名ばかりめでむ今日の月

444 引《ひき》汐《しほ》や夜《よ》寒《さむ》の河《か》岸《し》の月あかり

445 年の内に春来る家や福《ふく》寿《じゆ》艸《さう》

昭和一二(一九三七)年

446 大火事のありさうな日や八《や》重《へ》さくら

447 風の日や芥《あくた》かみ屑《くづ》散るさくら

448 窓《まど》際《ぎは》に移すつくゑや風薫《かを》る

449 鼬《いたち》鳴く庭の小《こ》雨《さめ》や夏ちかし

450 そのあたり片づけて吊る蚊《か》帳《ちやう》哉《かな》

451 さらぬだに暑くるしきを木《も》綿《めん》蚊《か》帳《や》

452 家《いへ》中《なか》は秋の西日や溝《みぞ》のふち

453 わび住みや団扇《うちは》も折れて秋暑し

454 蚊《か》帳《や》の穴むすびむすびて九《く》月《ぐわつ》哉

455 屑《くづ》籠《かご》の中からも出て鳴く蚊かな

456 残る蚊をかぞへる壁や雨のしみ

457 この蚊帳も酒とやならむ暮の秋

458 名も知れぬ小草の花やつゆのたま

459
遠みちも夜《よ》寒《さむ》になりぬ川むかう

460
秋《あき》晴《ばれ》やおしろい焼《やけ》の顔の皺《しわ》

461
蚊ばしらのくづるゝかたや路《ろ》地《ぢ》の口

462
ゆく春の秋にも似たる一《ひと》夜《よ》かな

463
木《こ》枯《がらし》にぶつかつて行く車かな

464
目あかしの入《い》り込《こ》む里の霜《しも》夜《よ》かな

465 ひもの焼く窓のけむりや秋の風

466 何もなき庭も年《とし》経《へ》てわが楓《かへで》

467 雨はれて風のかをりや苔《こけ》の色

追悼

468 泣きあかす夜《よる》は来にけり秋の雨

469 秋風のことしは母を奪《うば》ひけり

昭和一三(一九三八)年

470
あけ近く飲んで帰れば門《かど》の雪

471
あけ近く帰る庵《いほり》や門の雪

472
窓あけてまた見る雪の厠《かはや》かな

吉原十句

473
夢にきく角の時計や老《おい》の春

474
里ちかき寺の小道や春の霜《しも》

475
大火事のありさうな日を花ざかり

476 大火事のありさうな日や花ざかり

477 海《かい》棠《だう》や雨の籬《まがき》の昼しづか

478 中庭やいつまで残る春の雪

479 卯《う》の花《はな》や根《ね》岸《ぎし》はふけて雨の声

480 卯の花や根岸はふけて雨の春

481 西《に》河《か》岸《し》にのこる夕日や秋の風

482 西河岸にのこる夕日や窓の梅

483 朝さむや伊達《だて》の薄着《うすぎ》のふところ手

484 その年の遊び納《をさ》めや三の酉《とり》

485 残月《ざんげつ》や屋根にふりつむ夜の雪

486 落ちかゝる夜明《よあけ》の月や屋根の雪

487 残月やふりつむ雪の屋根のゝき

488 大方《おほかた》は無縁《むえん》の墓や春の草

489 雨やんで燈《ひ》ともす里のさくら哉

490 大火事のありさうな日ぞ花盛《はなざかり》

491 焼鳥《やきとり》や夜《よ》寒《さむ》の町のまがり角

492 鬼灯《ほほづき》やさらでも憎き片ゑくぼ

493 夕月《ゆふづき》に町は浴衣《ゆかた》となりにけり

494 誰《たれ》よりも早き浴衣や浮《うは》気《き》者《もの》

495 お花見は舞台ですます役《やく》者《しや》哉

496 花形や舞台ばかりの花見哉

497 お花見は舞台ばかりの役者かな

498 よし原は人まだ寐ぬにけさの秋

499 吉原や人寐ぬ中に今朝の秋

500 物くへば夜《よ》半《は》にも残る暑《あつさ》かな

501 すゝり泣くキオロンの音《ね》の夜《よ》長《なが》哉

502 世の中や踊るはだかも年のくれ

503 書《かき》割《わり》の裏や夜寒のちりほこり

504 引《ひき》窓《まど》に鼠《ねずみ》顔出す日《ひ》永《なが》かな

505 秋雨やひとり飯《めし》くふ窓のそば

506 稲つまに追はれて走るつつみかな

507 しみしみと一人はさむし鐘の声

508 行《ゆく》雁《かり》やふか川くらき二《は》十《つ》日《か》月《づき》

509 まつすぐな川《かは》筋《すぢ》いく里《り》日のみじか

510 釣《つり》ぼりの旗あちこちに風薫《かを》る

511 巡《じゅん》礼《れい》のうしろすがたや秋のくれ

512 さかり場を出れば蟲なく闇夜《やみよ》かな

513 色町につゞく空地《あきち》や夏相撲《なつずまふ》

514 たちまちに花火はやみて夜の雨

515 葛餅《くずもち》にむかしをおもふ彼岸《ひがん》かな

516 穴に入《い》る蛇うらやまん老《おい》の果《はて》

昭和一四(一九三九)年

517 行《ゆく》春《はる》の茶屋に忘れしきせるかな

518 留《る》守《す》番《ばん》に化けて昼《ひる》寐《ね》や年の暮《くれ》

519 行《ゆく》年《とし》や破《やぶれ》障《しやう》子《じ》のさんの塵《ちり》

520 飯《めし》粒《つぶ》をはがすや古き足《た》袋《び》の裏

521 襟《えり》巻《まき》もとらずにさぐる火《ひ》種《だね》かな

昭和一五(一九四〇)年

522 若《わか》枝《えだ》やつぎ木栄《さか》ゆる八《や》重《へ》の梅

523 親にまなぶ籠《かご》鶯《うぐひす》の初《はつ》音《ね》かな

524 新しき暖《の》簾《れん》出て見よ巣《す》立《だち》鳥《どり》

525 散りぎはゝ錦なりけり蔦《つた》紅《もみ》葉《ぢ》

526 つきぢ川涙に水もぬるむ夜《よ》や

527 行《ゆく》雁《かり》や月はしづみて夜《よ》半《は》の鐘《かね》

528 伊《い》豆《づ》の湯に手《た》折《を》る土《み》産《やげ》や初ざくら

529 恋《こひ》猫《ねこ》の恋さまたげそ裏はしご

530 白《しら》魚《うを》に発《ほっ》句《く》よみたき心かな

531 さらぬだに朧《おぼろ》の空を五《いっ》日《か》月《づき》

葛飾屋の主人に贈る句

532 石《せき》菖《しやう》や二人くらしの小《こ》商《あきな》ひ

533 おそろしや蚊帳《かや》つり初《そ》めし夜の夢

534 ひとり居《ゐ》も馴《な》るればたのしかぶら汁

535 ひとり居も馴れゝば楽しかぶら汁

536 吹《ふき》起《おこ》す炭火わびしや膝《ひざ》の灰《はひ》

537 吹きおこす炭火はかなし膝の灰

538 吹きおこす粉《こ》炭《ずみ》わびしや膝の灰

539
谷《たに》町《まち》はどこもきたなし夕《ゆふ》時雨《しぐれ》

540
冬《ふゆ》ざれや孕《はら》み女の高《たか》ばなし

昭和一六(一九四一)年

541
五《さ》月《み》雨《だれ》と共に長びく病《やまひ》かな

542
長びいて血の出る咳《せ》嗽《き》やほとゝぎす

543
苗《なへ》売《うり》の見かへり行くや金魚売

544 南北が蚊《か》帳《や》なき寐《ね》間《ま》の行《あん》燈《ど》哉《かな》

礫川《れきせん》散策

545 古《ふる》寺《でら》や生《うま》れし町の冬木立

546 古寺や生れし里の冬木立

547 古《ふる》里《さと》は巣《す》鴨《がも》に近し菊の花

548 思《おもひ》出《で》の坂道けはし冬の空

549 山茶花《さざんくわ》や生れし家の垣根道

550 木《もく》犀《せい》や額《がく》仰ぎみる寺の門

551 鐘の音《ね》や禅《ぜん》寺《でら》さびて菊の花

552 さびしさや西日に向ふ葉《は》雞《げい》頭《とう》

553 行《ゆく》秋《あき》の西日あかるし葉雞頭

554 禅寺に何《なに》悟《さと》れとや葉雞頭

555 菊さへも赤きをめづる世なりけり

556 菊さへも赤きが目立つ世なりけり

557 縛られて竹にたよるや菊の花

558 しばられて竹をたよりや菊の花

559 しだらなく野菊寐《ね》転《ころ》ぶ風《ふ》情《ぜい》哉

560 ながらへてまた見る火《ひ》桶《をけ》ふたむかし

561 おもむきは侘《わ》びて住む世の時《し》雨《ぐれ》哉

562 門《かど》松《まつ》も世をはゞかりし小《こ》枝《えだ》かな

昭和一七(一九四二)年

563 粥《かゆ》を煮てしのぐ寒さや夜《よ》半《は》の鐘

564 香《かう》焚《た》くや物煮し後の古《ふる》火《ひ》鉢《ばち》

565 湯あみして風《ふう》邪《じゃ》気づかふ涼《すずみ》かな

566 湯あがりや風《か》邪《ぜ》引きやすき夕《ゆふ》涼《すずみ》

567 そり返る壁の色紙《しきし》やつゆの入《いり》

568 さみだれや雀《すずめ》も馴《な》れて軒《のき》の下

569 鉢に植ゑて花もめでけり初茄子《はつなすび》

570 鉢に植ゑて花をもめでし茄子哉

571 鉢に植ゑて花もめでたき初茄子

572 鉢植の花もめでけり初茄子

573 雨はれて町の人出《ひとで》や夏やなぎ

574 われ勝ちに町は浴衣《ゆかた》となる夜《よ》哉

575 われがちに町は浴衣になる夜かな

576 縁日《えんにち》の遠き火影《ほかげ》やさつき川

577 上汐《あげしほ》のあふるゝ岸や夏の月

578 手拭《てぬぐひ》の浴衣にかこつむかし哉

579 さもあらばあれ洗晒《あらひざら》しの古《ふる》浴衣

580 裏町や出水《でみづ》かわきて夏の月

581 店先《みせさき》に雨の出水やところてん

582 世を忍ぶ身にも是非《ぜひ》なき蚊遣《かやり》哉

583 しのぶ身と知れど是非なき蚊遣哉

584 鬼灯《ほほづき》や人のそしりも知らぬ顔

585 鬼灯や人のそしりも何のその

586 人《ひと》中《なか》を家出むすめの浴衣かな

587 ふけわたる夜《よ》や夏ながら犬の声

588 水《み》無《な》月《づき》の川《かは》水《みづ》ひかる闇夜かな

589 川《かは》風《かぜ》や水打つ町の橋だもと

590 橋の燈《ひ》や月なき夜のすゞみ台

591 つま弾《びき》や竹の出《で》窓《まど》のほたる籠《かご》

592 送火《おくりび》や日のちゞまるもこの夜から

593 秋の夜もこれからさびし盆の月

594 わたし場をさがして歩く月見かな

595 倚《よ》り馴れし窓の柱や秋のくれ

596 よせかけし竹の箒《はうき》にしぐれ哉

597
冬来るやこの宵闇《よひやみ》を小糠雨《こぬかあめ》

598
気づかうて空見る門や枇杷《びは》の花

599
立消《たちぎえ》の粉炭《こなずみ》うらむ日ぐれかな

600
今日もまだ火燵《こたつ》出かぬる腹いたみ

601
初日《はつひ》さへ拝《をが》まぬ老《おい》の楽寝かな

602
初富士も拝まぬ老の楽寐かな

603 初かすみ引くや春着の裾《すそ》模《も》様《やう》

604 酔うてぬぐ羽《は》織《おり》の裏や筆《ふで》始《はじめ》

605 酔ふまゝに羽織の裏を筆始

606 初富士や覚めぬ朝《あさ》寝《ね》の夢なかば

607 初富士は朝寐の夢に拝みけり

608 朝寐して拝む初日や床の山

昭和一八(一九四三)年

山村耕花筆茄子の画に

609 五月雨《さみだれ》や垂れてさびしき縄《なは》すだれ

自画賛

610 家《いへ》中《なか》のすゞみどころや勝手口

611 蜻《とん》蛉《ばう》や何を見るとてその眼玉

612 すゞしさや離《はなれ》座《ざ》敷《しき》の青だゝみ

613 まだ聞かぬ身には待《また》るゝ水《く》雞《ひな》かな

614 五月雨に雀《すずめ》のぞくや勝手口

615 蚊ばしらに夏早く来る小《こ》庭《には》かな

616 蚊ばしらに夏早く来る庵《いほり》かな

画賛

617 捨てし世も時には恋し若《わか》かへで

618 捨てし世も時には恋し初《はつ》桜《ざくら》

619 梅が香《か》や五《ご》右衛《ゑ》門《もん》風《ぶ》呂《ろ》の釜《かま》の音

620 しろと絵のつたなさ誇る扇子《せんす》かな

621 雨の日や花なき庭のわか楓《かへで》

622 炭の香《か》や窓に音する初時雨《はつしぐれ》

623 椎《しひ》の香に夜はふけやすし屋敷《やしき》町《まち》

624 椎の香や夜はふけ易き屋敷町

625 長《なが》命《いき》をかこちながらも袷《あはせ》かな

626 長《なが》生《いき》をかこちながらも初袷

627 長生を悔《くい》る身ながら初袷

628 出入りなき門も卯《う》の花《はな》月《づく》夜《よ》かな

629 人の来ぬ門も卯の花月夜かな

630 ふけてかへる卯花月夜垣《かき》根《ね》道《みち》

631 掃《は》きて焚《た》く夏の落葉や夕《ゆふ》月《づく》夜《よ》

632 春浅き川の景色や宵《よひ》月《づく》夜《よ》

633 春《はる》寒《さむ》も早や夜あるきの素《す》足《あし》哉

634 明《あけ》やすき夜は殊更にふじ詣《まうで》

635 刎《はね》ばしに二《は》十《つ》日《か》の月や時鳥《ほととぎす》

636 秋立つや今《け》朝《さ》は橋場の烟《けむり》より

637 秋風や切《きり》戸《ど》あければ山《さん》谷《や》堀《ぼり》

638 炭の香《か》やしぐれふる夜のさし向《むか》ひ

639 夜ごと聞く蟲もいつしか枕《まくら》もと

640 夜毎きく蟲もたちまち枕もと

641 蜀《しょく》山《さん》が筆のすがたや雨の萩《はぎ》

642 蜀山が草《さう》書《しょ》に似たり雨の萩

643 炭の香や時雨きく夜のさし向ひ

644 藪《やぶ》かげにめづる夕日やからす瓜《うり》

645 飽《あ》きし世にまた着る秋の袷《あはせ》かな

646 菊よりも石《つ》蕗《は》早くさく小《こ》庭《には》かな

647 糸瓜の画に
蚊《か》帳《や》ひとりつりて一ぷく煙《たば》草《こ》かな

648 蚊帳つりて一人一ぷく煙草かな

649 わが庵《いほ》は古本紙《かみ》屑《くづ》蟲の声

650 わが庵は塵に古本蟲の声

西瓜の画に

651 こほろぎや古本つみしまくらもと

652 月もよしどの本よまむ幮《かや》の中

筆筒と眼鏡の画に

653 積み上げし書《しょ》物《もつ》くづれて百足《むかで》かな

蔦紅葉の画に

654 窓の燈《ひ》や落葉音《おと》する夜の雨

655 窓の燈や落葉にそゝぐ夜の雨

656 雞《にはとり》の落葉ふむ音暮《くれ》しづか

昭和一九(一九四四)年

657 雞《けい》頭《とう》に何を悟らむ寺の庭

658 松過ぎて思はぬ人に逢《あ》ふ夜《よ》かな

659 酒飲まぬ人は案《か》山《か》子《し》の雪《ゆき》見《み》哉

660 飲まぬ身は案山子と二人雪見かな

661 舟なくば雪見がへりのころぶまで

662 舟なくも雪見かへりのころぶまで

663 舟《ふな》足《あし》を借りておちつく雪見かな

664 ふり足らぬ雪をかなしむ隠《いん》居《きよ》かな

665 ふり足らぬ雪をば惜《を》しむ隠居かな

666 雪を煮て寝《ね》しな一《ひと》きれ夜の梅

667 雪の夜や寝しな一きれ夜の梅

668 陳《ちん》皮《ぴ》干す日もやゝ永《なが》き軒《のき》端《ば》かな

669 文《ぶん》債《さい》を果《はた》す一《ひと》日《ひ》や窓の雪

670 垣《かき》根《ね》道《みち》雪に行く人夕《ゆふ》がらす

671 撫《なでし》子《こ》や舟まつ雨の川《かは》渡《わた》し

672 撫子に海は晴れたり松の外

673 庭の石に本二三冊合歓《ねむ》の花

674 世の中は遂《つひ》に柳《やなぎ》の一《ひと》葉《は》かな

675 秋高くもんぺの尻《しり》の大《おほい》なり

676 スカートのいよ丶短し秋のかぜ

677 スカートの内またねらふ藪《やぶ》蚊《か》哉《かな》

678 蟲き丶に銀座を歩《あゆ》む月夜哉

679
亡《ばう》国《こく》の調《しらべ》せはしき秋の蟬《せみ》

680
秋蟬のあしたを知らぬ調哉

681
掃庭
石《つ》蕗《は》の花菊さくまでの眺《ながめ》かな

682
百《も》舌《ず》鳴くや竹ある崖《がけ》の朝あらし

683
百舌なくや竹ある庭の朝あらし

684
植木屋の辨《べん》当《たう》箱《ばこ》や草《くさ》紅葉《もみぢ》

685 柿とりし竿《さを》そのまゝに柿紅葉

686 川《かは》端《ばた》の町取《とり》払《はら》はれて後《のち》の月

687 柿《かき》栗《くり》もぬすみ取られて後の月

688 蟲の音《ね》も今日が名《な》残《ごり》か後の月

689 月も見ぬ世になり果てゝ十《じふ》三《さん》夜《や》

690 霜《しも》とけて春待つ草の青《あを》芽《め》かな

昭和二〇(一九四五)年

691
裏《うら》町《まち》や貧しき寺の冬《ふゆ》木《こ》立《だち》

692
木《こ》枯《がらし》や坂道いそぐ湯のかへり

693
消えやらぬ残《のこん》の雪や門の闇

694
消えやらぬ残の雪や闇の門

695
冴《さ》えわたる北《ほく》斗《と》の影や屋根の雪

696 衣《きぬ》かへしむかしを思ふ昼《ひる》寐《ね》哉

697 旅に出てきく鳥やみな閑《かん》古《こ》鳥《どり》

698 桃《もも》つくる翁《おきな》めでたき齢《よはひ》かな

699 夕《ゆふ》立《だち》につゞく小雨や蟲の声

700 庭の夜や踊《をど》らぬ町の盆の月

701 月見るも老《おい》のつとめとなる身かな

702 空腹《すきはら》にしみ込む露《つゆ》やけふの月

703 すき腹に露の寒さや今日の月

704 湯の町や燈《ひ》もにぎやかに今日の月

705 夕立に蟲まだ鳴くや小《こ》六《ろく》月《ぐわつ》

706 夕立や蟲もまだ鳴く小六月

707 下《げ》駄《た》草《ざう》履《り》籾《もみ》も干すなり門《かど》の秋

708 下駄草履籾ほす門の秋深し

709 つばくろの去りにし後のかへり花

710 つばくろの去りにし門のかへり花

711 つばくろの去りにし後や門の秋

712 いたづらに老《おい》行《ゆ》く人や秋の暮《くれ》

713 いたづらに老ひ行く秋も暮れにけり

714 背に負うて栗売りに来る翁《おきな》かな

715 風の声きいて昼寐や小六月

716 いたづらに老行くわれや秋の暮

717 行《ゆく》年《とし》に見残す夢もなかりけり

718 芋《いも》粥《がゆ》やふちの焦げたる鍋《なべ》のふた

当地街頭所見

719 湯の町の川や蜜《み》柑《かん》の皮ばかり

720 谷《たに》川《がは》に障《しやう》子《じ》を洗ふ藝《げい》者《しや》かな

721 羊《やう》羹《かん》の高きを買はむ年の暮

昭和二一(一九四六)年

722 葛《かつ》飾《しか》に住みて間もなし梅の花

723 葛飾に越して間もなし梅の花

724 紅《こう》梅《ばい》にまじりて竹と柳かな

725 紅梅も交りて竹と柳かな

726 鶯《うぐひす》や借家の庭のはうれん草《さう》

727 人よりもまづ鶯になじみけり

728 桜にはまだ程《ほど》もあり雨三《みつ》日《か》

729 見たくなき世もこの頃《ごろ》の若葉かな

730 行《ゆく》春《はる》や小《こ》米《ごめ》ざくらに雨すこし

731 牡《ぼ》丹《たん》散つてまた雨をきく庵《いほり》かな

732 牡丹散つてひとり雨きく庵かな

733 日は長くさかりの花も牡丹かな

734 日は長しさかりの花も牡丹かな

735 世のさまも知らぬ顔《かほ》なる牡丹かな

736 戦《たたか》ひに国おとろへて牡丹かな

737 戦ひに国傾《かたむ》きて牡丹かな

738 富まぬ身も牡丹眺むる浮《う》き世《よ》かな

739 ほろび行く国の日《ひ》永《なが》や藤《ふぢ》の花

740 借りて住む家に牡丹を眺めけり

741 藤の花さく縁《えん》側《がは》に昼《ひる》寐《ね》かな

742 藤棚の花より長き昼寐かな

昭和二三(一九四八)年

743
故里《ふるさと》や柳も招《まね》ぐ御《お》堀端《ぼりばた》

昭和二四(一九四九)年

744
停電《ていでん》の夜はふけ易《やす》し蟲の声

745
窓にほす襦袢《じゅばん》なまめく日永《ひなが》哉

昭和二七(一九五二)年

746 かたいものこれから書きます年の暮

747 これからは堅いものを書きます年の暮

年次未詳

748 まだ咲かぬ梅に対する一人《ひとり》かな

749 まだ咲かぬ梅を見るさへ一人かな

750 やけ原やくれ行く春の夕《ゆふ》月《づく》夜《よ》

751 春早き川のながめや宵月夜

752 面《めん》打《うち》の浮世は知らず伊《い》豆《づ》の春

753 花《はな》時《どき》や裸《はだか》体踊《をどり》の絵かんばん

754 春風やはだか踊の絵看板

755 東《こ》風《ち》吹くや東の空に残る月

756 川ぞひの黒《くろ》板《いた》塀《べい》や春の雪

757 深川や花は無くとも春の水

758 和蘭陀《オランダ》の来る頃火の雨来《きた》りけり

759 紙雛《かみひな》や箪笥《たんす》の上のまどあかり

760 かくし妻雛《ひな》も目立たずかざりけり

761 御《お》百度《ひやくど》も満願《まんぐわん》の日を初桜

762 花三《み》つ日《か》御前試合の誉《ほまれ》かな

763 名をかへてしのぶ浮《うき》世《よ》の花見かな

764 浮世絵のむかし語《がたり》や八《や》重《へ》桜《ざくら》

765 市《いち》ケ谷《や》の八《はち》幡《まん》仰《あふ》く木《こ》の芽かな

766 またしても閉める障《しやう》子《じ》や春《はる》雀《すずめ》

767 人影も春のすがたや夜の橋

768 行《ゆ》く春を見送る窓の鸚《あう》鵡《む》哉

769 竹の秋身は七十を越えにけり

770 風きいて老《おい》行《ゆ》く身なり竹の秋

771 風きいて楽しむ老や竹の秋

772 短《みじか》夜《よ》や舞台げいこの終《をは》るころ

773 涼しさや橋をながめる橋の上

774 すゞしさや橋をのりこす橋の上

775 涼しさや橋を見渡す橋の上

776 柳くゝる猪《ちよ》牙《き》のへさきや夏の雲

777 風かをる窓に定《てい》家《か》の机かな

778 風かをる書《しよ》院《ゐん》の床の鎧《よろ》ひ哉

779 薫《くん》風《ぷう》や昼《ひる》飯《めし》時《どき》の硝《がら》子《す》窗《まど》

780 窓明けて直す化《け》粧《しやう》や五《さ》月《つき》雨《あめ》

781 五月雨《さみだれ》や身をもちくずす庵《いほ》の主

782 梅雨《つゆ》に入《い》る夕《ゆふべ》や宵の郭公《ほととぎす》

783 夕立やその儘《まま》暮れて夜の雨

784 紋《もん》ところくづしはじめて更衣《ころもがへ》

785 葛《くず》餅《もち》や虻《あぶ》かしましき池の茶屋

786 味《み》噌《そ》餡《あん》をまつさかしけり柏《かしは》もち

787 窓の雨蚊《か》遣《やり》もいつか消るころ

788 風《ふう》鈴《りん》や二階からみる人の庭

789 打《うち》水《みづ》や櫛《くし》落ちてあるきり戸口

790 老《おい》を啼《な》く夏うくひすやわれもまた

791 追へばまた来て鳴く蟬や夜のまと

792 昼の蚊や石《いし》燈《どう》籠《ろう》の笠の下

793 武蔵野《むさしの》に若葉はなくて富士つくは

794 花桐《はなぎり》や雨もしつかに屋敷町

795 名も知れぬ路地の稲荷《いなり》や桐の花

796 夏《なつ》柳《やなぎ》屋根葺《ふき》直《なほ》す庭の門

797 屋根見えてあづま屋遠《とほ》し杜若《かきつばた》

798 百合さくや人待つ門の薄《うす》月《づく》夜《よ》

799 赤茄子《あかなす》も夏となりけり耳かくし

800 暗き日や花なき庭の雪の下

801 敷紙《しきがみ》や三味線《さみせん》さらふ倉の前

802 屋根船《やねぶね》に残る火影《ほかげ》やかへる雁《かり》

803 まど際《ぎは》に移す鏡や今朝《けさ》の秋

804 春信《はるのぶ》の柱絵古《ふ》りぬ窓《まど》の秋

805
春信の紅《べに》絵《ゑ》ふりたり窓の秋

806
春信の柱絵古りけり窗の秋

807
竜《りん》胆《だう》や山の手早く冬隣《とな》る

808
十《じふ》月《ぐわつ》の日《ひより》和定まる夕《ゆふ》陽《ひ》かな

809
その昔《むかし》築地の奥の夜《よ》長《なが》かな

810
かけ皿に焼《やき》芋《いも》残る夜寒かな

811 行《ゆく》秋《あき》や雨ともならて暮るゝ空

812 三《み》日《か》月《づき》や代《だい》地《ち》をぬけて柳橋

813 名月や観《くわん》音《おん》堂《だう》の鬼《おに》瓦《がはら》

814 名月や浅《あさ》草《くさ》寺《でら》のいらかかな

815 横《よこ》雲《ぐも》も淋しきさまや後《のち》の月

816 鮎《あゆ》塩《じほ》の焦げる匂《にほひ》や秋の風

817 初秋や蒲《かば》焼《やき》匂ふ河《か》岸《し》通《どほ》り

818 秋《あき》雨《さめ》の土間にとゝかぬともしかな

819 秋雨や床《とこ》の間《ま》くらき遊《いう》女《ぢよ》の絵

820 今《こ》宵《よひ》のみ目《め》鏡《がね》のいらぬ月見かな

821 蔦《つた》もみぢ錦《にしき》をかざる家の門

822 菊ならでこれは白きをめづるなり

823 このまゝに世は静《しづか》なれ稲《いね》の秋《あき》

824 蟲の音《ね》もきこえずなりて十《じふ》三《さん》夜《や》

825 柚《ゆず》味《み》噌《そ》を煮ながら読むや類《るい》柑《かう》子《じ》

826 芋《いも》粥《がゆ》のこげる香《かをり》や霜の朝

827 窓あけて見ればやみけり初《はつ》時《し》雨《ぐれ》

828 燕《つばくろ》のかへりし門やみそさゝい

829
筆たてをよきかくれがや冬の蠅《はへ》

830
知らぬ間にまた一匹や冬の蠅

831
日記さへ楷《かい》書《しよ》で書くや松の内

832
松過きて一《ひと》夜《よ》さひしき小雨かな

833
初《はつ》霞《がすみ》富士見る町の茶屋続き

834
羽《は》子《ご》板《いた》の裏や淋しき夜の梅

835 羽子板の裏や人見ぬ夜の梅

836 羽子板の裏絵さひしや夜の梅

狂歌

明治四五・大正元（一九一二）年

837 こそ〳〵と何かあたりを騒がさん子《ね》年《どし》迎える悪玉の夢

大正二（一九一三）年

故郷に帰りて早《は》や幾歳《いくとせ》をへにけん

838 とつ国の忘れな草も忘れ果てぺん〳〵草を引け四《よ》ツの夢

839 砕《くだ》けよと玉の教《をしへ》をあべこべの全《また》き瓦《かはら》に宿る草の名

大正四(一九一五)年

840 日和《ひより》下駄《げた》樫《かし》の片歯の歩みにも似たるこの身の筆ぞはづかし

841 嘆《なげ》かじな待てば甘露《かんろ》の日和下駄人に後《おく》れて道を行くとも

拙著の再版を希ひて

842 御ひゐきのめぐみを杖の日和下駄目出度《めでた》く年の瀬をや越えなん

843 得手《えて》に帆を明舟町《あけふねちやう》の新世帯富もほまれもやがて金比羅《こんぴら》

わが家の稽古三味線の皮にかきける

844 てん〳〵とはぢもばちをと水調子《みづでうし》うき世をよそのしのび駒かな

845　いつの頃よりとも知らずわが家に桐の円火鉢あり一番町より大久保築地と移り住みて二十余年冬来れば常にわが机辺に在り

こし方の暮のかづ〳〵冬ざれてかゞむ背中の円火鉢《まるひばち》かな

846　久々の霖雨《りんう》も今は明舟の町家《まちや》住居《ずまひ》や窓の土用干《どようぼし》

847　戯れに物かく折には荷風の号を敗荷に改めければ

水鳥《みづとり》のういた心はむかしかな今は敗荷《はいか》とあらため申候

848　おなじく

散るものに極《きはま》る秋の柳をば思ひ知る身を敗荷とぞよぶ

大正五(一九一六)年

849　折かゞむ脊《せ》中《なか》もやがて円火鉢かどのとれたる老《おい》を待つかな

850 時は今天が下しる雨声会酒戦《うせいくわい》のてがら誰《た》がたてにけん

大正七(一九一八)年

851 物云へば唇寒き秋の風目にもさやかに見ゆる年かな

852 まつくらで三味線《さみせん》ひかぬ今宵こそ徹底したる夕べなりけれ

853 夜昼のわかちも知らず戸をたてゝ三味線ひかぬ色町ぞよき

854 千歳《せんざい》の翁《おきな》に似たるあごの髯角《つの》も羊はまろく収めて

大正一四(一九二五)年

855 新しきその当座こそよかりけれ女房に似たるむぎわらの帽

856 折れやすき名はむぎわらの夏ばうし拭《ぬぐ》ひかねたる雨のけがれに

857 行先は雛の林ときくからに卵のからと身をなくだきそ

大正一五・昭和元(一九二六)年

858 ひまな身もたはむれ事の多ければ花をもみずに暮らす日もあり

昭和五(一九三〇)年

859 白露にぬれふす萩《はぎ》のみだれ髪さし込む月もその根本まで

860 泣きもせで唯身をこがす蛍より夜すがらすだく蟲ぞこひしき

昭和六(一九三一)年

861 めでたさは翁に似たるあこの髯角も羊はまろくをさめて

昭和一〇(一九三五)年

862
邯鄲《かんたん》のゆめよりも猶《なほ》みじかきは寐るひまもなき契《ちぎり》なりけり

863
白萩《しらはぎ》の中おし分けて根本まで月さす影に泣くくつわむし

昭和一二(一九三七)年

864
里の名を人のとひなばしらつゆの玉《たま》の井《ゐ》深きそこといはまし

昭和一五(一九四〇)年

865
しのぶてふ辰巳《たつみ》の里も知らぬ身はうしと見し世ぞ更にかなしき

866 すりむきし膝は畳の上ならで石につまづく老の坂道

濹東綺譚に題す

867 川竹《かはたけ》のつきぬながれをまたこゝに誰《た》が掘りそめし玉の井の水

868 川竹の絶えぬ流れをまたこゝに誰が汲《く》み初《そ》めし玉の井の水

869 川竹のたへぬ流れをまたこゝに誰が堀り出でし玉の井の水

870 そのたびに洗ふと聞けば玉の井の濁らぬなさけ汲みてこそ見め

昭和一六(一九四一)年

871
犬さへも色恋すてゝ物の数そらでよむ世となるぞかなしき

872
犬さへも色恋すてゝ物の数そらで読む世と今はなりけり

873
雪とのみ思ひてねたる夜半《よは》の空晴れてうれしきけさの春風《はるかぜ》

874
雪とのみ思うていねし夜半の空晴れてうれしきけさの春風

875
どろ墨《ずみ》の濁りよどみし墨田川むかしのけしきいつ都鳥《みやこどり》

876
安墨《やすずみ》の濁りよどみし墨田川むかしのさまをいつ都鳥

877 恋人と見れば言問《こと と》ふ角袖《かくそで》にみやこ鳥さへ影つくば山

878 恋人と見れば言問ふおまはりに都鳥さへ影つくば山

椿の画に

879 朝がほにまさるあはれは咲くまゝにすがたもかへず散るつばきかな

880 朝がほにまさるあはれは咲くまゝのすかたもかへず散るつはきかな

人形の画に

881 物言はぬ土人形のゐがほこそ世わたる道のしるべなるらめ

882 酒さかな皆売り切に鳴海《なるみ》潟汐《がたしほ》もそこりて干物さへなし

883 それ焼けたとわめき集る人のむれ芋屋《いもや》のさわぎ火事場なりけり

884 ふかし芋ふかす藁火《わらび》も飢ゆる子のうれし涙に消ゆるわびしさ

885 釜《かま》のふたあけて取り出す焼芋は地獄の鬼の角とこそ見め

886 豆腐《とうふ》さへなき世の中を揚出《あげだ》しに里のむかしをかたる生酔《なまゑひ》

昭和一七(一九四二)年

887 あぢきなき浮世《うきよ》の風の吹く宵《よひ》は人のなさけにしぼる袖《そで》かな

888 夕風《ゆふかぜ》と人のめくみの肌さむく身にしむ秋ぞ悲しかりける

889 夕風と人のめぐみの肌さむく身にしむ時ぞわびしかりける

890 豆《まめ》まきといへど豆なき家の内《うち》福は来《きた》らず鬼は追はれず

891 正しくば捨てらるゝ身をこのふくべゆがむがゆゑに人のめでけり

昭和一八(一九四三)年

892 来ぬ人をあだにまつ日は過ぎ行きてわが身ひとつの秋となりけり

893
来ぬ人をあだにまつ夜《よ》の月すみてわが身ひとつの秋ぞさびしき

昭和一九(一九四四)年

894
植木屋にお芋《いも》もらつた御礼《おれい》には何と夕蟬《ゆふぜみ》おしいおいしい

昭和二一(一九四六)年

895
隠れ住む菅野《すがの》の里は松多《おほ》し来て君もきけ風のしらべを

896
一人住む菅野の里は松多し君もきて聞け風のしらべを

897 朝夕《あさゆふ》に松風《まつかぜ》ばかり吹く里は人のたよりも絶えて久しき

898 朝夕に松風ばかり吹く里は人のたよりの絶えて久しき

899 夜《よ》ふけても調《しらべ》はやまぬ松の声都のたより時にきかせよ

900 夜ふけても調やすまぬ松の風都のたより時にきかせよ

901 夜ふけにも調絶《たや》さぬ松の風都のたより時にきかせよ

902 夜ふけにも調休まぬ松の風都のたより時にきかせよ

903　みだれ行く世のゆくするゑは松風の騒《さわ》ぐ音にもおもひ知られて

904　松風のさわぎも止《や》まぬ或宵《あるよひ》は浪路《なみぢ》さすらふ夢も見るかな

905　小雨《こさめ》ふる芽出し楓《かへで》の庭を見てわれにもあらず歌もよみけり

906　小雨ふる芽出し楓の庭を見てわれにもあらず歌よみにけり

907　小雨ふる芽出しもみぢの庭をみてわれにもあらず歌よみにけり

908　松しける生垣つゞき花かをる菅野はげにもうつくしき里

909 そら豆の花もいつしかみとなりぬ麦秋《ばくしう》近き風の夕ぐれ

910 蚕豆《そらまめ》の花もいつしか実《み》となりぬ麦秋ちかき夕ぐれの風

911 いくまがり松の木かげの垣根道もどるわが家を人に問《と》ひけり

912 雨ふれば小米《こごめ》ざくらや雪柳《ゆきやなぎ》いちごの白き花さへもよし

913 雨ふれば小米ざくらや梨《なし》の花苺の白き花さへもよし

914 うぐひすも心して鳴けあかつきは短きゆめの名残《なごり》をしめば

915 鶯もこゝろして鳴けあけがたは短き夢の名残をしめば

916 松多きいけ垣つゞき花かをる菅野は実《げ》にもうつくしき里

917 傘さゝで人やたづねむ雨の日も松かげ深き小《こ》道《みち》あゆめば

918 おさまらぬ世の行末《ゆくすゑ》は松風のさはぐ音にも思ひ知られて

919 松かげに花いろ〳〵の垣つゞき菅野の里はげにもうつくし

920 松しげる生垣つゞき花たえぬ菅野はげにもうつくしき里

昭和二二(一九四七)年

921 おれが書をあつめてまたも真似るかとうしの笑《わら》はむことも恥《はづ》かし

昭和二三(一九四八)年

922 思はずもまた見る真間《まま》の桜ばなさすらひの日も三年《みとせ》過ぎたり

923 眠《ね》むられぬ夜の病《やまひ》もいえぬまにいつしか風の秋となりけり

昭和二四(一九四九)年

924 つれ〴〵に出て見る門の柿紅葉《かきもみぢ》また降りかゝる村雨《むらさめ》の声

925 雨の日は人の来ぬこそ嬉しけれ昼もむかしの夢にあそべば

926 烏瓜《からすうり》色づく門の破垣《やれかき》根冬日しづかにひよ鳥の鳴く

昭和二五(一九五〇)年

927 この里も住めば都となりにけり三《み》たび来て見るまゝ川の花

928 江戸川の風にちり行く弘法寺《ぐほふじ》のしだれ桜に惜しむ春かな

昭和二八(一九五三)年

山桜をかきたるに

929 しらがかとみしはよほどの姥桜《うばざくら》春は木のめのかすむゆへとて

牡丹のゑに

930 富貴《ふうき》なる上にも欲のふかみ草花に廿日《はつか》も日延《ひのべ》してまし

年次未詳

931 同行《どうかう》ハ両手をつきぢ門跡《もんぜき》にまいれ浄土《じやうど》の道きけよとて

小唄 他

小唄

夏*の雨

*口舌《くぜつ》した揚句《あげく》の果《はて》の無理な酒
とめる男を振りすてて*切戸《きりど》の外《そと》や
夜の闇　アレ　いなびかり鐘の声
蘆《あし》はさわ〳〵さつと降り来る
夜半《よは》の雨

無*題

梅が枝《え》にいくよ宿《やど》かる鶯《うぐひす》の
いつそ色香も*小桜の花にはなぜに鳴かぬぞや
*池の柳にや蛙《かはづ》がとまる

かしの柳にや春雨や
翼*かはしてぬれ燕《つばめ》
世には定めがあるわいな

新*橋

橋*の名もむすぶの神の出雲《いづも》とや
ぬしとわたしの仲通《なかどほり》
かけしえにしは何時《いつ》までも
築*地の河岸の夜の雨
ふけた座敷のむつごとに
乱れし髪も鍋*町の
髷《まげ》にゆふ日はいつ金春《こんばる》*よ
首尾の日吉《ひよし》*をまつぞえ

よし町*

義理の座敷をソトぬけて
茶屋の手前も気をかりがねの*
葭町ふけし月影に
飛んで中洲《なかす》*の逢引《あひびき》や
深くなるとのまじなひに
わざと今宵《こよひ》は一ツ目の*
島田にゆひしあらひ髪*
鬢《びん》のほつれを見とがめて
うたぐるお前の　ヱヽ　わけ知らず

端唄

松屋呉服店広告用端唄*

〽湯上りのおくれ毛なづる涼風《すずかぜ》も一雨ごとに身にしみていつか今年の秋袷《あきあはせ》。過ぎし花火に見覚えのぬしが羽織《はおり》*の紋どころそつと崩してわたしのと比翼《ひよく》*に染めて知らぬ顔。やがて浮名のたて縞《じま》*に末はめでたう子持《こもち》*じま。川*といふ字に寐て見たいといふて朝夕神いのり。

○

わかれて*後のいくとせや、またの逢瀬《あふせ》はこの世にてかなはぬものと知りしより、その折々の悲しさを四季のながめに事寄せて忘るゝ道も悟りしが、悟りすませばまた更に、身にしみじみと寂しさの、堪へもやらねばそのむかし、悟り開かぬ宵毎《よひごと》のなやみ悶《もだ》えのさてなつかしと、せめて*は夢をたよりにて夢で顔見て泣きたやと、*無理な願《ねがひ》に日をくらす。命あれば憂き思こそ絶えやらぬ。悟ればさびし鐘の声、悟らねばつらし夜の雨。これが浮世や人の世や。

○

*市川や清きながれの岸に立つ松*の木蔭《こかげ》の蔦《つた》の門。古《ふ》りし軒端《のきば》にさす月も一きは冴えし夜の霜。アレ見やしやんせ鳥が啼く。アノ鳥は沢村千鳥千代《ちよ》万代《よろづよ》と鳴くわいな。

○

〽*上汐《あげしほ》に風も追手《おひて》の船*の内。首*尾の松が枝雲遠く金*龍山の塔の影。見渡す景色も盃をかはすたび〳〵かはり行く、しらべも早き*佃節《つくだぶし》。いつか乗込む山*谷堀《さんやぼり》。浮ぶ梢《こずゑ》や水かゞみ。色なす岸につきにけり。

○

*こゝろにもないこと言ふたそのまゝに帰りはしたが気にかゝりつまづく橋の柳*影はきちがへたる*駒下駄《こまげた》を返すふりして茶屋*の門そつとのぞけばまだそこにぬしはそうして居さんすかと言ふてそのまゝ仲直り

琴　唄

琴唄*行　秋

行秋の雨ともならぬ薄ぐもり。風は吹かねど散るや木の葉の散るなかに。さまよふ蝶《てふ》の影一つ。今見し夢の名残かと肱《ひぢ》つく机つくづくと。恋しきはかへらぬむかしぞや。さびしきは宵闇の窓に。きいておどろく鐘の声。けふも暮れけり。変る姿の人の身にすぎ行く月日。かはりなきこそつれなけれ。

清　元

*荷風薫色波《はすのかぜかをるいろなみ》

〽*行水《ゆくみづ》にくらべし人の身の上も、*蓮の浮葉の浮沈み、こゝに思案の*溜池《ためいけ》や、吐《つ》く溜息もつくづくと尽きて流《ながれ》の末さへも、行きどころなき濁江《にごりえ》の、丁度雨持つ闇の空、*しめりがちなる鐘の音に、この世の*えにし桐畑、*夢の短夜《みじかよ》あけぬ間と、*二人連れ立つ死出の旅。柳吉「コレお辰あすこに見ゆるが溜池とて、底ひも知れぬ沼の水、「浮ぶ蓮葉《はすは》をこの世から来世は一蓮托生《いちれんたくしやう》と、二人が命の捨どころお辰「思へば果敢《はかな》い此世《このよ》の契り、どうで添はれぬものならば、せめて一所《いつしよ》に死ぬがまし、早やう障《さは》りのない中に、死場所さがして下さんせいなア「恋の闇路や皐月雨《さつきあめ》、物のあいろも水鳥の羽音も二人が追手かと、互《たがひ》に胸の女夫波《めをとなみ》寄せては返す土手の草、袂《たもと》ぬらして来りける。柳吉「幸これなる柳をば冥土の旅の一里塚、明日《あす》は浮名を読売りにうたはれるはいとはねど、このわし故にお前まで、花のさかりを散らすかと、思へば不憫《ふびん》なことぢやなア」お辰「この場になつて何をいはしやんす、わたしが花ならお前こそ「*蕾のままの若衆《わかしゆぶ》振り、ついした事から年上の、わたしに思染められて、さぞ御迷惑で御ざんしやうが、何事も約束づくとあきらめて、どうぞ*量見して下さんせいな。「それもわたしが*郭《くるわ》にて*松の位の君ならば、たとへ心中するとても、後《のち》の世かけていつまでも、*比翼連理の石ぶみに、手向《たむけ》の花もあらうもの、悲しやこれは足曳《あしびき》の*山の手遠き氷川《ひかは》なる、明神様の*水茶屋で、二朱のお茶代*二世《にせ》の縁、昼《ひる》の日中《ひなか》も店先の、*障子を一寸立膝に、そのまゝ*恥も白露の、濡れるにまかすまろび寐は、何ぼ*賤《いや》しい勤《つとめ》でも、恋のまことは*清水谷《しみづだに》、深き心を*赤坂に、無理な首尾をも*汐見坂《しほみざか》、登りつめたる其果《そのはて》は、*葵の堰《せき》のせく水に、乱《みだ》れておつる白瀧の、糸も麻布のもつれ髪、かんにんしてと取りすがり、口説き嘆くぞ誠なる。柳吉「何のそのやうな言訳が入るものぞ、大名相手の傾城《けいせい》に大きな面《つら》をされるより、どうせ日陰の濁江に、明すまことがほんの誠、お辰「嬉しうござんす、其お言葉が冥土の土産《みやげ》、柳吉「*後生《ごしやう》のさはりの無いやうに*闇の夜ながらもう一度、互の顔を見て置かん、「*これが此世の見納《みをさめ》と、西へ向ひて合す手も、しばしはヂッと取りかはし、*互に抱き月影も、なければ顔をすりよせて、目と目を合すまつ毛《げ》より、まつ毛につたふ露の玉、消る間《ま》早き短夜に、*つなぐ縁《えにし》も今日《けふ》かぎり　柳吉「お辰、*覚悟はよいか、お辰「柳吉さん、少しも早やう、両人「*南無《なむ》あみだ仏「声もろともに水のおも、*パッと飛立つ水鳥の、*浮寐の夢も破蓮《やれはす》の、*あはれを風につたへけり。

漢詩

〔無題〕

已見秋風上白蘋
青衫又汚馬蹄塵
月明今夜消魂客
昨日紅楼爛酔人

已《すで》に見《み》る　秋風《しゅうふう》の白蘋《はくひん》に上《のぼ》るを
青衫《せいさん》又《ま》た汚《けが》る　馬蹄《ばてい》の塵《ちり》に
月明《げつめい》　今夜《こんや》　消魂《しょうこん》の客《きゃく》
昨日《さくじつ》　紅楼《こうろう》　爛酔《らんすい》の人《ひと》

●明治四十三年(一九一〇)八月一日刊『三田文学』に掲載された「紅茶の後(三)」(のち「夏の町」に改題)に所収。文中に「十四五歳〔明治二十六、二十七年〕」の時の作とある。「中学を卒業する前年〔明治二十九年・一八九六〕」にしたためた「紅蓼白蘋録《こうりょうはくひんろく》」に本詩は挿入されていたとある。以下制作年次順に配列した。七言絶句。韻字　蘋・塵・人(上平声十一真)。○秋風上白蘋　秋風が白蘋(白い花を咲かせる浮草)をふきなびかす。晩唐、杜牧《とぼく》「湖南の正初に李郢秀才を招く」に「白蘋の芽を吐かんと欲するを看著《かんちゃく》し、雪舟もて相訪《と》ふは閑行《かんこう》するに勝る」。○青衫　黒っぽい上着。書生の服。学生服。○又汚馬蹄塵　またしても馬車に乗って馬が蹴散らす土埃で汚してしまった。結句の内容から作者は遊郭に出かけたことが知れるので、「汚」には心がけがれたの意味も重層する。○消魂客　悲しみやせつなさで気もそぞろな人。○紅楼　壁や欄干が紅色などで彩色された楼閣。遊郭、女郎屋を意味する。○爛酔人　しこたま酔った人。酔漢。作者を指す。盛唐、杜甫《とほ》「杜位宅にして歳を守る」に「誰《たれ》か能《よ》く更に拘束せん、爛酔是れ生涯」。

〔無題〕

年来多病感前因
旧恨纏綿夢不真
今夜水楼先得月
清光偏照善愁人

年来《ねんらい》の多病《たびょう》　前因《ぜんいん》を感《かん》じ
旧恨《きゅうこん》　纏綿《てんめん》として　夢《ゆめ》　真《しん》ならず
今夜《こんや》　水楼《すいろう》　先《ま》づ月《つき》を得《え》て
清光《せいこう》　偏《ひと》へに照《て》らす　善愁《ぜんしゅう》の人《ひと》

●同上「夏の町」所収。七言絶句。韻字　因・真・人(上平声十一真)。

○年来多病　近年病気に侵されがちであること。○感前因　前世からの因縁であると痛感する。○旧恨纏綿　かつてしたことを悔やむ気持ちがなかなか消え失せないこと。○夢不真　熟睡できない。うたたねしかできない。○水楼　川岸に建っている料亭や青楼。盛唐、杜甫「舎弟観の書を得て中都自《よ》り已に江陵に達す云々」に「颯々《さつさつ》として啼眼開き、朝々水楼に登る」。○先得月　料亭や青楼は二階建てなので、平屋の民家より早く月が眺められること。○清光　月光。○偏照……にばかり光を集める。……にスポットライトを当てる。
○善愁人　愁いやすい人。感傷的な人。作者を指す。

〔無題〕

孤碑一片水之涯
重経斯文知是誰
今日遺孫空有涙
落花風冷夕陽時

孤碑《こひ》一片《いっぺん》　水《みず》の涯《ほとり》
経《けい》を重《おも》んず　斯文《しぶん》　知《し》んぬ是《こ》れ誰《たれ》なる
今日《こんにち》遺孫《いそん》　空《むな》しく涙《なみだ》有《あ》り
落花《らくか》の風《かぜ》は冷《ひ》ややかなり　夕陽《せきよう》の時《とき》

●明治四十四年（一九一一）二月一日刊『三田文学』に掲載された「下谷の家」に所収。本文中に「十七八の頃（明治二十九年、三十年）」に作ったとある。七言絶句。韻字　涯・誰・時（上平声四支）。
○孤碑　向島の白髭神社（東京都墨田区東向島三—五—二）境内に建っている荷風の祖父「鷲

津毅堂之碑」(三島中洲撰文)。「下谷の家」の中には「私は祖母様《おばあさま》や父上、もしくは母上なぞと、向島のお花見に出掛けられる年頃になつた時、白髭神社の土手際に立つてゐる大きな石碑をば、あれは下谷の祖父様《おぢいさま》の門人達が先生の徳を頌《たた》へるために建てたものだと教へられた」とあり、『下谷叢話』(大正十三年発表)ではしばしば毅堂の行状の考証の材料として三島中洲の撰文が言及される。○水之涯　隅田川のほとり。隅田川の東岸。「涯」には水際、岸辺の意味がある。○重経　四書五経など儒学の聖典を大切にする。○斯文　儒学。または儒学者。『論語』子罕《しかん》篇の語。ここでは碑主たる鷲津毅堂を指す。○知是誰　一体どのような人であったのであろうか。祖父のことを作者荷風は熟知しているのであるが、幼年期の想い出として詩を詠じていることや第三者の立場から詠じたと仮構してもったいぶった表現をとっている。○遺孫　後にのこされた孫。荷風のこと。○空有涙　毅堂の死を悼んで涙を流すがその悲しみは死者である碑主には伝わらないの意。毅堂は荷風三歳の明治十五年(一八八二)に既に没していた。○落花風　桜の花びらを吹き散らす風。初唐、劉廷芝《りゅうていし》「白頭を悲しむ翁に代る」(『唐詩選』)に「古人復《ま》た洛城の東に無く、今人還《ま》た落花の風に対す」。晩唐、杜牧「酔後僧院に題す」(『三体詩』)に「茶煙軽《ちゃえんかる》く颺《あ》がる落花の風に」。

〔無題〕

艶体詩成払壁塵
竹西歌吹買青春
二分明月猶依旧
照此江湖落魄人

艶体《えんたい》　詩《し》成《な》つて　壁塵《へきじん》を払《はら》ひ
竹西《ちくせい》の歌吹《かすい》　青春《せいしゅん》を買《か》ふ
二分《にぶ》の明月《めいげつ》　猶《な》ほ旧《きゅう》に依《よ》つて
此《ここ》に江湖《こうこ》落魄《らくたく》の人《ひと》を照《て》らす

●同上「下谷の家」所収。七言絶句。韻字　塵・春・人（上平声十一真）。
○艶体詩　男女の色恋や花柳界での歓楽を詠じた詩。晩唐の韓偓《かんあく》あたりから発して脈々と歌い継がれたが、清朝にいたって盛んに詠じられた。荷風の父永井久一郎（号は禾原《かげん》）と交遊のあった明治詩壇の第一人者森春濤《もりしゅんとう》が清朝の艶体詩の作風を広めた。○払壁塵　詩作を表装して掛け軸に仕立てそれを掛けるために床の間の壁のほこりをはらうこと。○竹西歌吹　花柳界で藝妓の歌や三味線の演奏を聞くこと。故事については、「濹上春遊二十絶」其五（二二〇頁）の「竹西」の注参照。○買青春　春を買う。歓楽に金を費やす。妓女を買って楽しむ。「青春」は、「青」が五行で春に対応することから春の意。晩唐、雍陶《ようとう》の「行楽を勧む」（館柳湾編『晩唐十家絶句』）に、「老い去つて風光身に属せず、黄金惜しむ莫《なか》れ青春を買ふことを」とある。○二分明月　三日月。繊月。「瀍上春遊二十絶」其八(二二三頁)に「十里の珠簾　二分の月」とある。○依旧　昔と変わらない。○此　承句で詠じられていた歓楽街を指す。○江湖落魄人　市井のど真ん中で落ちぶれた姿をさらす人。荷風自身を指す。晩唐、杜牧「懐《おも》ひを遣《や》る」(『三体詩』)の「江湖(一に江南に作る)に落魄《らくたく》して酒を載《の》せて行く、楚腰繊細掌中に軽《かる》し」をふまえた表現。

〔無題〕

別後情懐愁易催
相思有涙夢低回
桃花落尽人何在
細雨江南春水来

別後《べつご》の情懐《じょうかい》　愁《うれ》ひ催《もよお》し易《やす》く
相思《あいおも》ひて涙《なみだ》有《あ》り　夢低回《ゆめていかい》す
桃花《とうか》落《お》ち尽《つ》くして　人《ひと》何《いず》くにか在《あ》る
細雨《さいう》　江南《こうなん》　春水来《しゅんすいきた》る

●同上「下谷の家」所収。七言絶句。韻字　催・回・来(上平声十灰)。
○別後　女性との離別の後。中唐、元稹《げんしん》「枝花を折りて行に贈る」に「別後相思最も多き処《ところ》、千株万林を繞《めぐ》りて垂《た》る」。○愁易催　憂愁にとらわれがちである。感傷的になりやすい。○相思　相手のことを一方的に想う。○夢低回　夢の中でも恋人のことを繰り返し思う。「低回」は畳韻語で繰り返すさま、行ったり来たりするさま。○人何在　恋人の姿はどこにも見えない。○細雨　霧雨。小ぬか雨。○春水来　雪が解けて水かさがました川の流れが迫る。

滬遊雑吟(節十六首)

臨発賦二絶留別井上九穂

〔其一〕

此行今又負清宵
話到分離魂欲消
羨汝中秋墨堤月
画船酔臥枕双橋

時正中秋前数日也故及

滬遊雑吟《こゆうざつぎん》(十六首《じゅうろくしゅ》を節《せっ》す)

発《はっ》するに臨《のぞ》んで二絶《にぜつ》を賦《ふ》す。井上九穂《いのうえきゅうすい》に留別《りゅうべつ》す。

〔その一〕

此《こ》の行《こう》　今《いま》又た清宵《せいしょう》に負《そむ》く
話《かた》りて分離《ぶんり》に到《いた》れば魂《たましい》消えんと欲《ほっ》す
羨《うらや》む　汝《なんじ》　中秋《ちゅうしゅう》墨堤《ぼくてい》の月《つき》に
画船《がせん》　酔《え》いて臥《ふ》す　枕双橋《ちんそうきょう》

時正《ときまさ》に中秋《ちゅうしゅう》前数日《まえすうじつ》也《なり》。故《ゆえ》に及《およ》ぶ

●以下、「滬上春遊二十絶　存十首」まで、明治三十一年(一八九八)二月二十六日刊『桐陰会雑誌』に掲載。七言絶句。韻字　宵・消・橋(下平声二蕭)。
○滬遊雑吟　上海旅行前後の感慨を漫然と詠じた連作。「滬」は上海の旧名。荷風は十八歳の明治三十年(一八九七)九月七日から十一月末にかけて、父母弟と共に上海日本領事館隣にあった父久一郎の勤務する日本郵船会社の社宅で暮らした。この時の様子は本連作と同じ明治三十一年二月二十六日刊行の『桐陰会雑誌』に掲載された「上海紀行」に記されていて互いに相補う。○節十六首　全部で十六首あったが、十二首のみを選んで遺《のこ》したの意。○留別　漢詩の詩体のひとつで、旅立つ者がその感慨を、見送る人に遺すもの。○井上九穂　荷風の中学時代以来の旧友井上精一(啞々、夜烏子)。○負清宵　旧暦八月十五日の中秋の名月の日に日本を離れて外国にあること。○魂欲消　悲しくて遣り切れない心境となる。晩唐、杜牧「清明」(『唐詩選』)に「清明の時節雨紛々、路上の行人　魂断えんと欲す」。○墨堤月　隅田川の東岸の堤防上にかかる満月。○画船　妓女や藝者が乗った美しく装飾された遊山船。○酔臥　井上が月見酒に酔いしれて船上に眠ること。初唐、王翰《おうかん》の「涼州詞」(『唐詩選』)に「酔うて沙場に臥《ふ》すも君笑ふこと莫《なか》れ、古来征戦幾人か回《かえ》る」。○枕双橋　枕橋。江戸向島から中之郷に通じる源森川に架かる源森橋とそのすぐ北にあった水戸藩邸内の堀に架けられた新小梅橋との並称。藩邸内の堀が埋め立てられ新小梅橋は撤去され、明治八年以降は源森橋のみを枕橋と呼ぶ。

〔其二〕

病来多負故人期
今日無端賦別離
一笛勿吹折楊柳
月残風暁雁来時

〔その二〕

病来《びょうらい》　多《おお》く負《そむ》く　故人《こじん》の期《き》
今日《こんにち》　端無《はしな》くも　別離《べつり》を賦《ふ》す
一笛《いってき》　吹《ふ》くこと勿《な》かれ　折楊柳《せつようりゅう》を
月《つき》は残《ざん》す　風暁《ふうぎょう》　雁《かり》の来《き》たる時《とき》

●七言絶句。韻字　期・離・時(上平声四支)。
○病来　病気になってからずっと。○多負故人期　友人との約束を破ってばかりだ。○無端　おもいがけず。めぐりあわせで。○賦別離　別れの詩歌を作る。○折楊柳　笛の曲名で、別離の際に奏でるもの。盛唐、李白《りはく》の「春夜洛城にて笛を聞く」(『唐詩選』)に「此の夜曲中に折柳を聞く、何人《なんびと》か故園の情を起こさざらん」。○月残　明け方になって月が消えかかっているさま。○風暁　朝風が吹いているさま。

過京都汽車中作
山迎水送望於途
満眼風光入画図
不数長亭三百里
車声輾夢過西都

京都《きょうと》を過《す》ぐ。汽車中《きしゃちゅう》の作《さく》。
山迎《やまむか》へ水送《みずおく》りて　途《と》を望《のぞ》み
満眼《まんがん》の風光《ふうこう》　画図《がと》に入《い》る
長亭三百里《ちょうていさんびゃくり》を数《かぞ》へずして
車声夢《しゃせいゆめ》に輾《きし》りて西都《さいと》を過《す》ぐ

●荷風一行は東京から汽車で神戸に向かい、そこから蒸気船で出帆、長崎を経て上海に向かった。七言絶句。韻字　途・図・都(上平声七虞)。
○山迎水送　汽車の窓から見える山や川が次々と眼前に迫って来ては、後に去って行くように見えるさま。○望於途　旅中の風景を眺めていると。○満眼風光　見渡す限りの景観。
○入画図　絵のように美しい光景だ。○長亭　大きな宿駅。東海道の各宿場町。○三百里　京都までの航程を概算したもの。○車声輾夢　車中でうたたねをする作者の耳に汽車の車輪の輾る音が間断なく達するさま。

長崎夜泊

長崎《ながさき》に夜泊《やはく》す。

遠客臨風憶故園
笛声吹月欲黄昏
相思川上相思夢
一領青衫半涙痕

遠客《えんかく》風《かぜ》に臨《のぞ》んで故園《こえん》を憶《おも》ふ
笛声《てきせい》月《つき》に吹《ふ》いて黄昏《こうこん》ならんと欲《ほっ》す
相思《そうし》の川上《せんじょう》　相思《そうし》の夢《ゆめ》
一領《いちりょう》の青衫《せいさん》　半《なか》ばは涙痕《るいこん》

●七言絶句。韻字　園・昏・痕(上平声十三元)。
○遠客　故郷を離れて遠くまで来た旅人。○臨風　風に吹かれて。○故園　故郷。ふるさと。○吹月　月明りの下で吹くこと。○相思　ふるさとにいる友人や恋人を思うこと。「上海紀行」入黄浦江に「相思川上多少の楼台遠く歌吹の音を聞く」。○一領　一着。○青衫　学生服。書生の着物。中唐、白居易《はくきょい》「琵琶行」(『古文真宝前集』)に「就中《なかんずく》　泣《なみだ》下ること誰か最も多き、江州の司馬青衫湿ふ」。「上海紀行」入黄浦江に「知らず青衫已に湿ふを」。
○半涙痕　衣服が望郷の涙でぐっしょり濡れること。

火輪船中作
暗潮打枕夢難成

火輪船中《かりんせんちゅう》の作《さく》
暗潮《あんちょう》枕《まくら》を打《う》ちて　夢成《ゆめな》し難《がた》く

無奈愁人此夜情
独立船頭苦回首
満江風雨逼三更

奈《いか》んともする無《な》し　愁人此《しゅうじんこ》の夜《よ》の情《じょう》
独《ひと》り船頭《せんとう》に立《た》ちて苦《ねんご》ろに首《こうべ》を回《めぐ》らせば
満江《まんこう》の風雨《ふうう》　三更《さんこう》に逼《せま》る

●七言絶句。韻字　成・情・更(下平声八庚)。
○火輪船　蒸気船。石炭を焚いて煙突から火煙を吹き、蒸気圧で車輪を回して航行したゆえの呼称。　○暗潮　夜間に打ち寄せる波の音。「上海紀行」入黄浦江に「暗潮枕を打て篷窓に泣く急」。　○夢難成　なかなか寝付かれない。同上に続けて「短夢幾度か回る」。　○無奈　どうしようもない。なすすべもない。　○愁人　旅愁にさいなまれる作者。　○船頭　船上。デッキの上。「上海紀行」入黄浦江に「小史(荷風の自称)大に喜び走て船頭に立て望む」。
○苦回首　何度も何度も後ろを振り返る。望郷の切なる事の表現。　○満江風雨　広い長江のどこを見渡しても雨と風ばかり。　○三更　夜中の十一時から十二時ごろ。

申城懐古
当年遺跡已榛荆

申城懐古《しんじょうかいこ》
当年《とうねん》の遺跡《いせき》已《すで》に榛荆《しんけい》

誰弄黄昏笛一声
千歳興亡在青史
乱烟荒月古申城

誰《たれ》か弄《ろう》せん　黄昏《こうこん》　笛一声《てきいっせい》
千歳《せんざい》の興亡《こうぼう》　青史《せいし》に在《あ》り
煙《もや》は乱《みだ》る　荒月《こうげつ》の古《こ》申城《しんじょう》

●七言絶句。韻字　荆・声・城(下平声八庚)。
○申城　上海の古称。申君がこの土地を開拓したことによる。○懐古　その土地の歴史をふまえてその興亡に感慨を寄せる作。○当年　かつて。そのかみ。○榛荆　いばらや灌木。その土地が荒廃を極めていることを示す。○誰弄　いったい誰が(笛を)吹くのか。○千歳興亡　中国三千年の歴史における各王朝の盛衰。「上海紀行」入黄浦江に「三千年来の大国の盛思《せい》ふに足る」。○青史　歴史。中国で紙が発明される以前に青竹に歴史を刻したことに由来する。○乱煙　月を覆い隠すように流れる靄や霧。

浦　東

楓葉蘆花両岸風
寒潮寂寞晩来通

浦《ほ》　東《とう》

楓葉蘆花《ふうようろか》　両岸《りょうがん》の風《かぜ》
寒潮《かんちょう》　寂寞《せきばく》として晩来通《ばんらいつう》ず

満天明月孤村渡　　満天《まんてん》の明月《めいげつ》　孤村《こそん》の渡《と》
舟子吹燈話短篷　　舟子《しゅうし》燈《ひ》を吹《ふ》いて短篷《たんほう》に話《かた》る

●七言絶句。韻字　風・通・篷（上平声一東）。
○浦東　上海を東西に分割して流れる黄浦江の右岸の地区。○楓葉蘆花　川岸に植生する赤く染まったかえでや白い蘆の花。原文「盧」に作るも誤りと判断して訂した。中唐、白居易「琵琶行」に「潯陽江頭《しんようこうとう》夜《よる》客《きゃく》を送り、楓葉荻花《てきか》秋瑟々《あきひつひつ》」。「上海紀行」中江壮観に「江岸は荻蘆楊柳風に戦《そよ》ぎ颯々として秋を報ずる処《ところ》」。同上に「乃《すなわち》　蘆花雪乱の下立つて渡を呼ぶ」。○孤村渡　周囲から隔絶した集落の船着き場、桟橋。○舟子　船頭。○吹燈　月明りを楽しむために船上の燈火を吹き消す。○短篷　船体の短小な舟。「上海紀行」中江壮観に「声に応じて艪声伊啞《ろせいいあ》舟人小舫《しょうほう》を浮《うか》べ来《きた》る。称して舢板《シャンパン》と云ふ」。

楊樹浦　　楊樹浦《ようじゅほ》
孤帆無影水悠々　　孤帆《こはん》影《かげ》無《な》くして水悠々《みずゆうゆう》
客路猶為汗漫遊　　客路《かくろ》猶《な》ほ為《な》す　汗漫《かんまん》の遊《ゆう》

暮笛一声楊樹浦
烟零雨砕過残秋

暮《ぼ》笛《てき》一声《いっせい》　楊樹浦《ようじゅほ》
煙《もや》零《お》ち雨《あめ》砕《くだ》けて残秋《ざんしゅう》を過《す》ぐ

●七言絶句。韻字　悠・遊・秋(下平声十一尤)。
○楊樹浦　上海を東西に分割して流れる黄浦江の左岸の地区。○孤帆無影　たった一艘の船も浮かんでいない。○水悠々　ひろびろとした川幅にゆったりと水が流れるさま。○汗漫遊「汗漫」は畳韻語。あてどない旅。とりとめがなく散漫な観光。○煙零雨砕　夕靄が立ち込め、にわか雨が降りだす。

客中正遇重陽節
乃作一絶句

楚艶呉妍紅作囲
樽前敢説昨遊非
満城風雨重陽節
万里征人未賦帰

客中《かくちゅう》正《まさ》に重陽《ちょうよう》の節《せつ》に遇《あ》ふ。
乃《すな》はち一絶句《いちぜっく》を作《つく》る。

楚《そ》艶呉《えんご》妍《けん》　紅《くれない》　囲《い》を作《な》し
樽前《そんぜん》敢《あ》へて説《と》かんや　昨遊《さくゆう》の非《ひ》なるを
満城《まんじょう》の風雨《ふうう》　重陽《ちょうよう》の節《せつ》
万里《ばんり》の征人《せいじん》　未《いま》だ帰《かえ》るを賦《ふ》さず

●七言絶句。韻字　囲・非・帰(上平声五微)。

○客中正遇重陽節　上海滞在中に九月九日の菊の節句を迎えた。「上海紀行」邑廟内園に「九月九日是重陽節にして人々登高するの時たり。小史客中正に重陽登高の節に遇ふ」。○楚艶呉妍　中国江南の楚や呉といった地方の歌曲、清楽。または楚や呉の地方出身の歌姫、美女。梁川星巌《やながわせいがん》「瓊浦雑詠」其十一(『星巌乙集』巻三『西征集』三)に「曲を闘はす　荷蘭館下を行けば、呉歈楚艶《ごゆそえん》各《おの》おの新声有り」。○紅作囲　朱や紅などの絢爛な色彩の衣裳に身を包んだ歌姫が周囲を取り巻く。○樽前　酒を酌みながら。酒樽を前にして。○敢説昨遊非　いままで(昨日)の歓楽を事とする旅はだめであったと反省してみる。「敢説」は反語表現。○満城風雨重陽節　市街の到る所に風吹きすさび雨降りしきるさま。宋、藩大臨《はんたいりん》が謝《しゃ》無逸《むいつ》に寄せた詩句に「満城の風雨重陽近し」(『冷斎夜話』巻四)。大沼枕山《おおぬまちんざん》の詩題に「満城風雨近重陽を賦し得たり」(『枕山詩鈔』中巻)。『断腸亭日乗』大正八年十月五日の条に「秋雨降りしきりて風次第に加はる。新寒肌に沁む。満城の風雨重陽を過るの感あり」。○万里征人　遠い日本からの旅人である作者荷風。○未賦帰　帰国に際しての感慨を詩に詠じる。まだまだ帰路にはつかないので、望郷の念に苦しむ。

題客舎壁
黄浦江頭瑟々波
年光夢裏等閑過
天涯却喜少知己
不省人生誉毀多

客舎《かくしゃ》の壁《かべ》に題《だい》す。
黄浦《こうほ》江頭《こうとう》　瑟々《しつしつ》の波《なみ》
年光《ねんこう》　夢裏《むり》　等閑《とうかん》に過《す》ぐ
天涯《てんがい》　却《かえ》つて喜《よろこ》ぶ　知己《ちき》の少《まれ》なるを
省《かえり》みず　人生誉毀《じんせいよき》の多《おお》きを

●七言絶句。韻字　波・過・多(下平声五歌)。
○題客舎壁　立ち去る記念に作った詩を旅宿の壁に書きつけるの意だが、実際に詩を書いたり刻んだりするわけではない。○瑟々波　静かに打ち寄せる波。瑟々はしずかに音を立てるさま。中唐、白居易「琵琶行」に「潯陽江頭夜客を送り、楓葉荻花秋瑟々」。同(中唐、白居易)「早春微之を憶ふ」に「沙頭雨は染む　班班の草、水面風は駆る　瑟瑟の波」。○年光夢裏等閑過　ぶらぶらと何もせぬままに時日が夢のように過ぎ去る。○天涯　故郷や日常の生活空間からはるかに隔たった場所。○少知己　顔見知りがほとんどいない。○人生誉毀多　生きてゆく限り必ず毀誉褒貶がつきまとうこと。

上帰航日愁然有作
画舫清宵載酒行
幾旬無頼滞江城
可憐今日申江水
送我又為嗚咽声

帰《き》航《こう》に上《のぼ》るの日《ひ》、愁然《しゅうぜん》として作有《さくあ》り。
画舫清宵《がぼうせいしょう》　酒《さけ》を載《の》せて行《ゆ》き
幾旬《いくじゅん》か無頼《ぶらい》にして江城《こうじょう》に滞《たい》す
憐《あわ》れむ可《べ》し　今日《こんにち》　申江《しんこう》の水《みず》
我《われ》を送《おく》りて又《ま》た嗚咽《おえつ》の声《こえ》を為《な》す

●七言絶句。韻字　行・城・声(下平声八庚)。
○上帰航　中国から日本に帰国するための船に乗る。○愁然　何となく悲しくなって。○画舫　船上や船側に色彩や装飾を施し、藝妓などを載せる遊覧船。○清宵　中秋。○載酒　乗り物に酒を積んで行くこと。晩唐、杜牧「懐ひを遣る」に「江湖(一に江南に作る)に落魄して酒を載せて行く、楚腰繊細掌中に軽し」。荷風「墨上春遊二十絶」其八(二二三頁)に「黄昏転《うた》た覚ゆ　薄寒の加はるを、酒を載せて又た過《よ》ぎる　江上の家」。○無頼　遣る瀬無く。あてどなく。○江城　申江城の略。長江沿いの都市上海。○可憐　ああ。なんとまあ。肯定的にしろ、否定的にしろ強い感慨を催す際の感嘆表現。○申江　上海を縦貫する黄浦江。○嗚咽声　悲しくて立てる喉をつまらせるような音。ここでは黄浦江の波音。

帰途船中小占
客路詩成又幾删
秋風来泊水之湾
分明一夢孤篷底
半到申江半故山

帰途《きと》船中《せんちゅう》小占《しょうせん》
客路《きゃくろ》　詩《し》成《な》つて又《ま》た幾《いく》たびか删《さん》す
秋風《しゅうふう》来《きた》りて泊《と》まる　水《みず》の湾《ほとり》
分明《ぶんめい》なり　一夢《いちむ》　孤篷《こほう》の底《そこ》
半《なか》ばは申江《しんこう》に到《いた》り　半《なか》ばは故山《こざん》

●七言絶句。韻字　删・湾・山(上平声十五删)。
○小占　小作の口占。口占は草稿などを作って推敲を加えたりせずに、口をつくままになった詩作品。絶句であるゆえに「小」字を冠した。○客路　旅の空の下で。旅行中。○幾删　何度か改稿したり、推敲を加えた。○水之湾　川や海が湾曲をなし水流が滞る場所。○分明　はっきりしていることは。○一夢　一度の眠りに見る夢。○孤篷底　一艘の船の中。○半…半…　「一夢」の半分は…で、半分は…だ。日本への望郷の念と上海への愛着とに胸中が引き裂かれる思いを表現する。○申江　黄浦江、ここでは申江城の略で上海のこと。

濹上春遊二十絶
存十首
〔其一〕
長江三月景偏饒
柳正催顰花正嬌
舟過白鷗渡頭水
春波依旧緑迢迢

濹上春遊二十絶《ぼくじょうしゅんゆうにじゅうぜつ》
十首《じゅっしゅ》を存《そん》す
〔その一〕
長江三月《ちょうこうさんがつ》　景《けい》偏《ひと》へに饒《ゆた》かに
柳正《やなぎまさ》に顰《ひそ》みを催《もよお》し　花正《はなまさ》に嬌《きょう》たり
舟《ふね》は過《す》ぐ　白鷗渡《はくおうと》頭《とう》の水《みず》
春波《しゅんぱ》　旧《きゅう》に依《よ》つて　緑迢迢《みどりちょうちょう》

●七言絶句。韻字　饒・嬌・迢(下平声二蕭)。「存十首」は二十首作った中、十首のみを節録したの意。本連作も明治三十一年(一八九八)二月二十六日発行の『桐陰会雑誌』に掲載。○濹上春遊　隅田川の周辺の春の散策。「濹」は林述斎《はやしじゅっさい》が使用し出したという国字で、隅田川を意味する(荷風「向嶋」昭和二年)。荷風は『濹東綺譚』の題名等文章中にこの字を愛用した。○長江　隅田川。○景偏饒　他の月よりも目を楽しませてくれる景観に富んでいる。○柳正催顰　柳の葉が美女の美しい眉を連想させて悩ましい思いを誘う。中国戦国時代の美女西施《せいし》が胸痛から眉を顰めるのを醜女が真似て失笑を買った故事「西施捧心」(『蒙《もう》求《ぎゅう》』)に拠る。晩唐、李商隠《りしょういん》「人の真娘《しんじょう》の墓に題するに和す」に「柳眉空しく吐く　顰《ひそ》みに効《なら》ふの葉《は》、楡莢《ゆきょう》還《ま》た飛ばす　笑ひを買ふの銭《ぜに》」。○花正嬌　桜花がなまめかしい風情で咲き誇っている。○白鷗　都鳥(ゆりかもめ)の漢詩的表現。在原業平《ありわらのなりひら》の和歌「名にしおはばいざ言問はむ都鳥わが思ふ人はありやなしやと」(『伊勢物語』『古今集』)が広く知られて、隅田川界隈にはこの和歌や業平に因む地名が多い。○渡頭水　隅田川の渡し場(橋場の渡し)、桟橋あたりの水。○依旧　今も昔も変わらずに。○緑迢迢　碧緑の水が遠くまで広がっているさま。「緑」字は「縁」字を誤植として訂した。

〔其二〕

桜花万樹長江外
垂柳千条古渡辺
寒食清明三月景
多般載在木蘭船

〔その二〕

桜花《おうか》万樹《まんじゅ》　長江《ちょうこう》の外《そと》
垂柳《すいりゅう》千条《せんじょう》　古渡《こと》の辺《へん》
寒食《かんしょく》　清明《せいめい》三月《さんがつ》の景《けい》
多般《たはん》は載《の》せて木蘭《もくらん》の船《ふね》に在《あ》り

●七言絶句。韻字　辺・船(下平声一先)。

○長江外　隅田川のほとり、沿岸。○垂柳千条　あまた立ち連なるしだれ柳。起句の「桜花万樹」と見事な対をなす。○古渡辺　古くからあった渡し場。ここでは『伊勢物語』で業平が渡ったとされる橋場の渡し界隈。○寒食清明　寒食は冬至から数えて百五日目で、廉直の士であった晋の介子推《かいしすい》を誤って焼き殺したことを主君の重耳《ちょうじ》が悼んで、その日には火を通した料理を口にしなかった故の呼称。清明は二十四節気のひとつで、三月末から四月初めの寒食の次の日に当たり、春の到来を喜び先祖を敬う日なので、踏青節、掃墓節とも呼ばれる。○多般　多くの人々は一様に。○木蘭船　花の蘭のように香るというあららぎ、またはもくれんの木で作った船。転じて船体に色彩や装飾をふんだんに施した遊覧船。中唐、柳宗元《りゅうそうげん》「曹侍御の象県を過ぎて寄せらるるに酬ゆ」(『三体詩』)に「破額山前碧玉流れ、騒人《そうじん》遥かに駐《とど》む　木蘭舟」。晩唐、杜牧「松江に泊す」に「清露白雲明月の天、君と与《とも》に斉《ひと》しく櫂《こ》ぐ　木蘭船」。

〔其三〕
東風脉々落花紛
春浪千重望不分

〔その三〕
東風《とうふう》脈々《みゃくみゃく》として落花《らっか》紛《ふん》たり
春浪千重《しゅんろうせんちょう》　望《のぞ》み分《わ》かたず

処々楼台燈未上
黄昏月白半堤雲

処々《しょしょ》の楼台《ろうだい》　燈《ひ》未《いま》だ上《のぼ》らず
黄昏《こうこん》　月《つき》は白《しろ》し　半堤《はんてい》の雲《くも》

●七言絶句。韻字　紛・分・雲(上平声十二文)。○東風脈々　春風が間断なく吹き寄せるさま。○落花紛　多くの桜の花びらがもつれあうように散り落ちるさま。○春浪千重　水が幾重にも折り重なるように波立つさま。○望不分　下からの波立ちと上からの落花でかなたがかすんではっきりと見えない。○処々楼台　隅田川沿岸、向島界隈の料亭。晩唐、杜牧「江南春」(『三体詩』)に「南朝四百八十寺《しひゃくはっしんじ》、多少の楼台煙雨《えんう》の中《うち》」。○燈未上　灯火がまだともされていない。中唐、元稹「重ねて州宅の旦暮の景色を夸《ほこ》る。兼ねて前篇の末句に酬ゆ」に「郭《かく》を繞《めぐ》る煙嵐新雨の後、満山の楼閣燈上《のぼ》るの初《はじ》め」。○半堤雲　隅田川の沿岸に植えられた桜花が月明りで白く輝き土手の半分を覆うさま。

〔其四〕

幾掲疎篷待月昇
晩潮初落碧波澄

〔その四〕

幾《いく》たびか疎篷《そほう》を掲《かか》げて　月《つき》の昇《のぼ》るを待《ま》つ
晩潮初《ばんちょうはじ》めて落《お》ちて　碧波澄《へきはす》む

隔花楼閣看難辨
暖雪香雲層一層

花《はな》を隔《へだ》てて楼閣《ろうかく》　看《み》れども弁《べん》じ難《がた》し
暖雪香雲《だんせつこううん》　層一層《そういっそう》

●七言絶句。韻字　昇・澄・層(下平声十蒸)。

○幾掲　何度も簾を巻き上げて。月の出をまちかねているさま。○疎篷　明りを通すように目の詰んでいない簾。「篷」は元来雨風を防ぐ船の覆いを意味するが、ここでは船窓に下げられた簾であろう。○碧波澄　夕方の引き潮の後、川面が凪の状態にあるをいう。○隔花楼閣　桜花の列植された土手の向こうにある料亭。○看難弁　じっと目を凝らしてもはっきりそれと見定められない。○暖雪香雲層一層　(料亭の所在がはっきりしないのは)堤上の桜花が幾重にも重なって咲いているからだ。「暖雪」も「香雲」も桜を指す。晩唐、杜牧「残春独り南亭に来る。因《よ》りて張祜に寄す」に「暖雲は粉の如く草は茵《しとね》の如し、独り長堤を歩《ほ》して人を見ず」。

〔其五〕

夕陽人散墨江浜
聞説竹西歌吹新

〔その五〕

夕陽《せきよう》　人《ひと》は散《さん》ず　墨江《ぼくこう》の浜《ほと》り
聞説《きくなら》く　竹西《ちくせい》の歌《か》吹《すい》の新《あら》たなるを

不恨桜花空落尽　恨《うら》みず　桜花《おうか》の空《むな》しく落《お》ち尽《つ》くすを
遊人多半別観春　遊人《ゆうじん》　多半《たはん》は別《べつ》に春《はる》を観《み》る

●七言絶句。韻字　浜・新・春(上平声十一真)。

○人散　人が誰もいなくなる。○墨江浜　隅田川の両岸。○聞説　伝え聞く。聞く所によると。○竹西　中国江蘇省江都県の北にあった亭の名。晩唐、杜牧「揚州の禅智寺に題す」に「誰《たれ》か知らん竹西の路《みち》、歌吹は是れ揚州」に因んで建てられたもの。ここでは隅田川沿岸の歓楽街の料亭。○歌吹　藝妓の歌声と三味線や笛などの楽器の音色。料亭で演奏される音曲。○空落尽　座敷で新曲が演奏される前にすっかり花が散ってしまうこと。○遊人多半　行楽客の大半は。○別観春　春が終わっても料亭の座敷では妓女の新曲が興を添えて春のようににぎやかな宴席を楽しめること。盛唐、李白「山中問答」(『唐詩選』)に「桃花流水窅然《ようぜん》として去り、別に天地の人間《じんかん》に非ざる有り」。

〔其六〕　〔その六〕

可堪江上短橈停　堪《た》ふ可《べ》けんや　江上《こうじょう》に短橈《たんぎょう》を停《とど》むるを
風送微寒酒易醒　風《かぜ》は微寒《びかん》を送《おく》りて　酒醒《さけさ》め易《やす》し

酔後何人添半臂
桜花吹雪夜冷々

酔後《すいご》　何人《なんぴと》か　半臂《はんぴ》を添《そ》へんや
桜花《おうか》　雪《ゆき》を吹《ふ》いて　夜冷々《よるれいれい》

●七言絶句。韻字　停・醒・冷(下平声九青)。

○可堪　堪えられない。たまらない。○江上　隅田川のほとりに。○短橈停　作者が乗った小舟をもやうこと。「橈」は舟の櫓を意味する字であるが、ここでは舟全体を指す。晩唐、杜牧「呉興の消暑楼に題す十二韻」に「鳥翼　華屋に舒《の》ばし、魚鱗　短橈に棹《さお》さす」。○風送微寒　夕風が春夜の冷え込みを感じさせる。晩唐、杜牧「辺上晩秋」に「風は送る孤城臨晩の角《ふえ》、一声　声は客心に入りて愁へしむ」。○酒易醒　寒気ゆえに体が冷えて酔い心地が続かない。晩唐、杜牧「分司東都寓居云々」に「字小さくして書するに写《うつ》し難く、杯《さかずき》遅《おそ》くして酒醒め易し」。○酔後　すっかり酔いしれた作者に。○何人添半臂　「半臂」は片腕。誰も腕を貸してくれない。支えようと手を差し出す人は誰もいない。女性が寄り添ってくれない寂しさを詠じる。○桜花吹雪　桜が吹雪のように舞い散って。○夜冷々　寄り添う人もなく夜はいっそ寒々しい。

〔其七〕　　〔その七〕

桜花籠月夜朦朧
一刻千金興不空
春暖吾妻橋下水
溶々碧漲岸西東

桜花《おうか》　月《つき》を籠《こ》めて　夜朦朧《よるもうろう》
一刻千金《いっこくせんきん》　興空《きょうむな》しからず
春《はる》は暖《あたた》かなり　吾妻橋下《あずまきゃうか》の水《みず》
溶々《ようよう》として碧《みどり》は漲《みなぎ》る　岸《きし》の西東《せいとう》

●七言絶句。韻字　朧・空・東(上平声一東)。
○籠月　花を隔てて見える月影を桜が雲霧のように月を覆い隠すとした。　○夜朦朧　夜間、雲や霧で視界がぼやけるさま。　○一刻千金　春の夜ははかなくいっときでも千両に値するという表現。北宋、蘇軾《そしょく》「春夜」(『千家詩』)に「春宵一刻値《あた》ひ千金、花に清香有り月に陰《かげ》有り」に拠る。　○溶々碧漲　たぷたぷと豊かな水量でみどりの澄んだ波が打ち寄せる。晩唐、杜牧「漢江」(『三体詩』)に「溶々漾々　白鷗飛び、緑浄《みどりきよ》く春深くして好《よ》し衣《ころも》を染《そ》めん」。

〔其八〕
黄昏転覚薄寒加
載酒又過江上家

〔その八〕
黄昏《こうこん》転《うた》た覚《おぼ》ゆ　薄寒《はくかん》の加《くわ》はるを
酒《さけ》を載《の》せて又《ま》た過《よ》ぎる　江上《こうじょう》の家《いえ》

十里珠簾二分月　十里《じゅうり》の珠簾《しゅれん》　二分《にぶ》の月《つき》
一湾春水満堤花　一湾《いちわん》の春水《しゅんすい》　満堤《まんてい》の花《はな》

●七言絶句。韻字　加・家・花(下平声六麻)。
○転覚　いっそう強く感じる。日中から花冷えを感じていたが、夕景になっていっそう冷え込んできた。○載酒　酒を携えて。晩唐、杜牧「懐ひを遣る」に「江湖(一に江南に作る)に落魄して酒を載せて行く、楚腰繊細掌中に軽し」。○十里珠簾　遥かかなたまで美しい簾をかけた料亭がたち連なっている。晩唐、杜牧「贈別二首」其一に「春風十里揚州の路、珠簾を巻きあぐれば総《すべ》て如かず」。○二分月　三日月。繊月。

〔其九〕　〔その九〕

紅欄干外水生漣　紅欄干外《こうらんかんがい》　水《みず》　漣《さざなみ》を生《しょう》ず
簾影酒売夜可憐　簾影《れんえい》に酒《さけ》を売《か》ひて　夜《よる》憐《あわ》れむ可《べ》し
好是高楼二分月　好《よ》し是《こ》れ高楼《こうろう》二分《にぶ》の月《つき》
三生誰亦杜樊川　三生《さんしょう》　誰《たれ》か亦《ま》た杜樊川《とはんせん》ならん

●七言絶句。韻字　漣・憐・川(下平声一先)。
○紅欄　赤い欄干。料亭や青楼を指す。○干外　その(欄干の)外では。○簾影　簾の掛けられた料亭の窓の奥。料亭の座敷上。○酒売　「売」字は買うの意で用いている。料亭で酒を出してもらう。○夜可憐　夜の風情を楽しみたい。○好是　すばらしいな。いいな。
○高楼二分月　料亭の二階の窓から眺める三日月は。「二分月」が〔其八〕と重出するのは意図的なもの。○三生　仏教語で、過去生・現在生・未来生のこと。三度うまれかわっても。
○杜樊川　晩唐の詩人杜牧(八〇三―八五三)のこと。樊川はその号。繊細な技巧を事とする晩唐詩人の中にあって、平明で豪放な詩風であった。詠史と風流詩とを得意とするが、後者は揚州在任中の三年間毎日妓楼に通ったという体験を髣髴とさせるものが多い。荷風は終生この詩人を愛した。ここでは一句を反語に解するのではなく「三度生まれ変わっても杜牧のような詩人になりたい」の意であろう。

〔其十〕

十里長塘望欲迷
傷春重過断橋西

〔その十〕

十里《じゅうり》の長塘《ちょうとう》　望《のぞ》み迷《まよ》はんと欲《ほっ》す
春《はる》を傷《いた》みて重《かさ》ねて過《す》ぐ　断橋《だんきょう》の西《にし》

王孫塚上蘼蕪雨
一路残鶯抵死啼

王孫塚上《おうそんちょうじょう》　蘼蕪《びぶ》の雨《あめ》
一路《いちろ》　残鶯《ざんおうし》死に抵《いた》るまで啼《な》く

●七言絶句。韻字　迷・西・啼（上平声八斉）。隅田川東岸の木母寺《もくぼじ》を訪れての作。『断腸亭日乗』大正十五年（一九二六）四月六日の条にも見える。
○十里長塘　どこまでも続く隅田川の土手。○望欲迷　遠くのほうはぼやけてはっきりと見えない。○傷春　春を迎えて感傷的になること。○重過　何度か繰り返して渡る。○断橋西　朽ちかけ壊れかけた古い橋を西側へと渡る。○王孫　貴公子。貴族の子孫。『楚辞』淮南《わいなん》小山王「招隠士」に「王孫遊びて帰らず、春草生ずること萋々《せいせい》」とあるのを踏まえる。ここでは北白川少将吉田《よしだ》惟房《これふさ》の子であった梅若丸を指す。○塚上　木母寺境内の梅若塚のほとり。○蘼蕪雨　めかずらなどの春草に降り注ぐ雨。「蘼蕪」は香草の一種でめかずら。『楚辞』九歌「少司命」に見える語。柏木如亭《かしわぎじょてい》「木母寺」に「黄昏一片蘼蕪の雨、偏へに王孫墓上に傍《そ》ふて多し」。梁川星巌「墨水遊春詞十首」其十に「王孫墓上蘼蕪の雨、春光を改換すること四十年」。いずれも『星巌集』戊集巻一所収。○一路　梅若塚への参道。○残鶯　早春の景物たる鶯が春のたけなわなるを迎えて声もすがれているさま。○抵死啼　死ぬまで啼き続ける。血を吐いて啼くとされるのは一般にはホトトギスであるが、それをここでは晩春の鶯として、以て梅若丸の死を悼む。荷風『新橋夜話』(昼すぎ)来客に「暖鶯は正に抵死して啼くとでもいいませうか」。

風雨有作

此夕逢君魂欲消
空庭風雨正蕭蕭
芭蕉秋老無些緑
剪燭酒辺過半宵

風雨《ふうう》作《さく》有《あ》り

此《こ》の夕《ゆう》べ君《きみ》に逢《あ》ひて魂《たましい》消《き》えんと欲《ほっ》す
空庭《くうてい》の風雨《ふうう》　正《まさ》に蕭蕭《しょうしょう》
芭蕉《ばしょう》　秋《あき》に老《お》いて些《さ》の緑《みどり》無《な》く
燭《しょく》を酒辺《しゅへん》に剪《き》りて半宵《はんしょう》を過《す》ごす

●明治三十二年(一八九九)十一月十五日刊『新小説』に掲載。七言絶句。韻字　消・蕭・宵(下平声二蕭)。
○逢君　恋人と会って。○魂欲消　気が滅入りそうになる。なんとも遣る瀬無い気持ちに襲われる。二〇四頁注参照。○空庭　人気のない庭。ひっそりとした庭。○蕭蕭　雨がしとしとと静かに降るさま。○芭蕉　古来文人はその大きな葉に当たる雨音を愛でた。○秋老　秋が深まって葉がすがれ破れて。○無些緑　葉の色も茶色に変わって少しの緑色もない。○剪燭　灯火の灯心を何度も切って。灯心が燃え尽きようとすると、火を明るくすることで、夜が更けても眠れないさまをいう。○酒辺　酒を前にして。いつまでも酒を飲んで。○過半宵　夜中まで起きている。

庚子新年

万戸千門旗影連
御溝垂柳已生烟
紙鳶舞処晴初放
一脈東風一線天

庚子《こうし》新年《しんねん》

万戸《ばんこ》千門《せんもん》旗影《きえい》連《つら》なり
御溝《ぎょこう》の垂柳《すいりゅう》已《すで》に煙《もや》を生《しょう》ず
紙鳶《しえんま》舞《ま》ふ処《ところ》晴《は》れて初《はじ》めて放《はな》ち
一脈《いちみゃく》の東風《とうふう》一線《いっせん》の天《てん》

●明治三十三年(一九〇〇)一月二十八日刊『新小説』に掲載。七言絶句。韻字　連・烟・天(下平声一先)。

○万戸千門　どの家を見渡しても。○旗影連　門前や玄関先に国旗を飾って新年を祝っているさま。○御溝　皇居周辺のお堀。○已生煙　はやくも靄を帯びて。柳の枝葉に霞や靄がまつわるのは春の到来を告げる景観である。または柳の枝についた新芽の緑が光るさま。

○紙鳶　凧。正月に広場で空に上げるもの。○舞処　凧が空高く舞い上がった時。○晴初放　晴れたのでようやく凧をあげられた。○一脈東風　横からは春風がひとしきり吹き寄せ。○一線天　凧糸が空高くまで連なるさま。晩唐、杜牧「襄陽雪夜《じょうようせつや》感懐」に「的々《てきてき》たり三年の夢、迢々《ちょうちょう》たり一線の絙《こう》」。

湖上観雨

楼台妓在画橋西
高捲湘簾暮色低
快絶跳珠鬧荷雨
湖光十里葉声斉

湖上《こじょう》にして雨《あめ》を観《み》る
楼台《ろうだい》の妓《ぎ》は画橋《がきょう》の西《にし》に在《あ》り
高《たか》く湘簾《しょうれん》を捲《ま》けば暮色《ぼしょく》低《た》れたり
快絶《かいぜつ》なり　珠を跳《おど》らせ荷を鬧《かまびす》しくするの雨
湖光《ここう》　十里《じゅうり》　葉声斉《ようせいひと》し

●明治三十三年(一九〇〇)七月二十五日刊『新小説』に掲載。七言絶句。韻字　西・低・斉(上平声八斉)。
○楼台妓　妓楼の二階の欄干によりかかって外を眺めている妓女。○画橋西　西にある歓楽街に続く路に接続する欄干などに彩色した橋。○高捲　窓からの眺望を広くするために簾を上のほうまで巻き上げる。〇湘簾　斑竹で編んだ簾。斑竹は、舜帝が没した時に、その妃の娥皇《がこう》、女英《じょえい》が流した涙でまだら模様ができたという湘水沿岸の竹。〇暮色低　夕闇があたり一面にたちこめているさま。〇快絶　痛快である。たいそう心地よい。〇跳珠　雨のしずくが蓮の葉に当たって跳ね返っているさま。北宋、蘇軾「六月二十七日望湖楼《ぼうころう》酔書《すいしょ》」に「黒雲墨《こくうんすみ》を翻《ひるが》へして未《いま》だ山を遮《さえぎ》らず、白雨《はくう》珠《たま》を跳《おど》らせて乱れて船に入《い》る」。〇鬧荷雨　蓮の葉に当たる雨が音をしきりに立てているさま。〇湖光十里　見渡す限りの湖面の景観。〇葉声斉　どの蓮の葉も同じような音をたてている。「斉」字は上の「湖光十里」をも承けており、視覚的にも聴覚的にも一様の景観であるをいう。

〔無題〕

尋君偶到渋渓西　　君《きみ》を尋《たず》ねて偶《たま》たま到《いた》る　渋渓《じゅうけい》の西《にし》
一路春風穿菜畦　　一路《いちろ》　春風《しゅんぷう》　菜畦《さいけい》を穿《うが》つ
不問先知故人宅　　問《と》はずして　先《ま》づ知《し》る　故人《こじん》の宅《たく》
竹林深処午雞啼　　竹林深《ちくりんふか》き処《ところ》　午鶏啼《ごけいな》く

●『断腸亭日乗』昭和二十一年二月十七日の条に見える。『断腸亭日乗』の記事は、生田葵山の訃報に接して、その思い出を記すもので、「木曜会俳席に行きし頃には巌谷撫象氏と共に時々その家を訪ひ、左の如き絶句を贈りしこともありき」という文言に続いて右の七絶が記されている。葵山は大正十年頃池尻から代田橋に転宅しており、『日乗』大正十三年十一月六日の条には偶然荷風が葵山宅を訪問した記事が、大正十四年三月十一日の条には巌谷と共に訪ねた記事が見えるので、その頃の作。七言絶句。韻字　西・畦・啼(上平声八斉)。
○尋君　生田葵山の家を尋ねて。○偶到　事前の計画もなくやって来る。たまたま通りかかる。○渋渓西　渋谷の西。生田葵山の自宅は「世田ケ谷代田(東京都世田谷区代田橋)」にあったが、そこは渋谷の代々木八幡からほど近い。○一路春風　進んで行く道筋が春風に吹かれているさま。○穿菜畦　菜の花畑を風が通りぬける。○不問　誰にも尋ねないでも。○先知　勘で分かる。訊かなくとも察知できる。○竹林深処　竹が鬱蒼と生い茂った奥のほうで。○午鶏啼　昼下がりにのどかにときを作る鶏がいる。

〔無題〕

柴門不過貴人車　　柴門《さいもん》過《よぎ》らず　貴人《きじん》の車《くるま》

冷蝶孤飛林下家
寂寞中庭秋不掃
半簾小雨一籬花

冷蝶《れいちょう》　孤《ひと》り飛《と》ぶ　林下《りんか》の家《いえ》
寂寞《せきばく》たり　中庭《ちゅうてい》　秋《あき》なるも掃《はら》はず
半簾《はんれん》の小雨《しょうう》　一籬《いちり》の花《はな》

●大正四年(一九一五)の年記の画帖に記される。七言絶句。韻字　車・家・花(下平声六麻)。
○柴門　隠宅の冠木門、転じて隠者の住まい。起句全体は晋、陶潜《とうせん》「飲酒二十首」(『古文真宝前集』)其五の「廬《いおり》を結んで人境《じんきょう》に在《あ》り、而《しか》も車馬の喧《かまびす》しき無し」を踏まえる。○貴人車　高級官僚などの乗用車。○冷蝶　ひんやりとした空気中を舞い飛ぶ胡蝶。○林下家　隠者の住まい。起句の「柴門」の言い換え。晩唐、僧霊徹《れいてつ》「韋丹《いたん》に答《こた》ふ」(『三体詩』)に「相逢《あ》ふは尽《ことごと》く道《い》ふ　官《かん》を休めて去《や》ると、林下何ぞ曽つて一人《いちにん》を見んや」とあるのに由来する。○中庭　庭内。○秋不掃　秋が深まり枯葉も積もるのにそれを掃こうともしない。○半簾　半ば巻き上げた簾。○一籬花　垣根に咲いた一輪の菊花。晋、陶潜「飲酒二十首」其五の「菊を採《と》る　東籬の下、悠然として南山を見る」に由来する。

〔聯〕

雪楮随風巻

雪楮《せっちょ》風《かぜ》に随《したが》つて巻《ま》き

仙芸趁日香　　仙芸《せんうん》日《ひ》を趁《お》つて香《かお》る

●色紙に「丙寅歳春日荷風散人」とあるので大正五年(一九一四)の作。五言一聯。○雪楮　まっしろい和紙。○随風巻　風に吹かれて巻き上がる。○仙芸　書物に挿む防虫草。○趁日　日が経つにつれて。

〔無題〕

卜宅麻渓七値秋　　宅《たく》を麻渓《まけい》に卜《ぼく》して七《しち》たび秋《あき》に値《あ》ふ
霜餘老樹擁西楼　　霜余《そうよ》の老樹《ろうじゅ》　西楼《せいろう》を擁《よう》す
笑吾十日間中課　　笑《わら》ふ　吾《わ》が十日《とおか》間中《かんちゅう》の課《か》
掃葉曝書還曬裘　　葉《は》を掃《はら》ひ書《しょ》を曝《さら》して還《ま》た裘《きゅう》を曬《さら》す

●大正十五年(一九二六)四月二十一日刊『冬の蠅』私家版に所載。『断腸亭日乗』大正十五年四月二十一日や画軸にも記載。七言絶句。韻字　秋・楼・裘(下平声十一尤)。荷風が麻布の偏奇館に移居したのは、大正九年(一九二〇)五月二十三日のことで、この年から七たび秋に巡り合ったという起句の内容から本詩は大正十五年晩秋の作とするべきである。

○卜宅…　住居を…に定める。「卜」は家を建てるのに方位風水などの吉凶を占うことである。○麻渓　東京の麻布の雅称。東京市麻布市兵衛町一丁目六番地の偏奇館。○七値秋　七回秋を迎える。○霜余　霜の降りた後の。詩の季節が晩秋であることを意味する。○擁…　樹木が…の周囲をとりまくように林立している。○西楼　いわゆる偏奇館という洋館は宅地の西側に位置していた。○十日間中課　今日までの十日間にした仕事。○掃葉　庭に降り積もった樹木の枯葉を掃き集める。○曝書　和装本を日にさらして紙魚《しみ》などを殺す。○曬裘　衣類を虫干しにする。

丙寅春日

軽陰三月語鸎天
人養春慵好暫眠
六扇紅窓風暗入
落花声裏飃香煙

丙寅春日《へいいんしゅんじつ》

軽陰三月《けいいんさんがつ》　語鶯《ごおう》の天《てん》
人《ひと》は春慵《しゅんよう》を養《やしな》ふ　好《よ》し暫《しば》らく眠《ねむ》らん
六扇《りくせん》の紅窓《こうそう》　風暗《かぜひそ》かに入《い》り
落花声裏《らっかせいり》　香煙《こうえん》飄《ひるがえ》る

●丙寅は大正十五年(一九二六)、荷風四十七歳。画軸に記される。七言絶句。韻字　天・眠・煙

(下平声一先)。

○軽陰　うっすらと曇った空。○語鶯天　鶯のさえずる空。○人　作者荷風を指す。○養春慵　春になってけだるい体をいたわる。○好暫眠　さあ、しばらく寝よう。「好」は何かを敢行する際の感嘆の語。○六扇紅窓　六面続いている紅がら格子の窓。料亭や妓楼の窓。森春濤「春詩百題」(『春濤詩鈔』甲籤巻之四)其一(春寒)に「六扇の紅窓掩《おお》ひて開《ひら》かず、半庭《はんてい》の糸雨《しう》残梅《ざんばい》を溼《うる》ほす。春寒凍了《とうりょう》す笙《しょう》を吹く手《て》、妙妓の懐中《かいちゅう》より暖《だん》を取《と》り来る」。荷風はこの春濤詩を「雨瀟瀟」(大正十年三月一日発行『新小説』所収)に引用している。○風暗入　風が気付かない中に吹き込む。○落花声裏　花びらの散る音が聴こえるほどの静けさの中で。○飄香煙　座敷で焚いた香木の煙が舞い上がる。晩唐、杜牧「酔後僧院に題す」(『三体詩』)の「今日鬢糸禅榻《こんにちびんしぜんとう》の畔《ほとり》、茶煙《ちゃえん》軽《かる》く颺《あ》がる落花の風に」といった趣向を踏まえる。

丙寅暮春

東風簾幕影飄揺
鈴索無声鳥語嬌
夢裏春寒猶到枕

丙寅暮春《へいいんぼしゅん》

東風《とうふう》　簾幕《れんばく》　影飄揺《かげひょうよう》
鈴索声無《れいさくこえな》くして　鳥語嬌《ちょうごたお》やかなり
夢裏《むり》　春寒《しゅんかん》　猶《な》ほ枕《まくら》に到《いた》る

一欄梨雪昼蕭々　　一欄《いちらん》の梨雪《りせつ》　昼蕭々《ひるしょうしょう》

●大正十五年(一九二六)。画軸に記される。七言絶句。韻字　揺・嬌・蕭(下平声二蕭)。○簾幕　簾を垂らして幕のようにしてあること。晩唐、杜牧「宣州開元寺水閣に題す」(『三体詩』)に「深秋簾幕千家の雨、落日楼台一笛の風」。○影飄揺　風で揺れる簾の網目からちらちらと光が漏れるさま。○鈴索無声　呼び鈴が鳴らされることがない。訪問客のいない静けさをいう。○鳥語嬌　庭先でさえずる鳥の声が作者に語りかけるようである。○夢裏春寒猶到枕　うたたねをしていると余寒が依然として枕元に忍び寄る。○一欄梨雪　雪のように白い梨の花が欄干越しに咲き誇るさま。

丙寅春日

花影春窗澹欲無
満庭香霧夜模糊
美人悄写想思字
紅涙数行都是珠

丙寅春日《へいいんしゅんじつ》

花影《かえい》　春窓淡《しゅんそうあわ》くして無《な》からんと欲《ほっ》す
満庭《まんてい》の香霧《こうむ》　夜模糊《よるもこ》たり
美人悄《びじんしょう》として想思《そうし》の字《じ》を写《うつ》し
紅涙数行《こうるいすうこう》　都《すべ》て是《こ》れ珠《たま》

●丙寅は大正十五年(一九二六)。荷風四十七歳。画軸に記される。七言絶句。韻字　無・糊・珠(上平声七虞)。

○淡欲無　窓から見える花の姿が白一色なので夜霧でぼやけて所在があいまいであるさま。○香霧　夜霧が覆い隠す花が香るさま。○模糊　どこに花があるか分かりにくい。○悄　しょんぼりと。一人静かに。○写想思字　「想思」は「相思」に同じ。恋人への想いをこめた文字を手紙に認める。○紅涙数行　ほほ紅を溶かして赤くなった涙のしずくがほほをつたう。「紅涙」は血の涙の意もあるが、やや大仰なのでこう解した。○都　すべて。○珠　真珠、宝石。

丁卯夏日

細水幽花小々亭
詩人佇興倚窗櫺
雨痕涼入庭前竹
一陣清風一点蛍

丁卯夏日《ていぼうかじつ》

細水幽花《さいすいゆうか》　小々《しょうしょう》の亭《てい》
詩人佇興《しじんちょこう》して窓櫺《そうれい》に倚《よ》る
雨痕《うこん》　涼《りょう》は入《い》る　庭前《ていぜん》の竹《たけ》
一陣《いちじん》の清風《せいふう》　一点《いってん》の蛍《ほたる》

●丁卯は昭和二年(一九二七)。荷風四十八歳。団扇に記される。七言絶句。韻字　亭・檽・蛍(下平声九青)。
○小々亭　こぢんまりとした二階屋、またはあずまや。○詩人　荷風その人。または作中人物。○佇興　たっている。いずれの字も「立」の意。○倚窓檽　窓枠にもたれかかって。○雨痕　雨後。雨の上がった後その痕跡としてのしずくが庭の草木に宿っているさま。○涼入　雨上がりの湿気を含んだ涼風が吹き込む。○一点蛍　光っている一匹の蛍。

邦枝君大雅正之
丁卯歳秋分前一日
書劍十年唯自憐
不如午夢伴花眠
青雲有志帰虚願
贏得一嚢詩酒銭

邦枝君大雅《くにえだくんたいが》之《これ》を正《ただ》せ。
丁卯《ていぼう》の歳《とし》。秋分前一日《しゅんぶんまえいちにち》
書剣十年唯《しょけんじゅうねんた》だ自《みずか》ら憐《あわ》れみ
如《し》かず　午夢《ごむ》　花《はな》に伴《ともな》ひて眠《ねむ》るに
青雲《せいうん》の有志《ゆうし》　虚願《きょがん》に帰《き》し
贏《あま》し得《え》たり　一嚢詩酒《いちのうししゅ》の銭《せん》

●昭和二年(一九二七)。七言絶句。韻字　憐・眠・銭(下平声一先)。

○邦枝君大雅正之　邦枝君は邦枝完二（一八九二―一九五六）。江戸情緒豊かな官能美を描く風俗小説家として知られる。荷風に早くから傾倒し、終生交わりを訂した。「大雅」は「雅兄」などと同じで漢詩などの風流を解する者への敬称。「正之」は詩句を添削せよとの依頼、あるいは謙遜の言葉。○書剣　武士の剣の代わりに筆を執って生活すること。○唯自憐　誰も理解者がいないので自分で自分をなぐさめる。○伴花眠　花を眺めながら眠る。または夢の中で女性と同衾する。中唐、司《し》空曙《くうしょ》「病中妓を遣《や》る」（『三体詩』）に「万事傷心目前に在り、一身憔悴《しょうすい》して花に対して眠る」。荷風はこの詩を愛誦し、大正四年四月十四日の井上啞々宛書簡に引用し、大正五年発表の小説「花瓶」では花瓶の上にこの二句を染めつけたものを点綴し、『断腸亭日乗』昭和五年二月十四日条には関根歌が自分の許から離れる悲しみをこの詩に託し、野口寧斎の『三体詩評釈』の当該詩の解を引用するなどしている。○青雲有志　若いころは高い志があったが。○帰虚願　すべて実現することのない夢だと悟る。○贏得……獲得しえたのは……にすぎない。……を手に入れたのみだ。原文の「贏」字は誤りとして訂した。晩唐、杜牧「懐ひを遣る」に「十年一たび覚む　揚州の夢、贏《あま》し得たり青楼薄倖の名」。○一嚢詩酒銭　たかだか財布に入るだけの書籍や酒の購入費。結句は売文業で印税などを得るようになった生活を自嘲するもの。

〔無題〕

君是梨園絶藝人　　君《きみ》は是《こ》れ梨園絶藝《りえんぜつげい》の人《ひと》
世間無為是吾身　　世間《せけん》に為《な》す無《な》きは是《こ》れ吾《わ》が身《み》
相逢莫説年華速　　相逢《あいあ》ふも説《と》く莫《なか》れ年華《ねんか》の速《すみ》やかなるを
廿載交情老更親　　廿載《にじっさい》の交情《こうじょう》老《お》いて更《さら》に親《した》し

●『断腸亭日乗』昭和六年(一九三一)七月九日の条に記載。七言絶句。韻字　人・身・親(下平声十二侵)

○君　二世左団次を指す。○梨園　演劇界。○絶藝　はなはだ優れた技藝。○世間無為　世の中に何も貢献しないこと。○吾　荷風自身。○年華　歳月の流れること。○廿載　左団次と荷風の交遊が続いてきた年月。

辛未歳春日書懐(二首)　　辛未《しんび》の歳《とし》、春日《しゅんじつ》懐《おも》ひを書《しょ》す

〔其一〕　　〔その一〕

春風五十又三年　　春風《しゅんぷう》　五十又三年《ごじゅうゆうさんねん》

前夢難尋跡若烟
偶把旧詩燈下検
都優老後苦心篇

前夢《ぜんむ》尋《たず》ね難《かた》くして　跡《あと》　煙《もや》の若《ごと》し
偶《たま》たま旧詩《きゅうし》を把《と》りて燈下《とうか》に検《けん》すれば
都《すべ》ては優《まさ》る　老後苦心《ろうごくしん》の篇《へん》に

●『断腸亭日乗』昭和六年(一九三一)十二月末尾に記載。荷風五十二歳。七言絶句。韻字　年・烟・篇(下平声一先)。
○五十又三年　五十三歳。昭和六年の荷風の数え年。○前夢　昔のこと。若いころの夢。○跡若煙　煙のように消えてしまって痕跡すらない。○偶　たまたま。ふとしたことで。○旧詩　昔作った詩。若いころの詩。○燈下検　夜に燈火のあかりで照らしてゆっくり読むこと。○都　全体が。どの詩をとってみても。○老後苦心篇　年を取ってから作った近年の作品。

〔其二〕

花落晩風冷似秋
一身多病慣閒愁

〔その二〕

花《はな》は落《お》ちて　晩風《ばんぷう》冷《ひや》やかなること秋《あき》に似《に》たり
一身多病《いっしんたびょう》閑愁《かんしゅう》に慣《な》れたり

居偏卻喜無人到
黙坐唯聴喚雨鳩

居《きょ》 偏《へん》にして却《かえ》つて人《ひと》の到《いた》る無《な》きを喜《よろこ》び
黙坐《もくざ》して唯《た》だ聴《き》く雨《あめ》を喚《よ》ぶ鳩《はと》

●『断腸亭日乗』昭和六年(一九三一)十二月末尾に記載。七言絶句。韻字 秋・愁・鳩(下平声十一尤)。連作の第二首。
○冷似秋 秋のように寒い。花冷えの表現。「秋よりも冷やかなり」と訓じて秋に比べても寒々としているとも解しうる。○一身多病 体中が病にむしばまれている。中唐、司空曙「病中妓を遣る」(『三体詩』)に「万事傷心目前に在り、一身憔悴して花に対して眠る」。○居偏 住居が辺鄙なところにある。田舎住まい。○却… 予想に反して…であるの意を添える助辞。○喚雨鳩 雨乞い鳩。この鳩が鳴くと雨が降るという。北宋、蘇軾「子由の子瞻の将《まさ》に終南の太平宮谿堂に如《ゆ》きて書を読まんとするを聞くに和す」に「中間旱嘆《かんたん》に罹《かか》り、雨を喚ぶ鳩に学ばんと欲す」。

秋日偶成
秋侵病骨最先知

秋日偶成《しゅうじつぐうせい》
秋《あき》の侵《おか》す 病骨《びょうこつ》最《もっと》も先《さき》に知《し》り

詩痩況還兼酒悲
蟬唱未休蟲語急
斜風落日倚欄時

詩《し》に痩《や》す　況《い》はんや還《ま》た酒《さけ》と兼《とも》に悲《かな》しむをや
蟬唱《せんしょう》未《いま》だ休《や》まざるに虫語急《ちゅうごきゅう》なり
斜風落日《しゃふうらくじつ》欄《らん》に倚《よ》る時《とき》

●『断腸亭日乗』昭和六年（一九三一）十二月末尾に記載。七言絶句。韻字　知・悲・時（上平声四支）。承句は岩波版『断腸亭日乗』では「況又詩愁兼酒悲」に作る。○秋侵　秋が到来すること。秋冷を感得すること。○病骨　病身。作者自身の肉体を指す。南宋、陸游《りくゆう》「秋思」に「風は木葉を凋《しぼ》ませて流年晩《おく》れ、秋は窓扉に入りて病骨蘇る」。○最先知　いち早く察知する。病気で研ぎ澄まされた神経や衰弱した肉体の節々には健康な人よりも秋の冷え込みが痛切に感ぜられる。○詩痩　詩作に苦慮するあまり痩せこけてしまう。盛唐、杜甫「暮に四安寺の鐘楼に登る。裴十廸に寄す」に「知んぬ　君が苦思して詩に縁《よ》りて痩するを、太《はなは》だ交遊に向いて万事慵《ものう》し」。また盛唐、李白「戯れに杜甫に贈る」（『唐詩紀事』）に「借問す　別来　太だ痩生なる、総て従前作詩の苦の為ならん」。○況還兼酒悲　悲しみを紛らわすために酒を酌むとさらに痩せてしまう。「況還…」はその上にまた…するとの意。「兼酒悲」は酒を飲んで悲しむこと。○蟬唱　蟬の鳴き声。○虫語急　草にすだく虫の声が逼迫したリズムで耳を打つ。○斜風　ほほをなでおろすように吹く風。○倚欄

時　二階の窓枠や物見台の欄干に肘を載せて物思いにふける時。

春日偶成
残陽鳥語頻
病起独傷春
寂寞愁辺酒
思詩興不真

春日偶成《しゅんじつぐうせい》
残陽《ざんよう》　鳥語頻《ちょうごしき》りに
病《やまい》より起《た》ちて　独《ひと》り春《はる》に傷《いた》む
寂寞《せきばく》たり　愁辺《しゅうへん》の酒《さけ》
詩《し》を思《おも》へども興真《きょうしん》ならず

●『断腸亭日乗』昭和六年(一九三一)十二月末尾に記載。「壬午歳暮春」と題された団扇にも記されている。壬午は昭和十七年(一九四二)。荷風六十三歳。五言絶句。韻字　頻・春・真(上平声十一真)。

○残陽　沈みかけた太陽。○鳥語頻　春になって登場した鳥たちがしきりに鳴き交わすさま。○病起　小康を得て病床を離れること。荷風は昭和十七年の五月から脚気の注射を受けている。○傷春　春愁に心を苦しめること。○愁辺酒　春愁につきまとわれる作者が酒から離れられないこと。○思詩　詩を作ろうとするが。○興不真　詩興が切実ではない。

詩を作っても言葉がうわっ滑りで胸奥からの想いがこもっていない。

昭和丁丑歳新春試筆
四壁蕭条夜気凝
吟心此処澹於僧
銅缾寒倚梅花影
好与詩人分一燈

昭和丁丑《しょうわていちゅう》の歳《とし》、新春試筆《しんしゅんしひつ》
四壁《しへき》蕭条《しょうじょう》として夜気《やき》凝《こ》り
吟心此《ぎんしんこ》の処《ところ》　僧《そう》よりも淡《あわ》し
銅缾《どうへい》　寒《かん》に倚《よ》る　梅花《ばいか》の影《かげ》
好《よ》し　詩人《しじん》の与《ため》に一燈《いっとう》を分《わか》て

●昭和丁丑は昭和十二年(一九三七)。荷風五十八歳。書軸に記される。七言絶句。韻字　凝・僧・燈(下平声十蒸)。

○新春試筆　新年の書初め。　○四壁蕭条　東西南北に壁はあっても家具などはなくものさびしい。前漢の司馬相如《しばしょうじょ》が世に出る前は「四壁」の他にはなにもないという清貧な暮らしに甘んじていたという故事(『史記』司馬相如伝)に拠る。　○夜気凝　夜間ひっそりとしたさま。　○吟心　詩を作ろうという気持ち。詩作の意欲。　○此処　この時。こんな場合。　○澹於僧　修行堅固な高僧よりも恬淡としている。詩作の意欲が湧かない。　○銅缾　銅製の花瓶。○寒倚　寒中花瓶に活けられてあること。または花瓶のそばに寄り添うようにじっとしている詩人。○好　さあ。どうか。思い切って何かをするときの発語。○与詩人分一燈　詩人に詩作のための着想を与えてくれまいか。「詩人」は作者。「分一燈」は心にともしびをともすことで、この場合は詩がなかなか作れない作者に詩の発想、着想をもたらすこと。仏典では迷妄の譬えとしての暗室を照らす仏智を「一燈」とすることが、『華厳経《けごんきょう》』『楞厳経《りょうごんきょう》』などに見える。晩唐、杜牧「政禅師の院に題す」に「寒暑双樹を移し、光陰尽《ことごと》く一燈」。

〔聯〕

世態浮雲変　　世態《せたい》は浮雲《ふうん》のごとく変《へん》じ
春愁細艸生　　春愁《しゅんしゅう》は細草《さいそう》のごとく生《しょう》ず

●年次不詳。五言一聯。つくしなどの春の草花を描いた色紙に題されたもので、「荷風題並画」と識される。
○世態　世の中の動向。○浮雲　空に浮かぶ雲。はかなく、あてにならないことの譬え。
○春愁　春になって襲われる憂愁、感傷。○細草　春野に生育するこまごまとした雑草。あとからあとからわきでるように生じることの譬え。

随筆

江戸庵句集序

籾山庭後《もみやまていご》君二十餘年来俳諧に遊び其《そ》の吟咏無慮四万句を越え其の集二十餘冊に及ぶといふ。然《しか》るに今年乙卯《きのとのう》の秋、君何事にや感じたまひけん、後庭の落葉ともろとも之を一炬《いつきよ》に付し僅《わづか》に二百餘句を存せしむ。君新《あらた》にこの二百餘句を把《と》りて江戸庵句集と題し印に付せんとするに当り余に向つて其序を求めらる。余原来俳諧につきて知る処なし。十餘年前十千万堂紅葉の紫吟社楽天居小波《さざなみ》の木曜会運座に列《つらな》りて唐突季の何たるかを隣席の人に問ひ又耶哉の二段切に一座の笑《わらひ》を醸《かも》したる是《これ》余が俳句に関して知る処のすべてなり。余の厚顔を以てするも何ぞよく君が句集に序する事を得んや。君安永三年板俳諧七部集に塙保己一の序蜀山人の跋あり。成美《せいび》が家集に亀田鵬斎加茂季鷹の序を載せたるの例を挙げ俳諧師ならざるもの又よく俳句集に序を書し錦上更に花を添へたるの故事を説かる。塙検校元より一代の碩学なり大田南畝独り狂歌の権輿たるに止まらず鵬斎雲錦亭の両家亦豈《またあに》詩歌に長じたるのみならんや余小説の述作尠《すくな》しとなさず然れどもこれ決して平常の蘊蓄おのづから発して文章をなせしにあらず、小説の著述は原《もと》より卑技なり、古来一の定法あるなし。荒唐無稽の雑談婦女童幼を喜ばすに非《あ》らざれば娼們閨中《しやうもんけいちゆう》の秘語を写して遊蕩の児を惑はしむるを以て能事終れりとなす、士君子の手にすべきものならざるや今古相《あひ》同じ。然るに近来わが戯作《げさく》の名漸《やうや》く人の知る処となりしは畢竟《ひつきやう》一代の風教地に堕ち藝文廃頽し玉石全く混同して相辨ぜざるに至れるが為めのみ。恰《あたか》も廃園に名花奇草尽《ことごと》く枯凋《こてう》し壊籬《くわいり》に荒草の独り萋々《せいせい》として時を得顔に繁茂するの状に異《こと》ならず。識者憂へて以て国の禍となす故なきにあらず。然れば則《すなはち》余の小説家たる毫《がう》も君が句集に序するの理となすに足らんや。余辞する事再三再四なり。而《しか》して遂に斯《か》くの如き蕪辞《ぶじ》を連ね恬《てん》として君が句集を汚すの罪を懼《おそ》れざるは其の故全く君と余との交情宛《さなが》ら水魚の如きものあるに因《よ》る。君年われに長ずる事一歳なり。余の性放逸驕慢にして行甚《はなはだ》修《をさま》らざるを憐み、常に教へ誡めて其の懇切兄の如し。故に余厚く君に信頼し君の云ふ処これ命これ従ふ事を悦ぶ。君江戸庵句集の序を草すべしと命ず。われ直《すぐ》にこの悪文を作る。何ぞ其の非礼に当るや否やを省みんや。

余君が芳墨《はうぼく》を拝受し、之を熟読して始めて君が俳想のよつて来る処を詳《つまびらか》にし、併せて又君が多年の抱負を窺ひ得て敬服措《お》く能《あた》はず。君は頻《しきり》に謙譲の辞を極めて生来の鈍根時流に赴き得ず十年依然旧調を固持して遂に人後に落つといふ。これ俳壇軽浮の流行に関知せず、超然として独り自ら好む処に忠ならんとするものに非らずして何ぞや。君の所謂《いはゆる》旧調なるものは余の常に俳句と称する十七字の短詩形に俟《ま》つものにして、君は深く俳句の本領の那辺《なへん》にあるかを知り、殊更に調を改め辞を設けて鬼面以て人を脅す事を潔しとせざるものなり。仄《ほのか》に聞くに近来新派の俳人屢《しばしば》西洋風の文学論を俳諧に施し、若《も》し句意に幾分哲学の根拠なきに於てや直に詩たるの価値に乏しく藝術たるの品位を欠くものとなすとかや。こは彼等の遵奉する西洋風の見解を以てするも甚しき謬見たるを免れず。如何《いか》となればこれ先入の主観に捉はれて詩の範囲を制限し其の自由を束縛するものなればなり。俳句は原《もと》より新派俳人等の言を待たずして詩の一形式たるや論なし。俳句既に詩にして科学にあらずとせば深刻に人生問題を提供する事あり提供せざる事あり。単に言語上の快感に止まる事あり、七五調をなせる旋律の美に過ぎざる事あり、皆共に俳句の詩たる価値を上下するものにあらず。庭後君が自ら其吟咏を以て古調なりといふ、蓋《けだ》し其意味甚深重なるを知るべし。君が旧調は仮に当今文学上の評語を以てせば、放散粗野無頼の陋なるを避け、専《もっぱ》ら格調の均整を欲し、感情の典雅純良ならん事を尊ぶものに外ならず。

今江戸庵句集を一読して少しく思得たる処を記せしめよ。余は先づ君が築地庭後庵に於ける常住坐臥のこと悉《ことごと》く化して俳句の名吟となれるを見る。

春《はる》寒《ざむ》や机の下の置炬燵
膝へとる軒の夕日や草の餅
錦《にしき》手《で》の猪《ちょ》口《く》の深さよ年《とし》忘《わすれ》

これ皆余の君を訪《おとな》ひて常に親しく目撃したる景物なり。君にこの名吟あり而して余に一句の悪吟すらなし。江戸庵句集は宛ら指し示して俳諧の何たるかを余に教ゆるものならずや。一歳君が書斎の軒端に鉢のまゝなる朝顔秋たくる頃まで陶器の釣瓶に掛け置かれたるを見き。余

朝《あさ》寒《さむ》やからむものなき草の蔓

の一句を読みて直《ただち》にその光景を回想しぬ。つら〳〵此の句を吟ずるに余は啻《ただ》に其の調《しらべ》の

温雅なるに止らず、温雅の中おのづから又名状しがたき一味の哀愁脉々として人に迫るものあるを覚ゆ。

鶯や籠に足音の寒さかな
涼しさや井筒の中の忍草《しのびぐさ》
初雁や千石船の滑車の音
五月雨《さみだれ》や人語り行く夜の辻《つじ》

此等《これら》の吟咏各景に従ひて情を異にすと雖《いへど》も一として哀愁の餘韻嫋々《でうでう》たらざるはなし。そもそもこの哀調たるや余が君の吟咏をよろこぶ最大の理由にして又《また》屢元禄俳家の風懐に接するの思あらしむる処とす。今仔細に以上の諸句を翫味《ぐわんみ》するに余の感じて以て哀調となせしものこれ或《あるい》は意識して君の企てたる処にはあらざるべきか。果して然らずとせば君が吟咏の哀調はこれ全く技巧に因るものにあらずして君が人格より生じ来りしものなるが故に余の君を俳諧師として崇拝するの念更に一層の深さを加へずんばあらず。君性温厚争ふものあれば必ず譲る心に忍びて意を枉《ま》ぐる事尠《すくな》しとなさず。然も君嘗《かつ》て嘆かず悠然として温容常に玉の如し。然れば則ち君が吟咏の哀調たるや深く君が胸底より漏れ来るものにあらざる無けんや。君が俳句は君を知るものにして始めてよく之を味ひ得べきなり。かの俳壇の流行を是非して蝸牛角上の争をこれ事とするの輩《やから》何ぞ君が江戸庵句集を品評すべきものならんや。君が俳句は君が人生たればなり。

江戸庵句集収むる処の吟咏中こゝに又顕著なる他の一特色あるを見る。これ其色彩なり、其画趣なり。寂寞幽雅の哀調一度《たび》転ずるや、才華爛漫忽《たちま》ち人目を眩惑せんとす。君が十七字詩の奏する音楽はさびしさの限なりき。而して君が十七字詩の造形美は遥に絵画の丹青《たんせい》に優りぬ。

一抹の晩霞と渡船とかな
桃林《たうりん》や昨日も今日も雲低し

もしそれ葉雞頭《はげいとう》を吟じて

海士《あま》の戸に色をつくすや葉雞頭

雄鳥《をんどり》は籠《こ》に伏せてあり葉雞頭

といふが如きに至つてはその色彩の絢爛なる、山楽光琳応挙若冲の名画にして始めて之れと匹敵し得べし。

小手毬《こでまり》の盛《さかり》久しき妻戸かな

枇杷の木によき小鳥来る冬日かな

庭院樹下幽暗なる光線の感覚油画も及ぶべからず。余は寧《むしろ》庭後君が未《いまだ》一度も丹青の技を弄したる事なきを怪しまずんばあらざるなり。

最後に余は江戸庵句集中俳句特有の情景を吟じ得たるもの二、三を挙げ更に君が真に斯道の大家たる事を証し以て筆を擱《お》かんと欲す。

馬面《うまづら》の使あるきや日の短《みじ》か

鱸《すずき》得つなほ一網やそのあたり

これ俳句にあらずんば決して云現す能はざるものなり。滑稽と云はんか諧謔と云はんか将《はた》諷刺と云はんか皆当らず、唯俳句中の俳句らしきものと云はんのみ。

そも〳〵古来詩の形式たるや必ずその形式に従ひて固有なる感情の発現し来るものあり。和歌の優美なるは恋愛の咏嘆によろしく唐詩の峻厳なるは天涯別離の感慨を托するに便にして狂歌の軽快なるは洒々たる述懐に適し狂句の滑稽なるはおのづから時様を諷するに易《やす》からしむるの類なり。然るが故に此の如きは古来斯道の模範とする名吟挙げて数へがたきが為め其道に遊ぶもの却て無上の難事となす。庭後君が以上の二句の如きは多年古今の俳書を読破し俳諧の何たるかを捜り究めて而して後おのづから一家独得の調をなすものにして始めてよくすべきものならずや。

此の如く江戸庵句集の特徴を列記し来れば誰か君が俳才の富饒なるに驚かざらんや。君が句集纔《わづか》に二百餘句を収むるに過ぎざれども其の暗示する処の景物人情変転極りなし。君が吟咏たる、寔《まこと》に老練円熟の極致に到達して然も皆清新の気に満ち其の調の温雅は平坦に流れず其の清閑は枯淡に陥らず。而して其蘊蓄する処甚深くして更に典故に捉はるゝの弊なく委曲を尽して其意必ず平明華麗を極めて其形毫も奇矯に走るの傾《かたむき》なし。余再読三読して敬嘆の情いよ〳〵深ければ猥《みだり》に陋拙《ろうせつ》此の如きの序を掲げて其の美を損ふの罪いよ〳〵大なるを知る。庭後子請ふ之を恕《ゆる》せよ。

大正四乙卯年初冬

『巌谷小波先生還暦祝賀記念句集』序

師道のすたれたる今更歎くも何かはせむ。過ぎにし年の天災よりこのかた、遽《にはか》に世のありさまの変るにつれ、日に日にあれすさみ行く人の心の、末は果していかになり行くやと思へば、誰れかをのゝき恐れざるものあらむ。されど元よりひろき世の中には、推してはかり難き事の数多ければ、かくれて顕れざる徳行の士も亦《また》無きにはあらざるべし。井の頭の池のほとりに居を卜して、俳諧を娯《たのし》める雪松松沢君の如きは蓋《けだ》し其人なりとも謂ふべくや。雪松子は年久しく楽天居小波翁に従つて十七字の道をまなばれしが、今《こん》茲《じ》庚午《かのえうま》の年の初夏師翁が六十一の初度に当るを機となし、日頃の恩顧にむくひむとて、還暦の祝詞をあまねく海内の俳人に請ひ、一巻をつくりなして此を其師に贈ると云ふ。贈るに臨み其の趣を巻首にしるされよとて、余について蕪辞《ぶじ》を徴せらる。師弟の道全くすたれ果てたる末の世に、雪松子がこの美挙あるは、啻《ただ》に俳諧のためのみに留まらず、世道人心に益する所も蓋し亦すくなしとはせざるべし。

余は俳諧については雪松子とともに年久しく同門のよしみあれば、菲才《ひさい》を省るのいとまなく、請はるがまゝに事の次第をしるすとしか云ふ。

昭和五年庚午五月下旬

秋草

前略陳者《のぶれば》秋艸のことに関して拙稿御依嘱の光栄に与《あづか》り御厚志辱《かたじけな》く存候《ぞんじさうらふ》。乍遺憾何《いかんながら》分にも至急の事にて構想の暇無之《いとまこれなく》今更不才の是非なきを歎じ申候。尤《もつと》も其節の御話にては旧作の発句にてもよろしき由《よし》承り候間左の如く旧句思出るがまゝ認《したため》申《まうし》候。御用にも相立候はば幸甚の至に存申候

隠れすむ門にめだつや葉雞頭

これは十餘年前大久保に住みけるころ年々の冬落葉を焚きて地に埋めたる跡に翌年の春葉雞頭鳳仙花などの種をまきたるに地肥えたれば雁来紅勢好くのび垣を越るに至りしを見てよみしなり。其頃庭を歩む折々苔に滑りて転びし時

庭下駄《にはげた》のゆるむ鼻緒《はなを》や萩の露
蟋《こほろぎ》と夜な〳〵脛《すね》をくらべけり

これは我身の病みて痩せ衰へたるを笑ひしなり。杖を曳きて門外の巷を散歩の折々

コスモスや在家《ざいけ》に似たる寺の垣
無花果《いちじゆく》や物干す寺のかくし妻

なんといふ駄句もありし
築地の裏河岸また浅草代地河岸に僑居《けうきよ》の折には川風に秋も早く立つ心地して

何もせぬ人の心や秋早し
蘭《らん》の葉のとがりし先や初嵐《はつあらし》
川風も秋となりけり釣《つり》の糸

隣家の人朝顔の絵かきたる団扇持来りて句を請ひければ

藪越しに見ゆる曲輪《くるわ》や門の秋

われも亦つれづれなるまゝに扇子《せんす》に拙き画をかき自ら句を題せしこともあり

夕顔棚をかきたる扇子に

蚊《か》柱《ばしら》を見てゐる中《うち》に月夜かな

胡瓜《きうり》の花を描きて

世をしのぶ乳母が在所の蚊遣《かやり》かな

三味線草の画に

秋ちかき夜ふけの風や屋根の草

拙稿の御取捨は御随意になし被下《くださる》べく候。乱筆御免被下度《くだされたく》候

庚午七月

枯葉の記

○

おのれにも飽きた姿や破芭蕉《やればせを》

香以山人の句である。江戸の富豪細木香以《さいきかうい》が老に至つて家を失ひ木更津にかくれすんだ時の句である。辞世の作だとも言伝へられてゐる。

或日わたくしは台処の流しで一人米をとぎながら、ふと半《なかば》あけてあつた窓の外を見た時、破垣《やれがき》の上に隣の庭の無花果《いちじく》が枯葉をつけた枝をさし伸してゐるのを見て、何といふきたならしい枯葉だらう、と思つた。枯葉の中にあんなきたならしいのがあるだらうかと思ふにつけて、ふと香以の句が胸に浮んだのである。しなびて散りもせぬ無花果の枯葉は全くきたならしい。

時節は十一月のはじめ、小春の日かげに八ツ手の花はきら〳〵と輝き木斛《もくこく》の葉は光沢《つや》を増し楓は霜にそまり、散るべき木の葉はもう大抵ちつてしまつた後である。然るに無花果の葉は萎《しお》れながらに黄《きば》みもせず薄い緑の褪せ果てた色さへ残しながら、濡れた紙屑の捨てられたやうに枯枝のところ〴〵にへばり付いてゐる。洗ひざらしのぼろきれよりも猶きたならしい。この姿にくらべると、大きな芭蕉の葉のずた〳〵に裂かれながらも、だらりと、ゆるやかに垂れさがつた形には泰然自若とした態度が見える。悲壮な覚悟があるやうに見える。世に豪奢を誇つた香以が、晩年落魄の感慨を托するに破芭蕉を択《えら》んだのは甚《はなはだ》妙である。わたくしはその着眼の奇警にして、その比喩の巧妙なるに驚かねばならない。その調の豪放なることは杜《と》樊《はん》川《せん》を思はしめる。

わたくしも既に久しくおのれの生涯には飽果てゝゐる。日々の感懐には或は香以のそれに似たものがあるかも知れない。然しわたくしには破芭蕉の大きくゆるやかに自滅の覚悟を暗示するやうな態度は、まだなか〳〵学ばれて居さうにも思はれない。ぼろ片《きれ》よりも汚ならしい見じめな無花果の枯葉がわたくしには身分相応であらう。

わたくしは南京米をごし〳〵とぎながら、無花果の枯葉を眺め、飽き果てし身に似たりけり……と口ずさんだが、後の五字に行詰つてそのまゝ止《よ》してしまつた。

○

赤坂氷川神社の樹木の茂つた崖下に寺がある。墓地に六文銭の紋章を刻んだ大名の墓がいくつも倒れてゐる寺である。

本堂の前の庭に大きな芭蕉の、きばんだ葉の垂れさがつた下に白い野菊の花が咲きみだれ、真赤な葉雞頭が四、五本、危げに立つてゐた。或年の或日に試みた散歩の所見である。

雞頭に何を悟らむ寺の庭

○

枯葉のことを思ふと、冬枯した蘆荻《あしをぎ》の果てしなく、目のとゞくかぎり立ちつゞいた、寂しい河の景色が目に浮んでくる。

鐘ケ淵のあたりであつた。冬空のさむ気《げ》に暮れかゝる放水路の堤を、ひとりとぼ〳〵俯《うつむ》向きがちに歩いてゐた時であつた。枯蘆の中の水溜りに、宵の明星がぽつりと浮いてゐるのを見て、覚えず歩みを止め、夜と共にその光のいよ〳〵冴えてくるのを何とも知れず眺めてゐたことがあつた。何年前の事であつたやら。今思返して、その年の日誌をくり開いて見ると、詩のやうなものが書いてある。

蘆の枯葉蘆の枯茎
蘆の枯穂ももろともに
そよげる中の水たまり
短き日あし傾きて
早や立ちこむる夕霞
遠き眺のけぶれるに
水のたまりに黄昏の
名残の空のたゞよへる
鏡のおもに星一ツ
宵の明星唯一ツ
影あざやかに輝きぬ。

風さつと袂を吹く時
見渡す枯蘆俄にさわぎ
眠りし小鳥も飛立つに
よどみし水に明星の
影は動かず冴え行きぬ。
さびしさ悲しさ騒しさ
その底に一つ動かぬ星の影。
わかき人は望の光
平和の光と見もやせむ。
されどわれ既に幾たびか
まどはしの影を追ひけん。
今われ望みを抱かざれば
また幻のかげを見ず。

吹け、吹けよ、夕風。
蘆の枯葉枯茎枯穂を吹け。
枯れしもの色なきもの
死せしもの皆一さいに
驚きさわぐ響にまぎれ
われはひとり泣かむとす。
暮れ行く河原の
冷き石の上に。

○

蓮《はす》の葉の枯れたのは日本画家の好んで描くところである。水の中に倒れて、其葉も既に朽ち、折れた茎の乱れ立つ中に空になつた蓮の実のところ〴〵に残つてゐる形には枯淡の趣が味ひ得られるからであらう。冬枯の不忍池を思ふ時、わたくしは鷗外先生が小説雁の末節に用ひられた叙景の筆法を想ひ起さねばならない。文例はこゝに掲げない。読者宜しく其書について之を見よ。

○

古本を買つたり、虫干をしたりする時、本の間に銀杏や朝顔の葉のはさんだまゝに枯れてゐるのを見ることがある。いかなる人がいかなる時、蔵書を愛するの餘りになしたことか。その人は世を去り、その書は転々として知らぬ人の手より、また更に知らぬ世の、知らぬ人の手に渡つて行く。紙魚《しみ》を防ぐ銀杏の葉、朝顔の葉は枯れ干されて、紙魚と共に紙よりも軽く、窓の風に飜つて行くところを知らない。

雪の日

○

曇つて風もないのに、寒さは富士おろしの烈しく吹きあれる日よりも猶更身にしみ、炬燵にあたつてゐながらも、下腹がしくしく痛むといふやうな日が、一日も二日もつゞくと、きまつてその日の夕方近くから、待設けた小雪が、目にもつかず音もせずに降つてくる。すると路地のどぶ板を踏む下駄の音が小走りになつて、ふつて来たよと叫ぶ女の声が聞え、表通を呼びあるく豆腐屋の太い声が気のせゐか俄《にはか》に遠くかすかになる……。

わたくしは雪が降り初めると、今だに明治時代、電車も自動車もなかつた頃の東京の町を思起すのである。東京の町に降る雪には、日本の中でも他処《よそ》に見られぬ固有のものがあつた。されば言ふまでもなく、巴里《ぱりい》や倫敦《ろんどん》の町に降る雪とは全くちがつた趣があつた。巴里の町にふる雪はプツチニイがボエームの曲を思出させる。哥沢節《うたざはぶし》に誰もが知つてゐる羽織かくしてといふ曲がある。

羽織かくして、袖ひきとめて、どうでもけふは行かんすかと、言ひつゝ立つて櫺子《れんじ》窓《まど》、障子ほそめに引きあけて、あれ見やしやんせ、この雪に。

わたくしはこの忘れられた前の世の小唄を、雪のふる日には、必ず思出して低唱したいやうな心持になるのである。この歌詞には一語の無駄もない。その場の切迫した光景と、その時の綿々とした情緒とが、洗練された言語の巧妙なる用法によつて、絵よりも鮮明に活写されてゐる。どうでも今日は行かんすかの一句と、歌麿が青楼年中行事の一画面とを対照するものは、容易にわたくしの解説に左袒するであらう。

わたくしはまた更に為永春水の小説「辰巳園《たつみのその》」に、丹次郎が久しく別れてゐた其情婦仇吉を深川のかくれ家にたづね、旧歓をかたり合ふ中、日はくれて雪がふり出し、帰らうにも帰られなくなるといふ、情緒纏綿とした、その一章を思出す。同じ作者の「湊の花」には、思ふ人に捨てられた女が堀割に沿うた貧家の一間に世をしのび、雪のふる日にも炭がなく、唯涙にくれてゐる時、見知り顔の船頭が猪牙舟《ちよきぶね》を漕いで通るのを、窓の障子の破れ目から見て、それを呼留め、炭を貰ふと云ふやうなところがあつた。過ぎし世の町に降る雪には必ず三味線の音色が伝へるやうな哀愁と哀憐とが感じられた。

小説「すみだ川」を書いてゐた時分だから、明治四十一、二年の頃であつたらう。井上唖々さんといふ竹馬の友と二人、梅にはまだすこし早いが、と言ひながら向島を歩み、百花園に一休みした後、言問《こととひ》まで戻つて来ると、川づら一帯早くも立ちまよふ夕靄の中から、対岸の灯がちらつき、まだ暮れきらぬ空から音もせずに雪がふつて来た。

今日もとう〳〵雪になつたか。と思ふと、わけもなく二番目狂言に出て来る人物になつたやうな心持になる。浄瑠璃を聞くやうな軟い情味が胸一ぱいに湧いて来て、二人とも言合したやうに其儘《そのまま》立留つて、見る〳〵暗くなつて行く川の流を眺めた。突然耳元ちかく女の声がしたので、その方を見ると、長命寺の門前にある掛茶屋のおかみさんが軒下の床几に置いた煙草盆などを片づけてゐるのである。土間があつて、家の内の座敷にはもうランプがついてゐる。

友達がおかみさんを呼んで、一杯いたゞきたいが、晩《おそ》くて迷惑なら壜詰を下さいと言ふと、おかみさんは姉様かぶりにした手拭を取りながら、お上んなさいまし、何も御在《ございま》ませんが、と言つて、座敷へ座蒲団を出して敷いてくれた。三十ぢかい小づくりの垢抜のした女であつた。

焼海苔に銚子を運んだ後、おかみさんはお寒いぢや御在ませんかと親し気な調子で、置火燵を持出してくれた。深切で、いや味がなく、気転のきいてゐる、かういふ接待ぶりも其頃にはさして珍らしいと云ふほどの事でもなかつたのであるが、今日これを回想して見ると、市街の光景と共に、かゝる人情、かゝる風俗も再び見難く、再び遇ひがたきものである。物一たび去れば遂にかへつては来ない。短夜の夢ばかりではない。

友達が手酌の一杯を口のはたに持つて行きながら、

雪の日や飲まぬお方のふところ手

と言つて、わたくしの顔を見たので、わたくしも

酒飲まぬ人は案山子《かかし》の雪見哉

と返して、その時銚子のかはりを持つて来たおかみさんに舟のことをきくと、渡しはもうありませんが、蒸汽は七時まで御在ますと言ふのに、やゝ腰を据ゑ、

舟なくば雪見がへりのころぶまで
　舟足を借りておちつく雪見かな

その頃、何《なん》や彼《か》や書きつけて置いた手帳は、その後いろ〳〵な反古《ほご》と共に、一たばねにして大川へ流してしまつたので、今になつては雪が降つても、その時のことは、唯人情のゆるやかであつた時代と共に、早く世を去つた友達の面影がぼんやり記憶に浮んで来るばかりである。

○

雪もよひの寒い日になると、今でも大久保の家の庭に、一羽黒い山鳩の来たのを思出すのである。

父は既に世を去つて、母とわたくしと二人ぎり広い家にゐた頃である。母は霜柱の昼過までも解けない寂しい冬の庭に、折々山鳩がたつた一羽どこからともなく飛んで来るのを見ると、あの鳩が来たからまた雪が降るでせうと言はれた。

果して雪がふつたか、どうであつたか、もう能《よ》くは覚えてゐないが、その後も冬になると折々山鳩の庭に来ることだけは、どういふわけか、永くわたくしの記憶に刻みつけられてゐる。雪もよひの冬の日、暮方ちかくなる時、つかれて沈みきつた寂しい心持、その日〳〵に忘られて行くわけもない物思はしい心持が、年を経て、またわけもなく追憶の悲しさを呼ぶがためかも知れない。

その後三、四年にしてわたくしは牛込の家を売り、そこ此処《ここ》と市中の借家に移り住んだ後、麻布に来て三十年に近い月日をすごした。無論母をはじめとして、わたくしには親しかつた人達の、今は一人としてこの世に生残つてゐよう筈はない。世の中は知らない人達の解しがたい議論、聞馴れない言葉、聞馴れない物音ばかりになつた。然しそのむかし牛込の庭に山鳩のさまよつて来た時のやうな、寒い雪もよひの空は、今になつても、毎年冬になれば折々わたくしが寝てゐる部屋の硝子窓を灰色にくもらせる事がある。するると、忽《たちま》ちあの鳩はどうしたらう。あの鳩はむかしと同じやうに、今頃はあの古庭の苔の上を歩いてゐるかも知れない……と月日の隔てを忘れて、その日のことがあり〳〵と思返されてくる。鳩が来たから雪がふりませうと言はれた母の声までが、どこからともなく、かすかに聞えてくるやうな気がしてくる。

回想は現実の身を夢の世界につれて行き、渡ることのできない彼岸を望む時の絶望と悔恨との淵に人の身を投込む……。回想は歓喜と愁歎との両面を持つてゐる謎の女神であらう。

○

七十になる日もだん〳〵近くなつて来た。七十といふ醜《みにく》い老人になるまで、わたくしは生きてゐなければならないのか知ら。そんな年まで生きてゐたくない。と云つて、今夜眼をつぶツて眠れば、それがこの世の終だとなつたら、定めしわたくしは驚くだらう。悲しむだらう。

生きてゐたくもなければ、死にたくもない。この思ひが毎日毎夜、わたくしの心の中に出没してゐる雲の影である。わたくしの心は暗くもならず明くもならず、唯しんみりと黄昏《たそが》れて行く雪の日の空に似てゐる。

日は必ず沈み、日は必ず尽きる。死はやがて晩かれ早かれ来ねばならぬ。

生きてゐる中、わたくしの身に懐しかつたものはさびしさであつた。さびしさの在つたばかりにわたくしの生涯は薄いながらにも色彩があつた。死んだなら、死んでから後にも薄いながらに、わたくしは色彩がほしい。さう思ふと、生きてゐた時、その時、その場の恋をした女達、わかれた後忘れてしまつた女達に、また逢ふことの出来るのは暝《くら》いあの世のさむしい河のほとりであるやうな気がしてくる。

あゝ、わたくしは死んでから後までも、生きてゐた時のやうに、逢へば別れる……わかれのさびしさに泣かねばならぬ人なのであらう。

○

薬研堀《やげんぼり》がまだ其のまゝ昔の江戸絵図にかいてあるやうに、両国橋の川しも、旧米沢町の河岸まで通じてゐた時分である。東京名物の一銭蒸汽の桟橋につらなつて、浦安通ひの大きな外輪《そとわ》の汽船が、時には二艘も三艘も、別の桟橋につながれてゐた時分の事である。

わたくしは朝寝坊むらくといふ噺家《はなしか》の弟子になつて一年あまり、毎夜市中諸処の寄席に通つてゐた事があつた。その年正月の下半月、師匠の取席になつたのは、深川高橋の近くにあつた、常磐《ときは》町の常磐亭であつた。

毎日午後に、下谷御徒町《おかちまち》にゐた師匠むらくの家に行き、何やかやと、その家の用事を手つだひ、おそくも四時過には寄席の楽屋に行つてゐなければならない。その刻限になると、前座《ぜんざ》の坊主が楽屋に来るが否や、どこどん〳〵と楽屋の太鼓を叩きはじめる。表口では下足番の男がその前から通りがかりの人を見て、入らつしやい、入らつしやいと、腹の中から押出すやうな太い声を出して呼びかけてゐる。わたくしは、帳場から火種を貰つて来て、楽屋と高座の火鉢に炭火をおこして、出勤する藝人の一人々々楽屋入するのを待つのであつた。

下谷から深川までの間に、その頃乗るものと云つては、柳原を通ふ赤馬車と、大川筋の一銭蒸汽があつたばかり。正月は一年中で日の最も短い寒《かん》の中の事で、両国から船に乗り新大橋で上り、六間堀の横町へ来かゝる頃には、立迷ふ夕靄に水辺の町はわけても日の暮れやすく、道端の小家に灯がつき、路地の中からは干物の匂が湧き出で、木橋をわたる人の下駄の音が、場末の町のさびしさを伝へてゐる。

忘れもしない、その夜の大雪は、既にその日の夕方、両国の桟橋で一銭蒸汽を待つてゐた時、ぷいと横面を吹く川風に、灰のやうな細い霰がまじつてゐたくらゐで、順番に楽屋入をする藝人達の帽子や外套には、宵の口から白いものがついてゐた。九時半に打出し、車でかへる師匠を見送り、表通へ出た時には、あたりはもう真白で、人ツ子ひとり通りはしない。

太鼓を叩く前座の坊主とは帰り道がちがふので、わたくしは毎夜下座の三味線をひく十六、七の娘——名は忘れてしまつたが、立花家橘之助の弟子で、家は佐竹ッ原だといふ——いつも此の娘と連立つて安宅蔵《あたけぐら》の通を一ツ目に出で、両国橋をわたり、和泉橋際で別れ、わたくしはそれから一人とぼ〳〵柳原から神田を通り過ぎて番町の親の家へ、音のしないやうに裏門から忍び込むのであつた。

毎夜連れ立つて、更けそめる本所の町、寺と倉庫の多い寂しい道を行く時、案外暖く、月のいゝ晩もあつた。溝川の小橋をわたりながら、鳴き過る雁の影を見送ることもあつた。犬に吠えられたり、怪しげな男に後をつけられて、二人とも〳〵息を切つて走つたこともあつた。道端に荷をおろしてゐる食物売《たべものうり》の灯を見つけ、汁粉《しるこ》、鍋焼饂飩《うどん》に空腹をいやし、大福餅や焼芋に懐手をあたゝめながら、両国橋をわたるのは殆《ほとんど》毎夜のことであつた。然しわたくし達二人、二十一、二の男に十六、七の娘が更け渡る夜の寒さと寂しさに、おのづから身を摺り寄せながら行くにも係らず、唯の一度も巡査に見咎められたことがなかつた。今日、その事を思返すだけでも、明治時代と大正以後の世の中との相違が知られる。その頃の世の中には猜疑と羨怨の眼が今日ほど鋭くひかり輝いてゐなかつたのである。

その夜、わたくしと娘とはいつものやうに、いつもの道を行かうとしたが、二足三足踏み出すが早いか、雪は忽ち下駄の歯にはさまる。風は傘を奪はうとし、吹雪は顔と着物を濡らす。然し若い男や女が、二重廻やコートや手袋襟巻に身を粧ふことは、まだ許されてゐない時代である。貧家に育てられたらしい娘は、わたくしよりも悪い天気や時候には馴れてゐて、手早く裾をまくり上げ足駄を片手に足袋はだしになつた。傘は一本さすのも二本さすのも、濡れることは同じだからと言つて、相合傘の竹の柄元《えもと》を二人で握りながら、人家の軒下をつたはり、つたはつて、やがて彼方《かなた》に伊予橋、此方《こなた》に大橋を見渡すあたりまで来た時である。娘は突然つまづいて、膝をついたなり、わたくしが扶《たす》け起さうとしても容易には立上れなくなつた。やつとの事立上つたと思ふと、またよろりと転びさうになる。足袋はだしの両脚とも凍りきつて、しびれてしまつたらしい。

途方にくれてあたりを見る時、吹雪の中にぼんやり蕎麦屋の灯が見えた嬉しさ。湯気の立つ饂飩の一杯に、娘は直様《すぐさま》元気づき、再び雪の中を歩きつゞけたが、わたくしはその時、ふだん飲まない燗酒を寒さしのぎに、一人で一合あまり飲んでしまつたので、歩くと共におそろしく酔が廻つて来る。さらでも歩きにくい雪の夜道の足元が、いよ〳〵

危くなり、娘の手を握る手先がいつかその肩に廻される。のぞき込む顔が接近して互の頬がすれ合ふやうになる。あたりは高座で噺家がしやべる通り、ぐる〳〵ぐる〳〵廻つてゐて、本所だか、深川だか、処は更に分らぬが、わたくしは兎角する中、何かにつまづきどしんと横倒れに転び、やつとの事娘に抱き起された。見ればおあつらひ通りに下駄の鼻緒が切れてゐる。道端に竹と材木が林の如く立つてゐるのに心付き、その陰に立寄ると、こゝは雪も吹込まず風も来ず、雪あかりに照された道路も遮られて見えない別天地である。いつも継母に叱られると言つて、帰りをいそぐ娘もほつと息をついて、雪にぬらされた髪を撫でたり、袂をしぼつたりしてゐる。わたくしはいよ〳〵前後の思慮もなく、唯酔の廻つて来るのを知るばかりである。二人の間に忽ち人情本の場面が其のまゝ演じ出されるに至つたのも、怪しむには当らない。

あくる日、町の角々に雪達磨ができ、掃寄せられた雪が山をなしたが、間もなく、その雪だるまも、その山も、次第に解けて次第に小さく、遂に跡かたもなく、道はすつかり乾いて、もとのやうに砂ほこりが川風に立迷ふやうになつた。正月は早くも去つて、初午の二月になり、師匠むらくの持席《もちせき》は、常磐亭から小石川指ケ谷町の寄席にかはつた。そしてかの娘はその月から下座をやめて高座へ出るやうになつて、小石川の席へは来なくなつた。帰りの夜道をつれ立つて歩くやうな機会は再び二人の身には廻つては来なかつた。

娘の本名はもとより知らず、家も佐竹とばかりで番地もわからない。雪の夜の名残は消え易い雪のきえると共に、痕もなく消去つてしまつたのである。

巷《ちまた》に雨のふるやうに
わが心にも雨のふる

といふ名高いヴヱルレーヌの詩に傚つて、若しもわたくしが其国の言葉の操り方を知つてゐたなら、

巷に雪のつもるやう
憂《うれ》ひはつもるわが胸に
巷に雪の消ゆるやう
思出は消ゆ痕もなく
…………………

とでも吟じたことであらう。

写真と俳句

よし原は
人まだ
寐ぬに
けさの秋

物くへば夜半にも残る暑かな

すゝり泣くヰオロンの音の夜長哉

世の中や踊るはだかも年のくれ

書割の裏や夜寒のちりほこり

引窓に
鼠
顔出す
日永かな

葡萄酒の栓ぬく音や夜半の冬

秋雨やひとり飯くふ窓のそば

柴門不過貴人車
残蝶孤飛林下家
三日空庭秋不掃
半簾疎雨一籬花

稲つまに追はれて走るつつみかな

しみしみと一人はさむし鐘の声

東風簾幕影飄揺
鈴索無声鳥語喧
夢裏春寒時到枕
一欄梨雪昼蕭蕭

深川万年橋

行雁や
ふか川
くらき
二十日月

まつすぐな川筋いく里日のみじか

小名木川

女木塚古碑

秋に添て
行はや
末は
小松川

芭蕉翁

釣ぼりの旗あちこちに風薫る

堀切橋

西新井橋

巡礼の
うしろ
すがたや
秋のくれ

寺島町電車踏切

さかり場を
出れば
蟲なく
闇夜かな

色町に
つゞく
空地や
夏相撲

雨の夜てみやは火花にちまちた

亀戸六阿弥陀道（大正四年九月撮影）

葛餅に
むかしを
おもふ
彼岸かな

牛籠旧居

この家にむかし鷗外先生を迎へしことありけり毎週火曜日の夕こゝに開きし三田の諸生のつどひには柳村先生も車をよせたまひぬ小山内氏の来ぬ夜とては稀なりき鳥兎匇匇としてなつかしき人々今は皆世を去り生のこりし我のみ一人後進の徒に侮り辱めらることを思ひて

穴に入る蛇うらやまん老の果

浅草公園六区裏通

お花見は
舞台
ばかりの
役者かな

琴唄行秋

中能島欣一作曲

行秋の雨ともならぬ薄ぐもり。風は吹かねど散るや木の葉の散るなかに。さまよふ蝶の影一つ。今見し夢の名残かと肱つく机つくづくと。恋しきはかへらぬむかしぞや。さびしきは宵闇の窓に。きいておどろく鐘の声。けふも暮れけり。変る姿の人の身にすぎ行く月日。かはりなきこそつれなけれ。

里の名を人のとひなばしらつゆの玉の井深きそこといはまし

名も
知れぬ
小草の
花や
つゆの
たま

荷風

遠みちも夜寒になりぬ川むかう　　荷風

降り
たらぬ
残暑の
雨や
屋根の
塵

荷風

秋晴やおしろい焼の顔の皺　荷風

蚊ばしらの
くづるゝかたや
路地の口

荷風

ゆく春の秋にも似たる一夜かな　荷風

木枯にぶつかつて行く車かな　荷風

目あかしの入り込む里の霜夜かな　荷風

ひもの焼く窓のけむりや秋の風　荷風

雀鳴くやまづしき門の藪つばき　　荷風

江戸川の風にちり行く弘法寺のしだれ桜に惜しむ春かな　荷風

小瀧 穆撮影

注解

池澤一郎

・収録した俳句、狂歌、小唄、端唄、琴唄、清元の出典を番号の次に示した。◎印の後に、該当句と同一の重出句の出典を示した。○印の後に異形句の異同を示した。前書、俳句末の註記についてもふれた。

・出典が、色紙、短冊、軸物・画軸等の墨蹟の時は、＊印で示した。

・反復記号(つれ〱、つれづれ)、字送り(秋立つ、秋立)、仮名遣い(かぢる、かじる)、清濁(ところ、どころ)などの違いは、異形句とはみなさず、同一の重出句とした。

・●印の後に、作中の語句、作の成立の背景などについて、注解を付した。

俳句

1 「荷風百句」

2 「荷風百句」 ●宵寐 正月に通常より早く寝静まるさま。早寝。 ●風のこゑ 盛唐、孟浩然「春暁」(『唐詩選』)に「夜来 風雨の声」。

3 「荷風百句」 ○大正八年二月七日東都版・中公版・岩波版、昭和四年一〇月二六日付吉井勇宛 座五「飾海老」。 ●『断腸亭日乗』(以下、『日乗』)同日の条に五句のうちの一句、「春陽堂主人来り余が拙句を木版摺にして販売したしと謂ふ。辞すれども聴かざれば揮毫左の如し」として掲出。●暫　七代目市川団十郎によって定められた歌舞伎十八番の一つ。主人公の鎌倉権五郎は、力紙という和紙をつけた車鬢《くるまびん》の鬘《かつら》を冠り、筋隈《すじくま》という隈取《くまどり》で登場する。そのいかめしい顔を、正月の蓬萊飾りなどに添えられている伊勢海老の頭部になぞらえた。●小堀杏奴「飯田屋の「どぜう」」(昭和三四年七月一日「酒」)は、座五「花の梅」。

4「荷風百句」●裏絵　羽子板の正面には俳優の姿などの派手やかな図柄を立体的な押絵としてあしらうが、裏にはシンプルな花鳥画を描く。ここでは裏絵が白梅であった。新春の句なので実景の梅を否定するものではない。

5「荷風百句」◎昭和四年一〇月二六日付吉井勇宛、昭和五年一月一日「スバル」

6「荷風百句」●九段坂上の茶屋　荷風は九段坂上界隈の料亭、待合茶屋の様子を小説『おかめ笹』(大正七年)で克明に描写している。●富士見る町　麴町区富士見町(現、千代田区富士見町一、二丁目、九段北一〜三丁目、九段南二、三丁目)という九段坂上靖国神社一帯の町名をふまえる。

7「荷風百句」

8「荷風百句」◎『荷風句集』●清元なにがし　清元節の音曲師某。●清元節の題名「忍逢春雪解(三千歳)」をふまえる。

9「荷風百句」●市川左団次丈　歌舞伎役者二代目市川左団次(一八八〇—一九四〇)。初代の長男。俳号は杏花、松莚。荷風と親交があり、ともに大田南畝を推称した。「丈」は役者の名に付する敬称。●名所　首尾の松、うれしの森、待乳山聖天、三囲神社など吉原通いの船客に愛でられた隅田川両岸の景物を指す。

10「荷風百句」○『永井荷風日記』第一巻「荷風自画像」中七「つば垂れさがる」。●永き日　春の日永。遅日。

11　「荷風百句」　●浅草画賛　金龍山浅草寺のにぎわいを描いた画に書きつけられた句。●鳩　浅草寺境内に群なす鳩。かつては境内で参詣客が鳩に与える餌なども販売していた。落語の「付き馬」でもこの鳩と餌売りについて克明に描写する演出がある。●居合抜　浅草寺境内には江戸の享保期の初代から昭和期の十七代に至るまで、代々松井源水と称する大道芸人がいて、参詣客に居合抜きや曲駒などの芸を見せて、富山産の反魂丹などの薬を売りつけた。

12　「荷風百句」　●柳嶋　隅田川の東岸。北十間川と横十間川が交叉するあたり一帯の呼称。日蓮宗の妙見山法性寺があり、葛飾北斎、歌川広重、歌川豊国などの絵師や中村仲蔵、市川左団次、尾上菊五郎などの著名な俳優が信仰したために、料亭(柳嶋橋西袂の橋本が著名)、茶屋などでにぎわっており、観光地でもあった。●女づれ　一対の男女。

13　「荷風百句」　●芭蕉「秋海棠西瓜の色に咲きにけり」(『東西夜話』)の換骨奪胎。

14　「荷風百句」　○昭和一〇年三月二八日東都版・中公版　中七「雪の降る日や」。●『日乗』同日の条に四句の内の一句、「暮方より雨。日高氏の依頼にて句をつくりて送る」として「彼岸に雪降りければ」の前書を付けて掲出。木姿「紅梅や白きは上に散りかゝり」(『新類題発句集』)。

15　「荷風百句」　●さし柳　庭先に柳の挿し木をする。五柳先生(陶淵明)の卑俗化。

16　「荷風百句」　●切戸口　くぐり戸のついた小さな門。

17　「荷風百句」　●類句151。

18　「荷風百句」　●妓楼　女郎屋。青楼。●田螺　春の季語。タニシは春二、三月に産卵孵化するために活発に動く。曽良「菜の花の盛りに一夜啼く田螺」(『続雪丸げ』)。

19 「荷風百句」 ●室咲　冬期に温室内で花を咲かせること。重葉「室咲きの梅かざし出る裸かな」(『類題発句集』)。

20 「荷風百句」 ●福寿草　新春に単弁の黄色い花を咲かせる鉢植えの草花。蕪村「朝日さす弓師が店や福寿草」(『蕪村遺稿』)。

21 「荷風百句」 ●水の紋　庭池の水面の波紋が反射で障子に映っている。

22 「荷風百句」 ●色町　吉原、深川、新橋、柳橋などの遊郭や料亭が立ち並ぶ町。●猫の恋　春先に雌雄の猫が相手を求めてさかんに鳴き声をあげ、動き回るさま。夜間に多い。芭蕉「猫の恋止むとき閨の朧月」(『己が光』)。

23 「荷風百句」 ○昭和六年二月七日東都版・中公版・岩波版　前書「春雨飛燕の図に」。

24 「荷風百句」 ●はこべ　はこべら。春の七草のひとつで、路傍山間の処々に生育し、白い五弁の花を咲かせる。蓮之「はこべ草枯れ野の土にしがみつく」(『類題発句集』)。

25 「荷風百句」 ○昭和五年四月一〇日東都版・中公版・岩波版　座五「花の雲」。●『日乗』同日の条に二句の内の一句、「小田内氏の需により扇子に送別の句をかきて贈る」として掲出。●笈を負ふ　異郷で勉学に励むこと。漢詩文の常套表現。「笈」はおい。書物などを収納して運べるように両肩に掛ける竹製の箱。中唐、白居易「短歌行」に「笈を負ふて塵中に遊び、書を抱いて雪前に読む」。

26 「荷風百句」 ●さぞや　さぞさくらが満開であろうことよ、の意。

27 「荷風百句」

28 「荷風百句」 ◎『日和下駄』(昭和三二年三月一五日、私家版) ●日和下駄　差し歯の短い晴天用の下駄。荷風は『日和下駄』『濹東綺譚』などでこの下駄の効用を記す。●類句230。

29 「荷風百句」◎昭和九年四月二六日東都版・中公版・岩波版 前書「浅草川舟中口占」。●風の一日　一日中風が吹いていること。

30 「荷風百句」●竹の秋　晩春初夏に竹の葉が枯れたような状態になること。大江丸「いざ竹の秋風聞かむ相国寺」(『俳懺悔』)。

31 「荷風百句」○昭和七年七月一日「スバル」座五「北南」。●よし切　葭原雀。行々子。初夏に南から渡来する夏鳥。ギョギョギョギョシなどと鳴く。蓼太「よし切や刀禰の河面《かはづら》何十里」(『蓼太句集』第三編)。●北みなみ　荒川放水路以東、中川を経て、江戸川に至るまでの水郷地帯を「葛飾」と捉えてその南北にひろきを放水路の土手から見渡した。

32 「荷風百句」●水雞　ヒメクイナ。夏に南方から渡来して、本土で繁殖する水鳥。『本朝食鑑』に「夜鳴きて旦《あした》に達して息《や》む。その声、人の戸をたたくがごとし」。西行「杣人の暮れにやど借るここちして庵をたたくひななりけり」(『山家集』)。芭蕉「此の宿は水鶏も知らぬ扉かな」(『笈日記』)。

33 「荷風百句」●築地閑居　荷風は大正七年(一九一八)一二月二二日に大久保余丁町の邸から築地二丁目三〇番地に転居し、大正九年五月二三日に麻布市兵衛町一丁目六番地に移るまでの歳月を築地に暮らした。●夕河岸　日本橋界隈の魚河岸(市場)で、暑中に産地から到着した鯵、鰯、小鯖、松魚などの近海魚をすぐにせりに出して売ったこと。●『千尺の帯』(昭和五三年一一月三〇日、花崎利義著、求龍堂)は、「夕河岸にあぢ売る声や雨上り」。

34 「荷風百句」◎昭和二年六月一日「苦楽」●御家人　知行が一万石以下の徳川将軍家直参の家臣団の中で、お目見え以下の家格の武士。ここでは禄を離れた浪人を指す。●傘張る　骨だけの傘に油紙を貼り付ける仕事。浪人武士の内職。鶴屋南北の『東海道四谷怪談』の色悪田宮伊右衛門も浪人で傘張り内職をする。

35 「荷風百句」 ●白き壁 土蔵の壁は漆喰で塗り固められていて白い。

36 「荷風百句」 ●五月寒 梅雨時に夏とは思えないほど冷え込むこと。

37 「荷風百句」 ●八文字ふむ 吉原の大見世の太夫(高級店の女郎)が、引手茶屋から遊女屋に移動する花魁道中の折の高足駄を履いた足首で円弧を描くように歩く独特の歩き方。内、外八文字がある。信徳「八文字ふむ畝踏皮《うねたび》の露」(『信徳十百韻』)。ここでは金魚が大仰に鰭を動かして泳ぐ様。

38 「荷風百句」 ●小網河岸 日本橋川沿いの小網町の川端。広重の『名所江戸百景』に描かれ、『日和下駄』にも「東京市中の掘割の中にて最も偉大なる壮観を呈する」と愛でられている。●389参照。

39 「荷風百句」 ○大正四年九月二三日付籾山梓月宛 中七「富士や拝まん」。●物干 物干し台。ベランダ。 葛飾北斎が生まれた本所割下水界隈の情景。 ●北斎忌 北斎が没したのは嘉永二年の陰暦四月一八日(一八四九年五月一〇日)。北斎には『富嶽三十六景』など富士山を描いた名作が多い。

40 「荷風百句」 ●紅楼夢 中国を代表する長編白話小説。清、曹雪芹作。荷風は、『日乗』大正六年一二月三一日の条に当時批評したい書物にこれを数え、大正一一年二月二〇日の条には、幸田露伴訳の本を繙いて眠り、昭和九年一〇月一五日の条には小唄に翻案したいものとして第四十五回の「秋窓風雨夕」を引用し、昭和一五年一一月九日の条には和訳を試みた旨記している。『濹東綺譚』でも、『紅楼夢』第四十五回に出る「秋窓風雨夕」を六行ほど引いて、機会があれば全体を翻訳したいと述べる。

41 「荷風百句」 ●くゞり門 家屋の一部をくぐって通り抜けられるように空洞となしたもの。花柳界や酒蔵の建築物に多い。

42 「荷風百句」 ●百合の香 花の香りの中では濃厚なもの。士朗「百合の香の衣《ころも》を通す山路かな」(『枇杷園句集』後編)。

43 「荷風百句」 ●蝙蝠　市川団十郎の代々の家紋は三枡だが、替紋《かえもん》に蝙蝠があり、七代目が愛用して流行した。河竹黙阿弥の『与《よ》話《わ》情浮名横櫛《なさけうきなのよこぐし》』の「源氏店妾宅の場」で蝙蝠安が「三筋に蝙蝠は逃れぬ仲だ」という。

44 「荷風百句」◎昭和二年六月一日「苦楽」 ●石菖　薬効もあるが、観賞用として江戸時代流行した。中国文人趣味の書斎を飾る植物として愛好されたが、ここでは柳橋界隈の料亭や待合茶屋の玄関先や出窓を飾るものとして点出された。荷風の「妾宅」でも「石昌」は妾宅を飾る。

45 「荷風百句」 ●一ツ目の橋　本所を東西に流れる竪川に架けられた橋で、隅田川から入って一つ目なのでこう呼ばれる。

46 「荷風百句」 ○昭和七年七月一日「スバル」 上五「葉桜や」。 ●向嶋水神の茶屋　隅田川東岸の隅田川神社界隈にあった待合茶屋。隅田川神社は水神様と呼ばれて、近くには八百松、植半という料亭もあり花街としてにぎわっていた。 ●昼あそび　待合茶屋に芸妓を呼んで、情交すること。もと吉原で外泊の出来ない武士の為の白昼(正午から午後四時)の営業を指す。

47 「荷風百句」 ●悟るすがた　花が散って芥子坊主になったのを法体に見立てた。 ●芥子の花　初夏に開花する大型の四枚の花弁の花。芭蕉「白芥子に羽もぐ蝶の形見哉」(『野ざらし紀行』)、其角「散り際は風もたのまずけしの花」(『句兄弟』)。

48 「荷風百句」

49 「荷風百句」 ●瀧夜叉姫　常磐津舞踊劇「忍夜恋曲者《しのびよるこひはくせもの》」(天保七年江戸市村座初演)は、主人公の平将門の遺児たる瀧夜叉姫が傾城如月に身をやつし、将門の残党狩りをする大宅太郎光国を色仕掛けで味方につけようとするもの。舞踊中に相馬錦の旗を姫が落とすが、それを妖艶なあじさいに重ねた。

50 「荷風百句」○昭和七年七月一日「スバル」中七・座五「一軸ふりし牡丹かな」。●拝領の　目上の人から頂戴したもの。ここは軸装の牡丹の絵画。杉下「拝領の手からこぼるる氷かな」(『俳諧新選』)。

51 「荷風百句」

52 「荷風百句」

53 「荷風百句」●仁王　寺院の表門の両脇に一対で安置される金剛力士像。口を開いた阿形と口を結んだ吽形があるが、ここでは前者の大きく開いた口が風をたっぷり吸いこんでいると見た。

54 「荷風百句」●鞘ながら　筆を鞘に挿したまま。清元「色彩《いろもやう》間《ちよつと》刈豆《かりまめ》」の詞章に「夜や更けて誠に文は閨《ねや》の伽《とぎ》、筆の鞘焚く煙りさへ」とあり、鞘つきの筆は恋文を認めるもの。

55 「荷風百句」

56 「荷風百句」

57 「荷風百句」○昭和五年九月一日「秋草」(『春泥』) 上五「蚊柱を」、座五「月夜かな」、前書「夕顔棚をかきたる扇子に」。

58 「荷風百句」

59 「荷風百句」◎昭和六年七月一四日東都版・中公版　○昭和七年七月一日「スバル」中七「低き屋並みの」。●『日乗』同日の条に六句の内の一句、「暗夜中洲より永代橋に至る川筋のさま物さびしく一種の情趣あり」の次に掲出。●中洲　三俣の中洲。江戸時代隅田川の浜町堀の河口から新大橋にかけて存在した埋め立て地で、月の名所として、料亭、水茶屋、岡場所等でにぎわった。江戸時代は明和八年(一七七一)から寛政元年(一七八九)まで存在し、明治一九年にふたたび埋め立てられた。荷風はここに存在した中洲病院の大石貞夫博士の許《もと》に大正五年六月から昭和にかけて通院していた。

60 「荷風百句」

61 「荷風百句」 •類句433。

62 「荷風百句」 ○昭和五年九月一日「秋草」(「春泥」) 上五「秋ちかき」、前書「三味線草の画に」。

63 「荷風百句」 ◎昭和五年九月一日「秋草」(「春泥」) •蘭　その香りの高さから古来文人画四君子のひとつに数え上げられる。

64 「荷風百句」 ◎昭和二年一一月一日「騒人」

65 「荷風百句」 •半襟　襦袢に縫い付ける替え襟。外から見えて首元を飾るので刺繡などの装飾を施すものが多く、図柄は季節に合わせるのでここでは画中の女性の半襟に蔦紅葉がある。•蔦のもみぢ　庭先の蔦の葉が紅葉しているさま。

66 「荷風百句」 ○大正一四年一二月二五日「歌舞伎」(「きやうげん十句」のうち) 上五「初潮や」。•四谷怪談画賛四句　四世鶴屋南北作『東海道四谷怪談』(文政八年江戸中村座初演)の第三幕「砂村隠亡堀の場」で、鰻掻きに身をやつした直助に会った後、伊右衛門が流れ寄る戸板を引き寄せると片面にはお岩の死骸が、片面には小平の死骸が打ちつけてあり、これが骸骨に変わる場面がある。その場面を描いた舞台絵に書きつけた句。•初汐　陰暦八月一五日に寄せてくる大潮。巴道「初しほやあらぬ寄り藻のうつくしき」(『俳諧故人五百題』)。

67 「荷風百句」 ○大正一四年七月三日東都版・中公版・岩波版　中七「小家のまどや」。•『日乗』同日の条に四句の内の一句、「人より依頼せられ四谷怪談の発句を短冊に書す」として掲出。•樒　常緑高木で、寺の境内や墓地に植えられ、仏事に必須の植物。白雄「樒売る家も十夜のともしかな」(『白雄句集』)。『東海道四谷怪談』第四幕「深川三角屋敷の場」で直助の妻お袖が線香や樒の花を売って生活の足しにするのをふまえる。

68 「荷風百句」 ●質に置きけり 質屋から借金するために物品を預けること。『東海道四谷怪談』では第二幕「元の伊右衛門浪宅の場」で、伊右衛門がお岩が赤子のために手離したくない蚊帳を無理やり奪って質に入れる場面がある。松臼「を《ママ》きわたしたる質草の露」(『談林十百韻』)

69 「荷風百句」 ◎昭和二年一一月一日「騒人」 ●蕪村「かなしさや釣の糸吹く秋の風」(『蕪村句集』)。『東海道四谷怪談』第三幕「砂村隠亡堀の場」で伊右衛門は横十間川岩井橋あたりに釣りに出かけて直助に出くわす。

70 「荷風百句」 ◎昭和二年一一月一日「騒人」

71 「荷風百句」 ●鯊つり 海岸沿いや海近くの河口で陸に座ったり、小舟に乗ってなされたもので、ここでは築地界隈の漁師を指す。●本願寺 築地本願寺。浄土真宗の寺院。創建されたのは元和三年(一六一七)というが、明暦の大火で焼けた後の延宝七年に江戸八丁堀(築地)に再建された。荷風は33の注に記したように築地に暮らした時期がある。

72 「荷風百句」

73 「荷風百句」 ◎大正五年八月一二日付籾山梓月宛

74 「荷風百句」 ◎昭和二年九月二六日東都版・中公版・岩波版

75 「荷風百句」 ●芭蕉「海士の屋は小海老にまじるいとど哉」(『猿蓑』)。

76 「荷風百句」

77　「荷風百句」

78　「荷風百句」　●宗比「稲妻や雲にへりとる海の上」(『続猿蓑』)。

79　「荷風百句」

80　「荷風百句」　●嘯山「秋のくれ子持たぬ宿の物足らず」(『葎亭句集』)。

81　「荷風百句」　○昭和四年九月一日東都版・中公版・岩波版　座五「夜ごろ哉」。『荷風句集』中七「露にとけゆく」。●『日乗』同日の条に四句の内の一句、「鄰家の妓来りて句を請ふ、仍《よりて》次の如き駄句を書して示す」として掲出。●芝口の茶屋金兵衛　芝口は新橋の別称。宝永七年(一七一〇)から享保九年(一七二四)までいまの新橋に芝口御門という城門があったための呼称。金兵衛は料亭の名。荷風は「一膳飯屋」などと呼んで、昭和九年から一九年間、ここで元旦の夕餉を食することが多かった。『日乗』昭和九年一〇月六日の条に「一膳飯屋金兵衛の内儀よりたのまれたる色紙短冊に発句を書す」として五句を引用するが、三句(81—83)の中、本句81は見えない。●盛塩　塩を円錐または三角錐状に盛り上げたものを門前や玄関前、家の中に置く風習。縁起かつぎ、魔除けなどに意味がある。

82　「荷風百句」　●『日乗』昭和九年一〇月六日の条では中七「秋も暮行く」。●『日乗』同日の条に五句の内の一句、「一膳飯屋金兵衛の内儀よりたのまれたる色紙短冊に発句を書す」として掲出。

83　「荷風百句」　○昭和九年一〇月六日東都版・中公版　中七「鮎やく塩の」。●晋、張翰は秋風の吹くのを見て望郷の念に駆られ、故郷の呉の珍味である菰のいためもの、ジュンサイのスープ、鱸魚のなますを食べたくなって、官職を辞して帰郷したという(『晋書』張翰伝)。その故事の鱸のなますをアユの塩焼きに転じた。『日乗』昭和九年一〇月六日の条では「鮎」を「鯵」に作る。

84　「荷風百句」　●小波大人　巌谷小波(一八七〇—一九三三)。没したのは昭和八年九月五日である。荷風は二十歳前後の頃から、小波の知遇を得ており、小波が主催して明治二九年三月より開催されていた木曜会（木曜句会）という文学サロンには明治三二年冬より大正期に至るまで頻繁に出入りし、洋行中も書信を寄せて連絡を絶たなかった。

85 「荷風百句」◎昭和四年九月二八日東都版・中公版・岩波版　●『日乗』同日の条に「（三番町で）色紙に句を請ふものありければ」として掲出。●弘め　芸妓が初めてその土地で出演する場合に、姉芸者や三味線を運ぶ箱屋などが付き添い、出入りの茶屋や芸者屋にあいさつ回りをし、名刺替わりに手拭などをくばる風習。荷風がこの句を書きつけた写真も麹町芸者の名刺替わりに配られたものであろう。

86 「荷風百句」

87 「荷風百句」

88 「荷風百句」　●蓼太「草臥れて土にとまるや秋の蝶」（『蓼太句集』）。

89 「荷風百句」　●十丈「こがらしや梢に残る蝉のから」（『北の筥』）。

90 「荷風百句」　●破袋「雪の日や物干竿の一文字」（『渭江話』）。

91 「荷風百句」

92 「荷風百句」　○昭和二年一一月一日「騒人」上五「吊干菜」、座五「人のはて」　●釣干菜　大根や蕪の葉を首がしらから切り落とし、それを縄にからげて軒下、壁際、枯れ枝などからつりさげて干したもの。探丸「一夜一夜さむき姿や釣り干し菜」（『猿蓑』）。　●それ者　玄人。花柳界で生活していた人。芸妓や遊女である女性を指す。ここでは過去にそうであったいわゆる「それ者あがり」。

93 「荷風百句」

94 「荷風百句」 ●嵐雪「古足袋の四十に足をふみ込ぬ」(『いつを昔』)。

95 「荷風百句」 ●代地河岸　浅草の南、柳橋界隈の隅田川の河岸地。現在の東京都台東区一、二丁目。荷風は大正五年(一九一六)一月一二日より五月まで、通称代地河岸の浅草旅籠町一丁目一三番地の米田方に住んだ。

96 「荷風百句」 ●一中節　初代都太夫一中(一六五〇-一七二四)が元禄から享保にかけて京都において創始した浄瑠璃の一種。上品かつ温雅、重厚を以て特徴とし、三味線は中棹を使用する。

97 「荷風百句」 ●よみさしの　途中まで読んだ。季遊「よみさしの本に団《うちは》の栞かな」(『俳諧新選』)。●小本　半紙四分の一の大きさで、形の類似から蒟蒻本とも呼ばれる。江戸時代の小説ジャンルの中で、遊郭での男女の交情を描いた洒落本を指す。

98 「荷風百句」 ◎昭和二年一一月一日「騒人」 ●蕪村「鋸の音貧しさよ夜半の冬」(『句稿屛風』)。

99 「荷風百句」 ◎昭和二年一一月一日「騒人」 ●嵐竹「冬空やすがもは江戸の北はづれ」(『芭蕉庵小文庫』)。●麻布の坂　荷風が戦前暮らしていた偏奇館のあった麻布市兵衛町周辺は坂が多かった。

100 「荷風百句」 ●門を出て　蕪村「門を出て故人に逢ぬ秋の暮」(『蕪村書簡』)。「門を出て」は唐詩に頻出する「出門」を訓じたもの。于濆「雑曲歌辞」遊俠に「室に入れば情意少なく、門を出づれば路岐多し」。芭蕉「いざさらば雪見にころぶところまで」(『花摘』)。

101 「荷風百句」 ●雪になる　やがて雪になりそうな。碓令「鴨なくや二月の雨が雪になる」(『あなうれし』)。

102 「荷風百句」 ◎昭和二年一一月一日「騒人」 ●重信「卯の花や窓の灯つくね雪」(『時勢粧』)。

103 「荷風百句」

104 「荷風百句」〇昭和一二年一月二八日付井手文雄宛 中七「物よみ馴るゝ」。

105 「荷風百句」 ●冬ざれ 冬季が到来して風景が蕭条とするさま。闌更「冬ざれや鼠のむしる壁の穴」(『俳諧発句題叢』)。

106 「荷風百句」〇昭和九年一一月七日東都版・中公版・岩波版 上五「襟巻や」 ●襟まき 襟巻きをしてその中に顎をうずめるようにする婦人。

107 「荷風百句」

108 「荷風百句」

109 「荷風百句」◎昭和七年一月七日東都版・中公版・岩波版 ●『日乗』同日の条に二句の内の一句、「鄰の桐の樹に雀あまた来り、桐の実の殻を啄み破りてその実を食へるなり」として掲出。●桐の実 桐の枝にとまり桐をついばむのは鳳凰であるが、ここではそれを雀に転じて滑稽味を出した。

110 「荷風百句」 ●門を閉じて家に籠って読書や学問に励むのは中華文人のスタイル。『蒙求』「孫敬閉戸」。荷風の新聞記者や雑誌編集者などの来訪者を敬遠した偏奇館での日常を重ねる。

111 「荷風百句」

112 「荷風百句」 ●風の声 注2参照。

113 「荷風百句」 ●小松川 現在の東京都江戸川区の地名。江戸時代から青菜の産地として有名で、小松菜は特産。荷風はこの水郷地帯の田園風景を愛して大正末から晩年にかけてしばしば散策を試みた。

114 「荷風百句」

115 「荷風百句」 ●舟大工 小松川界隈には大小の河川、水路が多かったので、舟運に便利で、木造船を作る舟大工が多数存した。その作業場たる庭先の景。

116 「荷風百句」　●下駄買うて　新年に履き下ろすための下駄。

117 「荷風百句」

118 「荷風百句」

119 明治三二年七月『翠風集』　●蛍と灯火の取り合わせは、晩唐、王建「宮詞」其二(『三体詩』)の「銀燭秋光画屏冷ややかにして、軽羅小扇流蛍を撲《う》つ」。

120 明治三二年七月『翠風集』　●飛ぶ蛍　盛唐、孟浩然「秋窓月下感有り」に「鷲鵲棲《すみか》未だ定まらざるに、飛蛍簾を捲いて入る」。　●そで垣　玄関脇や裏木戸などに外から内部を覗かれないように設えられた竹製の垣根。形態が着物の袖に似るゆえの呼称。

121 明治三二年七月『翠風集』　●片町　町の片側。町の片隅。あるいは麻布飯倉片町を指すか。李成「片町や簾にわたる青あらし」(『新類題発句集』)。

122 明治三二年七月『翠風集』

123 明治三二年七月『翠風集』

124 明治三二年七月『翠風集』　●明易き　明け易し。夏の夜は短くてすぐに夜が明けること。夏の季語。鶯笠「明けやすき夜を行く竹の間かな」(『俳諧発句題叢』)。

125 明治三二年七月『翠風集』　●カンテラ　石油用灯火具。ポルトガル語の candela に由来する語。油皿に灯心を立てるものとそれを火屋に入れるものがある。

126 明治三二年七月『翠風集』

127 明治三二年七月『翠風集』

128 明治三二年七月『翠風集』　●流し　歓楽街を巡り歩き、歌や楽器の演奏を即興で聞かせて祝儀をもらう芸人。●揚屋の町　料亭街。揚屋は遊郭で直接娼家に上がるのではなく、置屋から妓女を呼ぶ場所で、その場で大規模な宴席が行えるように厨房や料理人が備わる。

129 明治三二年七月『翠風集』●石竹　葉が竹に似るナデシコ科ナデシコ属の多年草。ここでは鉢植えのものが縁側に置かれている。花は淡紅色。

130 明治三二年七月『翠風集』

131 明治三二年七月『翠風集』

132 明治三二年七月『翠風集』

133 明治三二年七月『翠風集』●水飯　乾飯、または飯を水に浸したもの。樗良「水飯に浅漬けゆかし二日酔ひ」(『俳諧発句題叢』)。

134 明治三二年七月『翠風集』

135 明治三二年七月『翠風集』●小欄干　自宅の欄干の謙称。

136 明治三二年七月『翠風集』

137 明治三二年七月『翠風集』●竹婦人　竹夫人。抱籠。竹で編んだ中が空洞の枕状のもので、これを抱いたり、片腕片足を載せて寝ることで涼を取った。夏の季語。

138 明治三二年七月『翠風集』●蓼太「青きよりおもひそめけり竹婦人」(『蓼太句集』)。

139 明治三二年七月『翠風集』●蓼太「蓬生や手ぬぐひ懸て竹婦人」(『蓼太句集』)。

140 明治三二年七月『翠風集』●嘯山「抱へ来て妹がたはれや竹婦人」(『葎亭句集』)。

141 明治三二年七月『翠風集』

142 明治三二年七月『翠風集』●重弘「石竹のちり敷庭やいしだゝみ」(『鷹筑波集』)。

143 明治三三年五月一〇日「文藝倶楽部」●丈草「狼の声そろふなり雪のくれ」(『芭蕉庵小文庫』)。

144 明治三三年五月一〇日「文藝倶楽部」

145 明治三三年五月一〇日「文藝倶楽部」

146 明治三三年五月一〇日「文藝倶楽部」●江上　川のほとり。中唐、銭起「省試湘霊鼓瑟」に「曲終りて人見えず、江上数峰青し」。

147 明治三三年五月一〇日「文藝倶楽部」●夏書　げがき。僧侶が夏の一定期間に外出せずに修行している折に経文を書写すること。蕪村「なつかしき夏書の墨の匂ひかな」(『蕪村句集』)。

148 明治三三年五月一〇日「文藝倶楽部」●埒もなく　不統一に。ばらばらに。

149 明治三三年五月一〇日「文藝倶楽部」●蟲干　夏の土用前後に書物や衣類を日光に晒し、紙魚やカビがつくのを防ぐこと。

150 明治三三年五月一〇日「文藝倶楽部」

151 明治三三年五月一〇日「活文壇」●小楼一夜　南宋、陸游「臨安にて春雨初めて霽る」に「小楼一夜春雨を聴き、深巷明朝杏花を売《か》ふ」。この詩語と吉原の小見世で一晩過ごしたとの意味とを懸ける。

152 明治三三年五月一〇日「活文壇」

153 明治三三年五月一〇日「活文壇」●昼寄席　講釈場や寄席は昼と夜の回があり、今も継承されている。

154 明治三三年五月一〇日「活文壇」●青女房　うら若い女性。新婚の女性。鳥山石燕『今昔画図続百鬼』には一妖怪の呼称として図が見える。

155 明治三三年五月一〇日「活文壇」

156 明治三三年五月一〇日「活文壇」 ●淇風「散る花におくびも寒げ琵琶法師」(『斧の柄』)。

157 明治三三年五月一〇日「活文壇」 ●楼上　女郎屋、料亭の二階。

158 明治三三年五月一〇日「活文壇」 ●つめ弾き　つまびき。小唄や端唄など簡単な音曲を演奏する場合に、撥や爪を使わずに指先で三味線を奏でること。

159 明治三三年五月一〇日「活文壇」 ●一中節　注96参照。

160 明治三三年五月一〇日「活文壇」 ●無心手紙　借金の申し込みをする手紙。

161 明治三三年六月一〇日「活文壇」 ●想はぬ人　自分を思ってくれない人。片思いの相手。読み人知らず「あひおもはぬ人をおもふはおほでらのがきのしりへにぬかづくがごと」(『万葉集』巻四)。

162 明治三三年六月一〇日「活文壇」

163 明治三三年六月一〇日「活文壇」

164 明治三三年六月一〇日「活文壇」

165 明治三三年六月一〇日「活文壇」 ●江上の百尺楼　中唐、白居易「望江楼上の作」に「江畔百尺の楼、楼前千里の路」。明治二三年から関東大震災まで浅草にあった凌雲閣は一七三尺(約五二メートル)あったのでこれを指す。「江上」は隅田川のほとり。

166 明治三三年六月一〇日「活文壇」 ●若楓　緑葉を愛でる楓、または早く紅葉する楓。其角「僧正の青きひとへや若楓」(『花摘』)。 ●小姓　寺小姓。寺院で住職のそばに仕えて雑用をこなした少年。えてして男色の相手もした。

167 明治三三年六月一〇日「活文壇」 ●茶屋の娘　花柳界の料亭や遊郭で女郎屋へ仲介する引手茶屋の女中、あるいは観光地にある水茶屋、茶店の看板娘。一礼「仮枕茶屋の娘とちぎりてし」(『投杯』)。

168　明治三三年六月一〇日「活文壇」
169　明治三三年六月一〇日「活文壇」
170　明治三三年六月一〇日「活文壇」　●憂き人　片思いの相手。なかなかなびかずにつらい思いをさせる恋人。去来「うき人を又くどきみん秋のくれ」(『其袋』)。
171　明治三三年六月一〇日「活文壇」　●傘下「袖白くみえ透きにけり青簾」(『橋守』)。
172　明治三三年七月一〇日「文藝倶楽部」　●成美「撫子のふしぶしにさすゆふ日かな」(『成美家集』)。
173　＊●嘯山「撫子や濡縁先の捨そだち」(『葎亭句集』)。
174　明治三三年九月一〇日「文藝倶楽部」
175　明治三三年九月一〇日「文藝倶楽部」　●蕪村「燃《もえ》立て皃《かほ》はづかしき蚊やりかな」(『新五子稿』)。
176　明治三三年九月一〇日「文藝倶楽部」
177　明治三三年「木曜会句会懐紙」
178　明治三四年三月一日「文藝倶楽部」　●蕪村「柳散清《やなぎちりし》水涸《みづか》れ石処々《いしところどころ》」(『俳諧古選』)。
179　明治三四年三月一日「文藝倶楽部」
180　明治三四年三月一日「文藝倶楽部」
181　明治三四年三月一日「文藝倶楽部」
182　明治三五年四月五日「饒舌」
183　明治三五年六月五日「饒舌」　●秋挙「まばらなる駅や井戸端のかきつばた」(『曙庵句集』)。
184　明治三五年六月五日「饒舌」　●宗砌「水たまりむめちる庭のながめかな」(『大発句帳』)。蒼虬「水仙や背戸は月夜の水たまり」(『蒼虬翁発句』)。

185 明治三五年九月五日「ハイカラ」 ●曲水「やや寒み大肌ぬぎてけはう也」(『俳諧勧進帳』)。
186 明治三六年一一月六日付巌谷小波宛 ●成美「鐘なるやすみのはねしも宵のこと」(『成美家集』)。
187 明治三六年一一月一六日付永井威三郎宛
188 明治三六年一一月一六日付永井威三郎宛 ●卓池「こがらしや漕わかれ行舟喧嘩」(『青々処句集』)。
189 明治三六年一一月一六日付永井威三郎宛 ●一茶「菊咲くや我ニ等しき似セ隠者」(『一茶発句集』)。
190 明治三六年一一月一六日付永井威三郎宛 ●一笑「窓あけて蔵の屋ね見んけさの雪」(『孤松』)。
191 明治三六年一一月一六日付永井威三郎宛 ●晩唐、温庭筠「商山早行」(『三体詩』)に「鶏声茅店の月、人跡板橋の霜」。一幽「里人の渡り候か橋の霜」(『境海草』)。
192 明治三六年一二月二四日付巌谷小波宛 ◎明治三六年一二月二五日付永井威三郎宛
193 明治三六年一二月二四日付巌谷小波宛 ◎明治三六年一二月二五日付永井威三郎宛
194 明治三六年一二月二五日付永井威三郎宛
195 明治三六年一二月二八日付巌谷小波宛 ●初日 初日の出。
196 明治三六年一二月二八日付巌谷小波宛 ●ジャップ Jap. 英語で日本人及び日系人の蔑称。
197 明治三七年一月一二日付永井威三郎宛
198 明治三七年四月一五日付巌谷小波宛
199 明治四二年二月一五日「笑」
200 明治四二年二月一五日「笑」 ●四谷内藤新宿は甲州街道の宿駅で江戸時代は駅馬と馬糞で有名(広重『名所江戸百景』「四谷内藤新宿」)。卓恕「道ばたにいきりたちたる馬の糞」(『歴代滑稽伝』)。
201 明治四二年二月一五日「笑」 ●水楼 唐詩に頻出する語(一九八頁の漢詩注参照)。川のほとりに建っている料亭、遊女屋。

202 明治四二年二月一五日「笑」

203 明治四二年二月一五日「笑」　●小楊枝に　楊枝にするために。

204 明治四二年七月一五日「笑」

205 明治四二年七月一五日「笑」

206 明治四二年八月一五日「笑」　●大川端の人殺し　大川端は隅田川のほとり。河竹黙阿弥作『三人吉三廓初買』(安政七年江戸市村座初演)の二幕目「大川端庚申塚の場」は、主人公のお嬢吉三が夜鷹を川に突き落として小判百両を手にする歌舞伎の中でも屈指の名場面。

207 明治四二年九月一五日「笑」

208 明治四二年九月一五日「笑」

209 明治四二年九月一五日「笑」　●田圃　江戸時代郊外であった吉原周辺には広大な水田が広がっていた。鶴屋南北作『浮世柄比翼稲妻』(文政六年江戸市村座初演)には「吉原田圃」の一場があり、山三は吉原田圃で伴左衛門が乗った駕籠を闇討ちし、首を討ち取るが、その首は遊女葛城のものであった。　●260は類句で「団七」と前書。

210 明治四二年一二月一〇日「中学世界」　●山谷堀　浅草の北、隅田川の西岸の今戸にあった堀で、舟で吉原に通う客が乗り降りしたので、船宿が立ち並んでいた。

211 明治四四年一月二日「毎日電報」　●春のとまり　歌語。春に宿泊する場所。春の行き着く所。井華「門口に風呂たく春のとまり哉」(『几董集』)。

212 明治四四年一月一八日付巌谷小波宛　●小西湖上　上野の不忍の池のほとり。不忍の池は蓮の名所。

不忍の池を「小西湖」と称することは、江戸末期から明治期にかけての漢詩壇の風習。森春濤の「湖上雑詩　荷花世界柳糸郷を以て韻と為す六首」其五に「小西湖上早涼の初め、小断橋辺微雨の後」。本句は明治四四年一月一八日に井上啞々とともに上野博物館にて錦絵を鑑賞した帰途の詠。●枯蓮にちなむ男　荷風の戯号「敗荷」が、風に破れた蓮の意であるゆえに荷風自身を指す。

213 明治四四年一一月一七日雨声会(第六回)

214 明治四五年二月一六日付巴家八重次宛　●流連　遊郭料亭などの花柳界に連泊して帰宅しないこと。いつづけ。●大久保の庭　大久保余丁町にあった永井家の庭。

215 明治四五年六月一六日付井上啞々宛

216 大正四年五月一日「日和下駄」(「三田文学」)　●鶴にや乗らん　騎鶴は昇仙、または死を意味することもあるが、ここでは座五の「富士の雪」ともども長寿を象徴する縁起のよいものとして詠まれたか。中唐、白居易「李錬師に招かるるに酬贈す」に「曽つて龍鱗を犯して不死を容され、鶴背に騎《の》りて長生を覓《もと》めんと欲す」。

217 大正四年九月二一日付井上啞々宛　●葉書に井上との六阿弥陀詣でを病気の為果せず「本年はまことに凶年と覚申候」として掲出。

218 大正四年九月二三日付籾山梓月宛　●音もしめる　三味線の音締めと故人の忌日なので音もしめっぽく聞こえるの「湿る」を掛けている。●八幡鐘　深川富岡八幡宮の鐘。歌沢は三代目の歌沢芝金が深川出身ということもあり深川と縁が深い。●笹丸忌　陰暦の九月四日。笹丸は歌沢の初代家元、笹本彦太郎、通称金十郎の隠居後の号。嘉永六年端唄の一派、歌沢派を立て、安政四年六月に歌沢大和大掾となった。寛政九年(一七九七)―安政四年九月四日(一八五七年一〇月二一日)。荷風は『新橋夜話』「松葉巴」で歌沢節への傾倒を示し、大正元年より巴家八重次のもとで歌沢の稽古を始めていた。

219 大正四年九月二三日付籾山梓月宛　●同書簡に「初代河東築地川の東に住せしとか云ふ説あり如何にや」と付記する。　●河東忌　江戸の音曲河東節の創始者たる十寸見河東の忌日。享保一〇年七月二〇日(一七二五年八月二五日)。初代は江戸日本橋品川町の生まれ。　●築地川　隅田川の明石堀から分流し、入船橋を通り、浜離宮の東側を通って隅田川に合流する川であったが、荷風死後の昭和三七年(一九六二)にほとんどが埋め立てられた。荷風は33に注したように築地本願寺裏の築地川に面した築地二丁目に住み、近くの清元梅吉に通った。

220 大正六年九月一日「文明」

221 大正四年一一月二三日付籾山梓月宛　●同書簡に自身の著作の校正に忙しいさまを省みて「近来新作はなけれど何となくいそがしきやう感ぜられ売文の師走俄に来候やうの心地致され申候」として掲出。　●筆　筆と同じ意味で江戸時代通用の字体。

222 大正四年画帖　●ものゝ烟　烟のようなもの。

223 大正四年画帖　●屋根草　62参照。

224 大正四年画帖　●宗十郎町の妓家　東京府京橋区宗十郎町(現、東京都中央区銀座七丁目)。ここの九番地に日本舞踊家で後に荷風の妻となる新巴家八重次(内田八重)の家があった。　●亡八　仁・義・礼・智・忠・信・孝・悌の八つの儒教道徳を失ったやくざ者。殊に遊里で遊び呆ける者や遊女屋の主人、置屋の主を指す。ここでは中毒死する危険のあるフグ鍋を口にする不孝(『孝経』に「身体髪膚敢へて毀傷せざるは孝の始めなり」とあるように自身の体を殺傷することが最大の不孝という考え方に拠る)と妓家に入り浸ってあるじ然としている不孝とを掛けている。

225 大正四年画帖 ●老妓 新巴家八重次のこと。明治一三年(一八八〇)生まれの八重次は大正四年(一九一五)には数えで三六歳であった。

226 大正四年画帖 ●木葉髪 秋または冬の季語。秋から冬にかけて枯れた木の葉のように頭髪がさかんに脱け落ちること。ここでは作家としての頭脳労働ゆえに脱けるとする。

227 大正四年画帖 ●北窓 涼風の吹き込む北向きの窓。晋、陶潜が夏の暑い盛りに北向きの窓際に寝そべって、一陣の風を受けた時の心地を「羲皇上の人」(中国古代の理想郷に生まれた人)のようだと表現した故事(『晋書』陶潜伝)。恥計「北窓を誰かあぐべき今朝の秋」(『誹諧当世男』)。

228 大正四年画帖 ●つくり菊 衣裳を菊花であしらった菊人形など人手の加わった菊の装飾。造花ではあるまい。巣鴨・染井・白山界隈の菊人形は江戸時代化政期より有名だが、明治一五年以降は団子坂に集中し、大正期以降はもっぱら両国国技館の名物となる。荷風の「東京年中行事」に「菊花この月下旬に至るまで爛漫たり、近年日比谷公園盛に菊花を栽培し両国国技館また浅草公園花屋敷と競つて年々菊人形の意匠を凝せしより団子坂の名今は全く忘れつくされたり」とある。

229 大正四年画帖 ●夕ざれ 夕さり。夕方になること。夕方になってから。嘯山「夕ざれや髪のかたまる秋の風」(『律亭句集』)。

230 大正四年画帖

231 大正四年画帖 ●庭後庵 籾山梓月(一八七八―一九五八)の庵号。梓月は本名を仁三郎といい、俳号としては別に江戸庵を称した。超俗的で洒脱な句風の句を作り、『江戸庵句集』などの句集や随筆、紀行、俳諧入門書などを著す。俳書堂・籾山書店の経営主で、「俳諧雑誌」を創刊、主宰した。荷風の信頼を得て、荷風が主宰した時期の「三田文学」の販売を任せられ、さらに大正五年から一年間荷風と二人で雑誌「文明」を刊行した。

232 大正四年画帖　●「虎を描いて猫に類す」などの俗諺を踏まえ、自身の絵画を稚拙なものだと謙遜。

233 大正六年二月一日「初硯」(「文明」)　●芭蕉「あさがほに我は食《めし》くふをとこ哉」(『虚栗』)。

234 大正六年七月二〇日付籾山梓月宛　●葉書に「人より頼まれて句あり」として掲出。

235 大正六年八月一日「文明」　●花火つきて　両国の川開きの花火も打ち上げ尽して、の意。　●引汐すごき　花火の燃え殻や見物客の棄てたごみなどが川面に浮かんでいておぞましいさま。

236 大正六年九月一日「毎月見聞録」(「文明」)

237 大正七年五月五日「花月」　●来青閣即景　「来青閣」は大久保余丁町の永井邸にあった荷風の父久一郎の書斎の名。「即景」はそこからの庭の風景を詠じたとの意。荷風は大正五年三月に余丁町の邸を半分売却して改築、この年余丁町の邸を手離す決意をし、一一月二七日に譲渡の手続きを終えている。　●松の花　アカマツ、クロマツの新芽の下の薄茶色をした固形状の雄花から花粉の飛ぶさま。または新芽のてっぺんの紫色をした雌花。寥松「松の花ながめうつしてわびしめる」(『八朶園句纂』)。

238 大正七年五月五日「花月」

239 大正七年五月五日「花月」　●竹椽　竹を節ごと敷き詰めた椽側。蛙足「淋しくも竹椽に干す蕨かな」(『菊の香』)。

240 大正七年六月二九日「毎月見聞録」　◎大正七年八月一日「花月」

241 大正七年八月一日「花月」

242 ＊　●3は中七「顔にも似たり」。

243 大正八年二月七日東都版・中公版　○岩波版　座五「浴衣哉」。　●本句以下246までは『日乗』同日条

に「春陽堂主人来り余が拙句を木版摺にして販売したしと請ふ。辞すれども聴かざれば揮毫左の如し」として掲出。●夏芝居　舞台上の役者がこぞって浴衣を着用する芝居に「夏祭浪花鑑《なつまつりなにはかがみ》」(延享二年正月大坂竹本座初演)などがある。本句は見物客の着ている浴衣が舞台上の役者にも優ることを詠む。

244 大正八年二月七日東都版・中公版・岩波版　●37は「ふむや」に作る。

245 大正八年二月七日東都版・中公版　○岩波版 中七・座五「鄰りうらやむ冬至哉」。

246 大正八年二月七日東都版・中公版・岩波版　●96参照。

247 大正一〇年七月一八日春陽堂元版全集第五巻口絵　●俗に「月夜の蟹」はやせて身がない。身がないどころか泡のみだという諧謔。

248 大正一〇年一二月二四日東都版・中公版・岩波版　○昭和一三年七月一〇日「女中のはなし」(『おもかげ』写真版)中七「栓ぬく音や」。●『日乗』同日条に「田村百合子葡萄の古酒一壜を贈らる。深情謝するに辞なし。端書に句を書して送る」として掲出。

249 大正一一年一一月三日東都版・中公版・岩波版　●本句以下251まで三句は『日乗』同日条に「明治座初日。松莚君令閨腕時計を恵贈せらる。帰宅の後戯画に駄句を題して郵送し、以て謝礼に代ふ」として掲出。●手枕　自らの手、腕、臂を枕として頭に当てる場合と恋人に枕として腕を提供する場合とがある。

250 大正一一年一一月三日東都版・中公版・岩波版

251 大正一一年一一月三日東都版・中公版・岩波版

252 大正一三年一〇月五日「木太刀」

253　大正一四年五月二七日東都版・中公版・岩波版　●『日乗』同日条に向島百花園に市川左団次や池田大伍らと遊び、「園主出で来り楽焼の茶碗に句を請ふ。已むことを得ず」として書したもの。　●むかしの人　かつての恋人。読み人知らず「五月待花橘の香をかげば昔の人の袖の香ぞする」(『古今和歌集』夏、『伊勢物語』第六十段)。

254　大正一四年七月三日東都版・中公版・岩波版　●66は「四谷怪談画賛四句」と前書があり、上五「初汐や」、中七「寄る藻の中に」に作る。落語「野ざらし」は川岸に打ち寄せた人骨に手向けの経を唱えるとその人骨が姿形を現すという内容。

255　大正一四年七月三日東都版・中公版・岩波版　●鶴屋南北作『東海道四谷怪談』(文政八年七月江戸中村座初演)四幕目「深川三角屋敷」の場で、お岩の妹であり佐藤与茂七の妻お袖は、直助権兵衛に犯されるが、後になって直助の実の妹であることが判明して自害する。

256　大正一四年七月三日東都版・中公版・岩波版　●類句68。

257　大正一四年一二月二五日「歌舞伎」　●きやうげん十句　歌舞伎狂言と対応する内容の発句十句。ここでは八句のみ。　●矢の根　歌舞伎十八番の一。曽我兄弟の弟五郎が主人公で、冒頭仇敵工藤祐経を討つための大きな矢の根を研ぐ場面がある。

258　大正一四年一二月二五日「歌舞伎」　●忠弥　丸橋忠弥。二代目河竹新七(後の黙阿弥)作「樟紀流花《くすのきりうはな》見幕張《みのまくばり》(慶安太平記、由井小雪)」(明治三年三月東京守田座初演)の主人公。由井小雪の乱に取材した芝居で「江戸城堀端」の場では、丸橋忠弥が泥酔した仲間《ちゅうげん》に変装して江戸城攻撃に備えて堀の深さを測量しているところを老中松平伊豆守に見とがめられる。忠弥はその後も謀反の企てを隠すために酒浸りの毎日を送る。忠弥を演じて評判をとったのが初代の市川左団次で、荷風と交遊のあった二代目左団次も父の芸風を継承して評価された。荷風は大正九年七月の「新演芸」の新富座「由井小雪」合評会にも参加している。●生酔　前後不覚に酔いしれるさま。泥酔。●蚊喰鳥　コウモリ。

259 大正一四年一二月二五日「歌舞伎」●佐野　佐野次郎左衛門。三代目河竹新七作「籠釣瓶《かごつるべ》花街酔醒《さとのゑひざめ》」(明治二一年東京千歳座初演)の主人公。野州の豪農佐野次郎左衛門は商用で江戸に来て吉原を見物、傾城八ッ橋に一目ぼれをして、大枚の金子をはたいて通いつめ、身請けの相談がまとまるが、八ッ橋は養父と恋人に強いられて佐野に縁切りを言い渡す。これを恨んだ佐野は「立花屋二階」の場で、八ッ橋はじめ立花屋の従業員を妖刀村正こと「籠釣瓶」で滅多斬りにする。この狂気の佐野の「吉原百人斬り」の場面をふまえた句。

260 大正一四年一二月二五日「歌舞伎」●団七　大島団七。団七といえば、並木千柳・三好松洛・竹田小出雲作「夏祭浪花鑑」(延享二年七月大坂竹本座初演)の主人公団七九郎兵衛が最も著名だが、ここでは「夏祭浪花鑑」の筋になぞらえて脚色されている四世鶴屋南北作「謎帯《なぞのおび》一寸《ちよつと》徳兵衛《とくべえ》」(文化八年七月「玉藻前尾花錦繍《たまものまえおばなのにしきえ》」の二番目世話狂言として江戸市村座で初演)の主人公大島団七。その第二幕「入谷田圃」の場は、実際の事件に取材して、団七が殺した玉島兵太夫の娘お梶を返り討ちにする凄惨な場面。ここは「夏祭浪花鑑」の七段目の「長町裏」の場面で、団七が義父の三河屋義平次を長町裏の池の中で泥だらけになって殺害するのと対応する舞台設定で、初演演出では本雨を降らし、大雷を鳴らした。二代目市川左団次が大島団七をつとめて、復活上演をしたのが、大正一一年のこと。●曲輪　吉原遊郭を指す。吉原は入谷からほど近い。●類句209。

261 大正一四年一二月二五日「歌舞伎」●三角屋敷　注255参照。

262 大正一四年一二月二五日「歌舞伎」●類句68、256。等しく『東海道四谷怪談』を踏まえた句。

263　大正一四年一二月二五日「歌舞伎」　●さつま歌　岡鬼太郎作「今様薩摩歌」(大正九年一〇月東京新富座初演)のこと。この芝居には主人公菱川源五兵衛が、朋友笹野三五兵衛の恋人おまんを自宅に預かり、中間《ちゅうげん》と晩酌を楽しんだ後にひとり酒を呑み、隣家の新内節におまんへの恋情を掻き立てられるという場面がある。初演より源五兵衛を演じて好評を博したのが、荷風と交遊のあった二代目市川左団次である。荷風は大正九年一一月号の「新演藝」誌上の「今様薩摩歌」合評会に参加し、同誌に「今様薩摩歌を看る」という絶讃の文章を寄せている。

264　大正一四年一二月二五日「歌舞伎」　●鳥辺山　岡本綺堂作「鳥辺山心中」(大正四年初演)のこと。主人公の菊池半九郎と遊女お染は芝居の最後の場面で、青い月明かりに照らされて、正月用の晴れ着(白無垢)に着かえて鳥辺山に向かう。芝居の中の地歌「鳥辺山」(古くは義太夫節「近頃河原達引」の「堀川の段」に引用)には二人の服装を「女肌には白無垢や上にむらさき藤の紋、中着緋紗綾に黒繻子の帯、年は十七初花の、雨にしほるる立姿」、「男も肌は白小袖にて、黒き綸子に色浅黄裏」とする。初演時に半九郎を務めたのが荷風の盟友二代目市川左団次である。本句はこの地歌の文句取り。

265　大正一五年三月二六日東都版・中公版・岩波版　●本句はダンスをよくする関秀一のための画に題したもの。

266　大正一五年四月六日東都版・中公版・岩波版　●本句以下270までは『日乗』同日条に、市川左団次の歌舞伎座楽屋の調度を新たに造作し、地袋の小襖に左団次が自ら木母寺河上の風景を描いた絵に賛を求められて、腹案にとどまったもの。荷風は結局旧作の漢詩「濹上春遊二十絶」其十を題した。●鉦の声　空也念仏などで首から下げた鉦鼓を叩く音。

267　大正一五年四月六日東都版・中公版・岩波版　●木母寺　隅田川東岸にある天台宗の寺院。本尊は地蔵菩薩・元三大師で山号は梅柳山、寺号は墨田院。梅若丸を葬った梅若塚を祭る墨田院梅若寺が基とされる。古来詩歌によまれ、謡曲や歌舞伎の舞台とされた。荷風も漢詩に詠じている(二二五頁)。

268 大正一五年四月六日東都版・中公版・岩波版　●嘯山「傘さして棹さし行くや春の雨」(『俳諧新選』)。

269 大正一五年四月六日岩波版

270 大正一五年四月六日「杏花余香」(昭和一六年五月一日「中央公論」掲載)

271 昭和元年一二月二六日東都版・中公版・岩波版

272 昭和元年一二月二六日東都版・中公版・岩波版

273 昭和元年一二月二六日東都版・中公版　○岩波版　中七「音をやしづめむ」。

274 大正一五年頃の作　●楊貴妃が「白衣女(娘)」という名の鸚鵡を飼っていたことが知られ、中国絵画の画題となっている。

275 昭和二年六月一日「苦楽」　●唐の玄宗皇帝が楊貴妃の酔って眠る姿を海棠の眠るがごとしと評した故事(『開元天宝遺事』)がある。重頼「海棠や咲て散る迄一ねむり」(『犬子集』)。

276 昭和二年六月一日「苦楽」　●蕪村「金屏のかくやくとして牡丹かな」(『新花摘』)。

277 昭和二年六月一日「苦楽」　●介我「打水や壁より落る蝸牛かな」(『其便』)。

278 昭和二年六月一日「苦楽」　●蕪村「牡丹散て打重なりぬ二三片」(『俳諧新選』)。同「牡丹切て気のおとろへし夕べ哉」(『写経社集』)。

279 昭和二年六月一日「苦楽」

280 昭和二年六月二六日「歌舞伎座の稽古」(昭和二年八月一日「中央公論」掲載)　●宵ごとに　夜を重ねるにつれて。和泉式部「宵ごとに物おもふ人の涙こそちぢのくさばのつゆとおくらめ」(『和泉式部続集』)。●其角「わが雪とおもへばかろし笠の上」(『雑談集』)。貞佐「借ものとおもへばおもし傘の雪」(『梨園』)。

281 昭和八年四月二八日『荷風随筆』●紫陽花　荷風が昭和六年三月に『中央公論』に発表した小説の題名は「紫陽花」。●庵の主　荷風自身を指す。「紫陽花」は夏の季語だが、ここでは昭和二年八月に知り合った麹町芸者の寿々龍、本名関根歌を九月一二日に身請けして、一口坂上横丁に囲い、一〇月に西ノ久保八幡町に移し、そこを壺中庵(『日乗』昭和二年一〇月二一日に「壺中庵記」あり)と称したことを踏まえる句。其水「紫陽花や野中の庵はいつも留主」(『斧の柄』)。

282 昭和二年六月二六日「歌舞伎座の稽古」(昭和二年八月一日「中央公論」掲載)●類句281。

283 昭和二年六月二六日「歌舞伎座の稽古」(昭和二年八月一日「中央公論」掲載)○『荷風随筆』座五「とぶ蛍」。

284 昭和二年六月二六日「歌舞伎座の稽古」(昭和二年八月一日「中央公論」掲載)

285 昭和二年六月二六日「歌舞伎座の稽古」(昭和二年八月一日「中央公論」掲載)●其角「うぐひすに罷出《まかりいで》たよ蟇」(『雑談集』)は冬眠からさめたひきがえるを詠む春の句だが、中国古典では「蟾蜍」は月の比喩でもあり、月と実際のひきがえるとの掛詞と解すると秋の句となる。

286 昭和二年八月一一日東都版・中公版・岩波版　●以下288までは『日乗』同日条によると避暑に来た軽井沢で旅後の疲れのために午睡した後の句。許六「おとろへや歯に喰あてし苔の砂」(『小太郎』)。一茶「おとろへやぼん(の)凹《くぼ》から寒が入り」(文化一三年一二月二日付魚淵宛書簡)。

287 昭和二年八月一一日東都版・中公版・岩波版

288 昭和二年八月一一日「杏花余香」(昭和一六年五月一日「中央公論」掲載)

289 昭和二年九月二六日東都版・中公版・岩波版 ●74と以下299までは『日乗』同日条に「夜一口坂にお歌を訪ひ倶に浅草の観音堂に賽す、風露冷なるが故にや仲店より池畔見世物小屋の辺いづれも寂寞たり」として詠んだ句。梅室「御手洗の杓あたらしき余寒かな」(『梅室家集』)。

290 ＊

291 昭和二年九月二六日の日記原本で抹消

292 昭和二年九月二六日東都版・中公版・岩波版 ●観音の御堂 金龍山浅草寺の本堂。

293 昭和二年九月二六日の日記原本で抹消

294 昭和二年九月二六日東都版・中公版・岩波版 ●小芝居 宮戸座。江戸時代官許の三座(森田・市村・中村)を継ぐ歌舞伎座などの大劇場で上演される芝居を大芝居とするのに対して、小規模な劇場や寺院の境内で上演された芝居を指す呼称だが、本句では前後が浅草を詠じたものなので、宮戸座とする。東京浅草公園裏にあった劇場で一八八七年吾妻座として開場し、一八九六年に宮戸座と改称。明治末から大正期にかけて小芝居を代表する劇場となった。関東大震災で焼失し、一九二八年に復興するが、一九三七年に閉鎖。●裏木戸 芝居小屋の楽屋口。

295 昭和二年九月二六日東都版・中公版・岩波版 ●惟然「のらくらとただのらくらとやれよ春」(『白扇集』)。

296 昭和二年九月二六日東都版・中公版・岩波版 ●仁王 金龍山浅草寺の雷門の仁王像。

297 昭和二年九月二六日の日記原本で抹消 ●上五を「首見えず」に作るものもある。

298 昭和二年九月二六日東都版・中公版・岩波版 ●鉦 日蓮宗などで読経に際して叩かれる木鉦。木魚。

299 昭和二年九月二六日東都版・中公版・岩波版 ●駒形の新橋 昭和二年(一九二七)に竣工した隅田川

に架かる鉄橋。橋の西側北部に浅草寺の本尊の観音像を救い上げた漁師を祀る駒形堂があるのに因んで駒形橋と名付けた。●散柳　荷風に柳亭種彦の晩年を叙した小説『散柳窓夕栄』(大正三年三月五日)がある。蕪村「柳散り水涸れ石処々」(『俳諧古選』)。

300 昭和二年九月二九日東都版・中公版・岩波版　●以下304までは『日乗』同日の条に「午後塗沫悪画を描くこと数箋なり、古人の句にも竹の子やをさなき時の絵のすさびと云ふがあり、墨摺り筆洗ひつゝ」として詠まれた。「竹の子や」の句は重厚作(『落柿舎日記』)。●類句232。

301 昭和二年九月二九日東都版・中公版・岩波版

302 昭和二年九月二九日東都版・中公版・岩波版

303 昭和二年九月二九日東都版・中公版・岩波版

304 昭和二年九月二九日東都版・中公版・岩波版　●庭の主　荷風自身を指す。荷風は大正五年五月大久保余丁町邸の玄関脇の六畳を断腸亭と名付けて起居し、庭に秋海棠(別名断腸花)を植えた。籾山梓月に「断腸亭記」(大正五年六月一日「文明」)がある。

305 昭和二年一〇月一九日東都版・中公版・岩波版　●『日乗』同日条に「帰途新大橋より川筋通の汽船に乗り沿岸の光景を眺望しつゝ永代橋に抵り電車にて家に帰る、即興の句に曰く」として掲出。

306 昭和二年一〇月二一日東都版・中公版・岩波版　●『日乗』同日条に、関根歌を囲った妾宅にちなむ「壺中庵記」を記した後に掲出。其角「憎まれてながらふる人冬の蝿」(『続虚栗』)。荷風はこの其角句から随筆に『冬の蝿』(昭和十年四月二〇日)と題した。

307 昭和二年一〇月二一日の日記原本で抹消　●このかくれ家　関根歌を囲った西ノ久保八幡町の壺中庵。

308 昭和二年一一月一日「騒人」　●如江「星合や樟脳匂ふかし小袖」(『俳諧新選』)。

309 昭和二年一一月一日「騒人」

310 ＊

311 昭和二年一一月一日「騒人」

312 ＊ 昭和二年一二月一七日

313 昭和三年一月七日付鹿塩光貞宛 ●葉書に荷風が羽子板の絵を自ら描いたものに書した句。

314 昭和三年二月六日東都版・中公版・岩波版 ●『日乗』同日条に、昨晩から降り出した雪が積もり、お歌の来訪を受けた後に沐浴して『誹諧十論発蒙』を読み、「夜はしん〳〵とふけ渡り、雪解の水の雨樋つたひて落る音物さびしく、窓前の椎の木屋後の竹の梢より雪のすべり落る響折々聞ゆ、眠られぬがまゝに発句を思ひしかど得ず、ふと窓外を見るに空いつか晴れ月の光雪に照り添ひて殊更に明なり、纔に一句を獲たり」として詠んだ。●蓼太「五月雨やある夜ひそかに松の月」(『俳諧新選』)。

315 昭和三年六月二二日東都版・中公版・岩波版 ●『日乗』同日条に「燈下籾山梓月君の鎌倉日記をよみ畢へたれば、手紙の末に」記して郵送したとあるもの。芭蕉「鎌倉を生きて出《いで》けむ初鰹」(『陸奥鵆』)。

316 昭和四年三月二九日東都版・中公版・岩波版 ●『日乗』同日条に「夜半家に帰り返書を雪松子に送る、句を書して曰く」として掲げる。

317 昭和四年九月一日東都版・中公版・岩波版 ●『日乗』同日条に「三番町に往く、鄰家の妓来りて句を請ふ、仍次の如き駄句を書して示す」として掲出。●雷が臍を取るという俗信を踏まえる句。菅茶山『筆のすさび』に「雷臍をとるといひて小児などを警むるは、雷震のときは俯伏するものは死せず、仰仆する者はかならず死するによつてなり」。

318 昭和四年九月一日東都版・中公版・岩波版

319 昭和四年九月一日東都版・中公版・岩波版

320 昭和四年一〇月二六日付吉井勇宛　◎昭和五年一月一日「スバル」　●松過　正月の飾り松を取り払った後。関東では正月七日以後。杉風「餝松過ぎてうれしや終の道」(『杉風句集』)。

321 昭和四年一〇月二六日付吉井勇宛　◎昭和五年一月一日「スバル」　●今朝の春　元旦。几董「うづみ火も去年とやいはん今朝の春」(『晋明集二稿』)。

322 昭和四年一〇月二六日付吉井勇宛　◎昭和五年一月一日「スバル」　●一二の橋　一の橋と二の橋。麻布を流れる古川に架かる橋。麻布区網代町と芝区三田小山町とをつなぐ。古川は玉川上水に発して、渋谷川となり、途中から古川と呼ばれて、芝浦で海に注ぐ川。其角「ほととぎす一二の橋の夜明けかな」(『炭俵』)。荷兮《かけい》「村しぐれ一二の橋の竹笠屋」(『曠野後集』)。其角、荷兮両句が京都の下京区本町東福寺門前大和大路に架かる橋を指す(『俳諧みみな草』下巻)のを転用。

323 昭和四年一一月七日東都版・中公版・岩波版　●仮越　仮住まい。一時的な引っ越し。荷風が麻布偏奇館に越したのは、大正九年五月のことで、昭和四年で足かけ十年。

324 昭和五年一月一日東都版・中公版・岩波版

325 昭和五年一月一日東都版・中公版・岩波版　●宵寐の町　人々がふだんより早く寝て、町が静まり返ること。

326 ＊

327 昭和五年二月五日付巌谷小波宛　●春駒　正月の門付け芸で、芸人が張子で作った馬の頭に竹と車を指したものに跨ったり、胴に馬の頭や尾をつけて歌ったり踊ったりして新年の一家の幸福を祈る。

328 昭和五年二月五日付巌谷小波宛　●金屏風　表面を金泥で塗った屏風で新年の座敷を飾る。

329 昭和五年二月八日東都版・中公版・岩波版　●本句は『日乗』同日条に「今朝思ひかけず頻に鶯の囀るをきく、吾がよろこび限りもなし」として掲出。

330 昭和五年二月八日の日記原本で抹消。

331 昭和五年二月八日東都版・中公版・岩波版

332 昭和五年二月八日東都版・中公版・岩波版　●雪解　荷風に「雪解」(大正一一年三月一日「明星」)。

333 昭和五年四月一〇日東都版・中公版・岩波版　●本句は『日乗』同日条に「小田内氏の需により扇子に送別の句をかきて贈る、句に曰く」として掲出。

334 昭和五年六月六日『巌谷小波先生還暦祝賀記念句集』

335 昭和五年九月一日「秋草」(「春泥」)　●類句72。

336 昭和五年九月一日「秋草」(「春泥」)　●類句236。

337 昭和五年九月一日「秋草」(「春泥」)

338 昭和五年九月一日「秋草」(「春泥」)

339 昭和五年九月一日「秋草」(「春泥」)

340 昭和五年九月一日「秋草」(「春泥」)　●胡瓜の花　夏の季語。濁子「山吹やおしむ胡瓜の花の露」(『続虚栗』)。

341 ＊　●庚午の年　昭和五年(一九三〇)。　●楽天居小波大人　巌谷小波。注84参照。　●麦人子　星野麦人(一八七七―一九六五)。俳人。俳諧研究者。明治三四年「俳藪」を創刊。明治四四年「木太刀」と改称し、主宰する。

342　昭和六年二月七日東都版・中公版・岩波版　●蛸入道　僧侶や坊主頭の者を罵り呼ぶ語。　●蛸頭巾　紫の布帛で作った頭頂を丸く縫った頭巾。

343　＊

344　昭和六年二月七日東都版・中公版・岩波版　●一面雪で覆われた山水画を見て、中に点綴された人家の住人が火燵の温みから離れられなくなっていることを想像して諧謔を弄した画賛。

345　昭和六年三月三一日付籾山梓月宛

346　昭和六年七月一四日東都版・中公版・岩波版　●以下351までは『日乗』同日条に「暗夜中洲より永代橋に至る川筋のさま物さびしく一種の情趣あり」として掲出。　●菖蒲河岸　あやめ河岸。隅田川と中洲を隔てて流れていた箱崎川の河岸。『日乗』大正八年一二月二七日の条に「菖蒲河岸より大川の面を望むに、暖なる冬日照りわたり、往来の荷船には舵のあたりに松飾り立てしものもあり。岸につなぎし船には船頭の子供凧をあげて遊べるさま、北斎が両岸一覧の図を見るが如し」。

347　昭和六年七月一四日東都版・中公版・岩波版

348　昭和六年七月一四日東都版・中公版・岩波版

349　昭和六年七月一四日東都版・中公版・岩波版

350　昭和六年七月一四日東都版・中公版・岩波版

351　昭和六年七月一四日岩波版

352　昭和六年九月二六日東都版・中公版・岩波版　●以下354までの三句の前の『日乗』本文では、かつて関根歌を囲っていた壺中庵に「七月以来お清といふ老婆一人留守番をなし居れるなり、夜に入り雨やゝ小降りになりたれば、せめての心やりにと留守居の老婆を訪ひ四方山のはなしゝて帰る」とある。

353 昭和六年九月二六日東都版・中公版・岩波版　●茶屋　料亭、または待合茶屋か出合茶屋を指す語であって、今日の喫茶店にあたる水茶屋ではない。

354 昭和六年九月二六日東都版・中公版・岩波版

355 昭和六年九月二六日付堀口大学宛

356 昭和六年九月二六日付堀口大学宛

357 昭和七年一月七日東都版・中公版・岩波版

358 昭和七年一月一四日東都版・中公版・岩波版　●『日乗』同日の条には「日の暮寒紅とゝと呼びて門外を過る者あり」とある。　●売声　行商人の売り声。思いのほかに若々しく張りのある声であったのであろう。　●寒の紅　寒中に製造された紅。質が高く女性に喜ばれた。如白「女にて見ばや色よき寒の紅」(『時勢粧』)。

359 昭和七年一月一五日東都版・中公版　●以下364まで『日乗』本文には荷風が中洲から乗合汽船で千住大橋に至り、徒歩で荒川放水路に架かる橋を渡り、乗合自動車で南千住、三ノ輪を経て浅草公園、田原町に出た旨が記される。

360 昭和七年一月一五日岩波版

361 昭和七年一月一五日東都版・中公版・岩波版

362 昭和七年一月一五日東都版・中公版・岩波版

363 昭和七年一月一五日東都版・中公版・岩波版　●蕪村「柳散り清水涸れ石処々」(『俳諧古選』)。

364 昭和七年一月一五日東都版・中公版　○岩波版　中七「くひ物店や」。

365 昭和七年四月二五日東都版・中公版・岩波版　●小名木川　江戸初期に小名木四郎兵衛によって開削

された運河で、隅田川と中川とをつなぎ、横十間川と大横川と交叉する。現在も東京都江東区を流れる。道彦「おぼろ夜や木履浮くなる小名木川」(『続蔦本集』)。

366 昭和七年四月二五日東都版・中公版・岩波版 ●中川 埼玉県から東京都を経て東京湾に注ぐ利根川水系の河川。隅田川からは小名木川がつないでいる。荷風は昭和七年四月二五日に十間川と小名木川が十字をなすところから、小名木川沿いに東に歩み、中川にまで達している(『日乗』)。●墓場 『日乗』同日の条に「小名木川南岸のはづれに永福寺の堂宇と樹木を見たれど、渡るべき橋なければ河岸通を北に折れて中川大橋のほとりに出でたり」とある永福寺の墓地か。

367 昭和七年四月二五日東都版・中公版・岩波版 ●『日乗』同日の条に「小名木川丸八橋のほとりに艪櫂製造修繕など書きたる茅葺の小家一二軒残りたるを見ればむかしのさまも思ひ出されて情趣なきにしもあらず」とあり、「むかしのさま」を想像した句。

368 昭和七年四月二五日の日記原本で抹消 ●注367参照。

369 昭和七年七月一日「スバル」

370 昭和七年七月一日「スバル」

371 昭和七年七月一日「スバル」

372 昭和七年七月一日「スバル」 ●夏の雲 晋、陶潜「四時」に「春水四沢に満ち、夏雲奇峰多し」。

373 昭和七年七月一日「スバル」

374 昭和一〇年四月二〇日「井戸の水」(『冬の蝿』)

375 ＊ 昭和八年春 ●日記 『日乗』のこと。●古火桶 金属や陶製の容器を囲う方形の木製の桶。桐などの側面を撫でるイメージがある。大祇「歴々のなでしとみゆる古火桶」(「君と我」歌仙)。蕪村

「桐火桶無絃の琴の撫《なで》ところ」(『雁風呂』)。

376 昭和八年一一月一一日岩波版　〇「西瓜」(昭和一二年八月一日「中央公論」) 上五・中七「持てあます西瓜ひとつや」。

377 昭和八年一一月一七日東都版・中公版・岩波版　●巌谷小波追悼句(『日乗』昭和八年一一月一七日)。

378 昭和八年一二月一〇日東都版・中公版・岩波版

379 昭和八年一二月一〇日東都版・中公版・岩波版

380 昭和八年一二月一〇日東都版・中公版・岩波版　●裏町　上野から入谷鬼子母神あたりを指す(『日乗』昭和八年一一月二〇日)。

381 昭和八年一二月一〇日東都版・中公版・岩波版

382 昭和八年一二月一〇日東都版・中公版・岩波版　●火の番　商店や寺院の下男。

383 昭和九年二月一八日東都版・中公版・岩波版　●『日乗』同日の条に「黄昏銀座に往かむとて道源寺阪を下る時、生垣の彼方なる寺の本堂より木魚の音静に漏れきこゆ。幽情愛すべし」。

384 昭和九年二月一八日東都版・中公版・岩波版　●注383参照。

385 昭和九年二月二五日付新井声風宛

386 昭和九年四月二六日中公版著者控本　●浅草川舟中口占　隅田川を周遊する船上で偶然できた句の意。昭和九年四月二六日、新大橋から吾妻橋まで汽船に乗って以下390まで改案を含めて作った(『日乗』)。

387 昭和九年四月二六日岩波版

388 昭和九年四月二六日東都版・中公版

389 昭和九年四月二六日東都版・中公版　〇岩波版　座五「鯉幟」。　●両国橋西岸の浅草橋界隈はひな人形や五月人形、鯉のぼりなどを商う店が櫛比する。
390 昭和九年四月二六日東都版・中公版　○岩波版　座五「柳哉」。
391 昭和九年一〇月六日東都版・中公版・岩波版　●以下395までの五句は「一膳飯屋金兵衛の内儀よりたのまれたる色紙短冊に」書した発句(『日乗』同日の条)。
392 昭和九年一〇月六日東都版・中公版・岩波版
393 昭和九年一〇月六日東都版・中公版・岩波版
394 昭和九年一〇月六日東都版・中公版・岩波版
395 昭和九年一〇月六日岩波版　●類句83の注参照。
『荷風書誌』(昭和六〇年一一月一〇日、山田朝一著、出版ニュース社)
396
397 昭和九年一〇月九日東都版・中公版・岩波版　●贈空庵主人　以下401までの五句は「空庵子依頼の色紙に」書した発句(『日乗』同日の条)。空庵主人は築州とも号した築地の歯科医酒泉(阪泉)健夫のこと。荷風とは昭和七年ころから戦後の二八年ころまで、銀座で交遊した。
398 昭和九年一〇月九日東都版・中公版・岩波版　●蘭の香　酒泉健夫は「秋蘭素心会」の代表で、中国の蘭に造詣が深く、人形町「京華堂」小原栄次郎に勧めて中国蘭の輸入と普及に務めた。
399 昭和九年一〇月九日東都版・中公版・岩波版
400 昭和九年一〇月九日東都版・中公版・岩波版
401 昭和九年一〇月九日東都版・中公版　◎「断腸花」　○岩波版　中七「庭荒れはてゝ」。
402 昭和九年一〇月一一日東都版・中公版・岩波版　●以下404までは昭和九年一〇月一一日に銀座漫歩の後、帰宅して「燈下書を裁して弇皐子に寄」せたものである。「弇皐子」は、池袋食堂主人の日高基裕で、荷風とは大正末から晩年にかけて交遊した。

403 昭和九年一〇月一一日東都版・中公版・岩波版

404 昭和九年一〇月一一日東都版・中公版・岩波版 ●裏河岸 日本橋川の沿岸。日本橋より西、一石橋までの河岸地で、西河岸の対岸を裏河岸と呼び、一石橋側を北鞘裏河岸、日本橋側を品川町裏河岸と呼んだ。品川町裏河岸は別名釘店と呼んだ。

405 昭和九年一〇月一八日東都版・中公版・岩波版 ●以下406までは荷風が「朝日新聞」昭和九年一〇月一六、一七日の両日に掲げた随筆「断腸花」を読んだ籾山梓月が色紙に「雨風にかはらぬ色や断腸花」の句を寄せたのに答えた書に付したもの(『日乗』同日の条)。梓月の籾山書店は築地本願寺前にあって、荷風のために「三田文学」の販売を行い、雑誌「文明」を刊行した。

406 昭和九年一〇月一八日東都版・中公版・岩波版 ●106と本句は、昭和九年一一月七日に朝日新聞社からの色紙揮毫要請に応じた句(『日乗』)。

407 昭和九年一一月七日東都版・中公版・岩波版

408 昭和一〇年一月二日東都版・中公版 ○岩波版 中七「ひそかに拝む」。 ●父の墓 父永井久一郎の墓は雑司ヶ谷霊園にあり、この年は元日に墓参している(『日乗』)。

409 昭和一〇年一月二日東都版・中公版 ○岩波版 中七「無き身の春や」。

410 昭和一〇年一月二日東都版・中公版・岩波版 ●芭蕉「門しめてだまつてねたる面白さ」(『炭俵』「むめが香」歌仙)。

411 昭和一〇年一月二日東都版・中公版 ○岩波版 中七・座五「まづ粉薬をのむ身かな」。 ●若水 元旦に井戸や川から汲んで使う水。年男が汲んで雑煮などに使うのが一般。野坡「わか水や冬は薬にむすびしを」(『三日之庵』)。

412 昭和一〇年一月二日東都版・中公版・岩波版　●初夢　ふるくは大晦日から元旦にかけて見る夢を指したが、元旦の夜から二日にかけての夢を指すようになり、東京では二日の夜の夢を指すようになった。一笑「無事を見る初夢うまき雑煮哉」(『孤松』)。

413 昭和一〇年一月一〇日東都版・中公版　●松　門松。正月の飾り松。　●くゞり　くぐり戸。門扉にしつらえたくぐって入る小さな戸口。　●類句414、427。

414 昭和一〇年一月一〇日岩波版

415 昭和一〇年一月一〇日東都版・中公版　○岩波版　座五「心かな」。

416 昭和一〇年一月二八日東都版・中公版・岩波版　●冬牆子　大石貞夫。中洲土州橋病院(大石医院)の医院長。荷風の弟の同級生で、大正五年から昭和一〇年一月二五日に没するまで荷風の主治医であった。荷風は漢詩を作り文墨の交わりをした大石を大石国手、大石冬牆子と呼んで敬愛した。　●梅　籾山梓月の昭和六年三月二九日付荷風宛書簡に「大石博士の神術にて一命取留め無恙帰庵致候」とあり、それを承け「帰庵安堵の吟」と前書して、「一木のちらぬありけり梅の花」の句がある。

417 昭和一〇年一月二八日東都版・中公版・岩波版　●これより後…　大石医師が没したことをいう。支考「笠ぬぎて見せばや我は其案山子」(『東西夜話』)。

418 昭和一〇年二月一〇日東都版・中公版　○岩波版　上五「雨霽れて」。　●『日乗』同日の条に「道源寺の犬余の跫音をきゝつけ従ひ来りし故バタとパンとを与ふ。即興の句を得たり」として本句を記す。

419 昭和一〇年三月一日「きのふの淵」(「大和」)　●かしく　書簡の文末に記す言葉。可祝。ここでは仮名の草書体の「かしく」と昼顔の蔓のくねり方が似るをいう。

420 昭和一〇年三月三日東都版・中公版・岩波版　●盛賢「袖垣もとむるや庭の沈丁花」(『崑山集』)。

421 昭和一〇年三月三日東都版・中公版・岩波版

422 昭和一〇年三月三日岩波版　●環堵蕭然　隠宅がひっそりと静まり返っているさま。「環堵」はもと庭を囲む塀や垣根を指す語で、転じて隠宅や小家を指す。晋、陶潜「五柳先生伝」(『古文真宝後集』)に「環堵蕭然として、風日を蔽《おお》はず」とある。

423 昭和一〇年三月二八日岩波版　●以下426までは『日乗』同日の条に「日高氏の依頼にて句をつくりて送る。次の如し」として掲出。杉風「雪降るや紅梅白し花の春」(『杉風句集』)。

424 昭和一〇年三月二八日東都版・中公版・岩波版

425 昭和一〇年三月二八日東都版・中公版・岩波版

426 昭和一〇年三月二八日東都版・中公版・岩波版　●老の坂　歌語。真隆「山のみかつぶりも雪を老の坂」(『続山の井』)。　●其角「わが雪とおもへばかろし笠の上」(『雑談集』)。

427 昭和一〇年四月一五日『冬の蠅』(私家版)　◎『冬の蠅』(昭和二〇年一一月一五日、扶桑書房)　●くぐり門　家屋の中間をぶち抜いた形でしつらえた門。

428 昭和一〇年四月二五日東都版・中公版・岩波版　●以下429までは『日乗』同日の条に「此夜金春新道の喫茶店きゆぺるにて旧木曜会の久留嶋氏に逢ふ。酒場雪とやらいふ店のために雪をよみ込みし句を請はる。駄句をつくりて贈る」として掲出。

429 昭和一〇年四月二五日東都版・中公版・岩波版

430 昭和一〇年五月一五日「柳屋」

431 昭和一〇年五月一五日「柳屋」　●物売　行商人。利合「物売のあそび処や藤の花」(『続有磯海』)。

432 ＊
433 昭和一〇年五月一五日「柳屋」　●結直す　何度も結髪の形を変える。りん女「涼しさや髪結直す朝きげん」(『玉藻集』)。●類句61。
434 昭和一〇年五月一五日「柳屋」
435 昭和一〇年五月一五日「柳屋」　●類句95。
436 ＊
437 昭和一〇年五月一五日「柳屋」　◎『永井荷風日記』第六巻「自画讃の扇面」
438 昭和一〇年一一月一〇日東都版・中公版・岩波版　●『日乗』同日の条に「朝日新聞社色紙を送り来りて書を需めたれば」として掲出。
439 昭和一一年一月一〇日東都版・中公版・岩波版
440 年次未詳　『千尺の帯』
441 昭和一一年一〇月一日付邦枝完二宛　●以下443までは同書簡中に掲出。前日付の『日乗』に「白髭橋をわたり玉の井に少憩し十二時頃帰宅」とあるのを承ける。
442 昭和一一年一〇月一日付邦枝完二宛
443 昭和一一年一〇月一日付邦枝完二宛
444 昭和一一年一〇月四日東都版・中公版・岩波版　●『日乗』同日の条に「半月本所の岸にあり。一ツ目の夜景甚佳なり」とある後に掲出。
445 昭和一一年一二月一七日付籾山梓月宛　●句の前に「病院にて御消息伺候節よミし駄作」とある。●年の内に春来る　在原元方の「年の内に春は来にけりひととせをこぞとや言はん今年とや言はむ」

446 昭和一二年四月七日東都版・中公版・岩波版 ●以下447までは『日乗』同日の条に「風烈しければ空のはづれは塵埃のために鉛色を呈したり」として掲出。●類句475。
(『古今和歌集』巻頭)を踏まえる。幽好「年の内に春は来にけり麹室」(『誹諧当世男』)。

447 昭和一二年四月二五日東都版・中公版・岩波版 〇岩波版 中七・座五「芥紙屑ちるさくら」。

448 昭和一二年四月二五日東都版・中公版・岩波版 ●以下449までは『日乗』同日の条に「細雨烟の如く新緑更にこまやかなり。午前写真制作。午後二階の几案を下座敷に移す」云々として掲出。

449 昭和一二年四月二五日東都版・中公版・岩波版 ●鼬鳴く 鼬が鳴くのは不祥の兆しとの俗信がある。「今の世までも、鼬なきさわげば、つつしみて水をそそぐまじなひ」(『曽我物語』二、「泰山府君の事」)。友五「春雨や庭に鼬の子をはこぶ」(『いつを昔』)。●類句27。

450 昭和一二年四月『濹東綺譚』(私家版)

451 昭和一二年四月『濹東綺譚』(私家版) ●木綿蚊帳 蚊帳は麻製が涼しくて上等。木綿は廉価だが暖気がこもる。

452 昭和一二年四月『濹東綺譚』(私家版) ●溝 どぶ。陋巷にどぶ板は玉ノ井遊郭の代名詞。

453 昭和一二年四月『濹東綺譚』(私家版)

454 昭和一二年四月『濹東綺譚』(私家版)

455 昭和一二年四月『濹東綺譚』(私家版)

456 昭和一二年四月『濹東綺譚』(私家版) ●鳳朗「残る蚊や蚊にもまじらず一ツづつ」(『鳳朗発句集』)。

457 昭和一二年四月『濹東綺譚』(私家版) ●酒とやならむ 質に入れて酒代に替える。

458 昭和一二年四月『濹東綺譚』(私家版)挿入写真 ●つゆのたま 歌語。玉ノ井の「玉」に懸ける。

459　昭和一二年四月『濹東綺譚』(私家版)挿入写真　●川むかう　隅田川東岸を指して言う熟語。ここでは玉ノ井を指す。

460　昭和一二年四月『濹東綺譚』(私家版)挿入写真　●おしろい焼　かつては化粧に使用する白粉に鉛が含まれていたことにより、それを頻繁に使用する役者や遊女などの花柳界に生きる人に中毒で顔色が茶色に変わったり肌を痛めているものがすくなくなかった。

461　昭和一二年四月『濹東綺譚』(私家版)挿入写真

462　昭和一二年四月『濹東綺譚』(私家版)挿入写真

463　昭和一二年四月『濹東綺譚』(私家版)挿入写真

464　昭和一二年四月『濹東綺譚』(私家版)挿入写真　●目あかし　江戸時代の町奉行や火付盗賊改方といった警察機構の末端をになった非公認の協力者の関八州での呼称。岡っ引き。手先。荷風は警官などを指す語として用いて諧謔を弄した。長信「目あかしは見知りたるらん鬢髭《びんひげ》を」(『誹諧当世男』)。

465　昭和一二年四月『濹東綺譚』(私家版)挿入写真　●注83参照。

466　昭和一二年五月一〇日東都版・中公版　〇岩波版　座五「わか楓」。●以下467までは『日乗』同日の条に「わが家の庭もいつか年を経てすみずみまで苔むしたり。王摩詰が緑樹重陰掩四隣。青苔日厚自無塵のおもむきあり」として掲出。●わが楓　楓の葉の夏の緑色を愛でる。玄康「いろはとや夏ちりぬるをわか楓」(『鷹筑波集』)。荷風は「我が楓」の意に濁点を付して改案したか。

467　昭和一二年五月一〇日東都版・中公版・岩波版

468　昭和一二年九月九日東都版・中公版・岩波版　●以下469までは『日乗』同日の条に掲出。荷風の実母恒が前日八日に七十六歳で没したことを詠じる。

469 昭和一二年九月九日東都版・中公版　○岩波版 中七「今年は母を」。
470 昭和一三年一月三〇日東都版・中公版
471 昭和一三年一月三〇日岩波版　●類句470。　●以下472までは『日乗』同日の条に掲出。大魯「我にまた帰る庵あり冬籠り」(『蘆陰句選』)。
472 昭和一三年一月三〇日東都版・中公版・岩波版
473 昭和一三年二月一〇日東都版・中公版・岩波版　●以下485まで「吉原十句」とある連作。　●角の時計　吉原京町一丁目二番地にあった角海老楼の時計塔の時打装置の鐘の音色。この時計塔は楼主であった宮沢平吉が明治一七年に木造三階建て時計塔付の本楼を建て、明治四四年四月九日の大火で焼失するまで約三〇年間明治東京の一景観をなした。樋口一葉の「たけくらべ」に「角海老が時計の響きもそぞろ哀れの音を伝へるやうに成れば」。
474 昭和一三年二月一〇日東都版・中公版　◎「木村富子著『浅草富士』序」(昭和一八年八月五日)　○岩波版 上五「里近き」。　●里　遊里。吉原。荷風に吉原に関する「里の今昔」という随筆がある。　●寺の小道　吉原近くの山谷界隈には寺院が多い。
475 昭和一三年二月一〇日東都版・中公版
476 昭和一三年二月一〇日岩波版　●類句475。
477 昭和一三年二月一〇日東都版・中公版・岩波版　●海棠　酔って眠った楊貴妃を玄宗皇帝は海棠の花に譬えた(『開元天宝遺事』)。また海棠が雨にぬれているさまは美人のうちしおれているさま。平賀源内作『神霊矢口渡』四「見ずしらずのわたし迄、いかいお世話と計にてしほるる姿、海棠の雨をおびたる風情也」。海棠は吉原の雨の昼下がりにうたたねする遊女の姿の譬え。　●籬　まがき。一般には垣根を指すが、吉原では遊女屋のことをこう呼び、大見世を大籬などと言う。

478 昭和一三年二月一〇日東都版・中公版・岩波版 ◎「木村富子著『浅草富士』序」 ●中庭 吉原の大見世(高級店)の中には、泉水や池などのある立派な庭園を備えたものもあった。

479 昭和一三年二月一〇日東都版・中公版・岩波版 ●根岸 吉原からほど近い地名。かつては江戸郊外の田園地帯で名所旧跡が多かった。現在の台東区根岸。亀田鵬斎、酒井抱一などの吉原に頻繁に出入りした文人墨客の住居があった。

480 昭和一三年三月一日「スバル」

481 昭和一三年二月一〇日東都版・中公版 ○岩波版 中七「残る夕日や」。●西河岸 長方形をなす吉原遊郭で両側のおはぐろ溝に臨んだ店を河岸店といい、吉原でも安直な店が並んでいた。それでも龍泉寺町に隣接する西側の浄念寺河岸は浅草側に面する東側の羅生門河岸よりもややまともな店が並んでいた。いずれにせよ、吉原でも退廃した雰囲気の漂う一角である。荷風は昭和一二年六月二二日に「京町西河岸裏の路地をあちこち歩」み、同二四日には「西河岸小格子の光景を撮影し」ている。

482 昭和一八年八月五日「木村富子著『浅草富士』序」 ●劇作家で木村錦花の妻であった木村富子(一八九〇―一九四四)の句集『浅草富士』に寄せた序文に掲出。●類句481。

483 昭和一三年二月一〇日東都版・中公版 ○岩波版 上五「朝寒や」。●伊達 男伊達。見栄や体裁を繕う美意識。冷え込む朝でも薄着で過ごすようなやせ我慢を指す。

484 昭和一三年二月一〇日東都版・中公版・岩波版 ●三の酉 吉原からほど近い大鷲明神社(法華本門流、鷲在山長国寺)で歳末の酉の日に催す祭礼(酉の市)の中、一一月にめぐってくる三番目の酉の日の祭礼。祭礼では市をなして、商売繁盛を祈願する熊手などを売る。一一月の酉の日は一二日ごとにめぐってくるので年により二度の場合と三度の場合とがあり、三の酉はその年最後の酉の市となる。酉の市は吉原では紋日(女郎が着飾るなどする費用を客が負担するので通常よりも出費がかさむ)で、小見世も昼店を張り、大門以外の非常口も開放され、おはぐろ溝にも橋が渡された。

485 昭和一三年二月一〇日東都版・中公版・岩波版

486 昭和一三年二月一〇日の日記原本で抹消

487 昭和一三年二月一〇日東都版・中公版・岩波版

488 昭和一三年二月一〇日岩波版(抹消部分) ●無縁の墓　三ノ輪浄閑寺に葬られた遊女など吉原関係者の無縁墓。浄閑寺は明暦元年(一六五五)創建の浄土宗の寺院。安政大地震の際に引き取り手のない新吉原の遊女の死骸を葬った故に「投げ込み寺」と呼ばれ、関東大震災の被災者も葬られた。荷風はこの寺を愛し、没後には自分の墓を建てよと日記に記した(『日乗』昭和一二年六月二二日)。

489 昭和一三年二月一〇日岩波版(抹消部分) ●里のさくら　吉原の中心街である仲の町に沿って陰暦の三月いっぱい植えられていた桜。江戸中期から明治期まで続いた風習。

490 昭和一三年三月一日「三十日」 ●花盛　注489参照。

491 昭和一三年六月一四日東都版・中公版・岩波版・「創作ノート」 ●以下495までは『日乗』同日の条に浅草オペラ館で俳優川公一に請われて書した句。

492 昭和一三年六月一四日東都版・中公版・岩波版 ●百万「鬼灯も女三人に姦しき」(『俳諧新選』)。

493 昭和一三年六月一四日東都版・中公版・岩波版

494 昭和一三年六月一四日東都版・中公版・岩波版 ●浮気者　色恋に熱心な人。

495 昭和一三年六月一四日岩波版

496　＊　●花形　人気がある俳優。花形役者。

497　昭和一三年七月一〇日「浅草公園の興行物を見て」(『おもかげ』写真版)

498　昭和一三年七月一〇日「おもかげ」(『おもかげ』写真版)　●以下503まで類句も含めて六句は「おもかげ」掲載。　●けさの秋　涼気や涼風に秋の到来を感じる朝。歌語。完来「桐下駄の客むかへけりけさの秋」(『空華集』)。

499　＊

500　昭和一三年七月一〇日「おもかげ」(『おもかげ』写真版)　●物くへば　何かをたべると。何かを口にすると。野坡「あたたかに宿は物くふしぐれ哉」(『泊船集』)。

501　昭和一三年七月一〇日「おもかげ」(『おもかげ』写真版)　●ヰオロン　バイオリン。ヴェルレーヌ「落葉」「秋の日のヴィオロンのためいきの身にしみてひたぶるにうら悲し」(上田敏訳『海潮音』)。

502　昭和一三年七月一〇日「おもかげ」(『おもかげ』写真版)

503　昭和一三年七月一〇日「おもかげ」(『おもかげ』写真版)　●書割　芝居の大道具で、木製の枠に紙や布を張ったものに風景や建物を描いて舞台の背景とするもの。

504　昭和一三年七月一〇日「女中のはなし」(『おもかげ』写真版)　●引窓　台所の天井などに換気や採光などのために屋根に沿ってななめにうがたれた窓。取っ手についた細引きをひいて開け閉めする。其角「飼猿の引窓つたふしぐれ哉」(『五元集』)。

505　昭和一三年七月一〇日「女中のはなし」(『おもかげ』写真版)　●其角「あら井にてめしくふやうに師走かな」(『伊達衣』)。　●類句233。　●芭蕉「あさがほに我は飯くふ男かな」(『虚栗』)。

506　昭和一三年七月一〇日「葛飾情話」(『おもかげ』写真版)　●一茶「稲妻にへなへな橋を渡りけり」

（『八番日記』）。

507 昭和一三年七月一〇日「鐘の声」（『おもかげ』写真版）●しみしみと　しみじみと。つくづく。暁台「しみじみと夜寒き蜘《くも》のあゆみかな」（『暁台句集』）。

508 昭和一三年七月一〇日「放水路」（『おもかげ』写真版）

509 昭和一三年七月一〇日「放水路」（『おもかげ』写真版）

510 昭和一三年七月一〇日「放水路」（『おもかげ』写真版）

511 昭和一三年七月一〇日「放水路」（『おもかげ』写真版）●太祇「巡礼のうしろすがたや壬生念仏」（『太祇句選』）。

512 昭和一三年七月一〇日「寺じまの記」（『おもかげ』写真版）●徐柳「石山もただ水鳥の闇夜かな」（『あなうれし』）。

513 昭和一三年七月一〇日「寺じまの記」（『おもかげ』写真版）

514 昭和一三年七月一〇日「町中の月」（『おもかげ』写真版）

515 昭和一三年七月一〇日「郊外」（『おもかげ』写真版）

516 昭和一三年七月一〇日「西瓜」（『おもかげ』写真版）●存義「岩穴に入る蛇や波のあらしの夜」（『古来庵発句集前篇』）。

517 昭和一四年六月三〇日東都版・中公版・岩波版　●『日乗』同日の条に吾妻橋の上より川中に投棄した「煙管筒には蒔絵にて」この句がしるされていたと記す。

518 昭和一四年一二月一二日東都版・中公版・岩波版　●『日乗』同日の条に以下521まで平井程一への返書に認めた句とある。

519 昭和一四年一二月一二日東都版・中公版・岩波版
520 昭和一四年一二月一二日東都版・中公版・岩波版
521 昭和一四年一二月一二日東都版・中公版・岩波版
522 昭和一五年一月二六日東都版・中公版・岩波版　●以下524までは兜町の片岡商店の再開店を祝うために請われた発句(『日乗』)。正章「をのづから香やつぎ木の梅の花」(『毛吹草』)。
523 昭和一五年一月二六日東都版・中公版　○岩波版　上五「親に学ぶ」。
524 昭和一五年一月二六日東都版・中公版・岩波版
525 昭和一五年三月一日東都版・中公版・岩波版　●以下527まで二代目市川左団次追善句。　●蔦紅葉　蔦の葉が紅葉したものだが、左団次の替紋が松皮菱に鬼蔦であるのを掛けている。
526 昭和一五年三月一日東都版・中公版・岩波版　●つきぢ川　東京京橋区本願寺周辺を流れていた川で、周囲に料亭などが多かった。『日乗』同日の条に「杏花君(左団次)とは去年中秋の夕築地河岸の藍亭といふ酒楼に招かれしがこの世の名残りなりしなり」とある。
527 昭和一五年三月一日東都版・中公版・岩波版　●月はしづみて夜半の鐘　晩唐、張継「楓橋夜泊」(『三体詩』)に「月落ち烏啼いて霜天に満つ、夜半の鐘声客船に到る」。
528 昭和一五年三月二七日付猪場毅宛　●俊興「折花の都の土産や枝くばり」(『藤の実』)。
529 昭和一五年三月二七日付猪場毅宛
530 昭和一五年三月三〇日東都版・中公版・岩波版　●『日乗』同日の条に「燈刻歩みて虎の門に至り地下鉄にて日本橋に行き花村に飰す。白魚味よし」とありて本句を掲ぐ。三行「白魚のあぢはひかるし若衆好」(『国の花』)。

531 昭和一五年四月一二日東都版・中公版・岩波版　●さらぬだに　そうでなくても。歌語。寂然法師「さらぬだに重きが上のさよ衣わがつまならぬつまな重ねそ」(『新古今和歌集』)。

532 昭和一五年四月一五日東都版・中公版・岩波版　●葛飾屋　浅利氏、葛飾(市川)真間手古奈堂近くの玩具店。

533 昭和一五年七月二六日東都版・中公版・岩波版　●『日乗』同日の条に「人より扇子に句を請はれたれば」として掲出。横井也有『鶉衣』「訪以文辞」に「さてもつりそめしかやの匂ひに猶旅寝の心やせむ」とある。

534 昭和一五年一二月五日付木戸正宛　●太祇「ひとり居や足の湯湧す秋のくれ」(『太祇句選』)。

535 昭和一七年一月二七日東都版・中公版・日歴　○岩波版　中七「馴れゝばたのし」。●類句534。『日乗』同日の条に563、564と共に「家にかへれば夜半に近し。火鉢にて粥を煮食事をなして寝に就く。月窓を照す」として掲出。

536 昭和一五年一二月五日付木戸正宛

537 昭和一七年一二月一日東都版・中公版・日歴　●『日乗』同日の条に599、600とともに掲出。

538 昭和一七年一二月二日付千葉真幸宛　●書簡に「唯只実況のみ御笑被下度候」と言い添えて掲出。

539 昭和一五年一二月八日東都版・中公版・岩波版　●以下540までの二句、『日乗』同日の条に「谷町に行きて本月配給の砂糖燐寸を買ふ」として掲出。谷町は麻布区谷町で箪笥町の北隣り。荷風の偏奇館の東側の市兵衛町と西側の今井町が高台でその谷間にあったゆえの名称。

540 昭和一五年一二月八日東都版・中公版　○岩波版　中七「はらみ女の」。●高ばなし　大声で話すこと。使帆「むめが香や座には出家の高噺」(『小柑子』)。

541　昭和一六年五月二七日東都版・中公版・日歴　〇岩波版　中七・座五「共になが引くやまひ哉」。●以下544までの四句、『日乗』同日の条に「風邪癒えず。雨晴れず」として掲出。

542　昭和一六年五月二七日東都版・中公版・岩波版・日歴　●春秋戦国時代の蜀の望帝杜宇が死して霊魂がホトトギスとなった後に、故国が秦に滅ぼされて「不如帰」＝帰りたいと鳴いて血を吐いたという故事(『史記』蜀王本紀、『太平寰宇記』)をふまえる。

543　昭和一六年五月二七日岩波版

544　昭和一六年五月二七日岩波版　●南北が蚊帳　注68参照。南北は『東海道四谷怪談』に先行する『謎帯一寸徳兵衛』で蚊帳にからまる猟奇事件に取材し、荷風は二世左団次主演の復活狂言を鑑賞した。

545　昭和一六年一〇月二五日東都版・中公版・日歴　●以下549まで平井程一に送る句として掲出。●礫川　小石川の雅称。荷風が生まれたのは東京市小石川区金富町四五番地。周囲に伝通院やその支院など寺院が多い。荷風に小説「狐」、随筆「伝通院」「礫川徜徉記」などこの地を描いた文章が多い。

546　昭和一六年一〇月二五日岩波版

547　昭和一六年一〇月二五日東都版・中公版・日歴　〇岩波版　上五・中七「故里は巣鴨にちかし」。●巣鴨　江戸時代化政期より植木職人が多かった巣鴨、染井、白山といった地域で菊細工、菊人形が作られ、明治一五年から団子坂の菊人形が著名となり、二葉亭四迷の『浮雲』、夏目漱石の『三四郎』にも描かれた。

548　昭和一六年一〇月二五日東都版・中公版・岩波版・日歴　●坂道　東京市小石川区金富町四五番地は、金剛寺坂に近く、この坂に面した地では荷風の敬愛する大田南畝が生まれた。金剛寺坂に限らず伝通院界隈は坂道が多い。

549 昭和一六年一〇月二五日岩波版

550 昭和一六年一一月五日東都版・中公版・日歴 ○岩波版 中七「額仰ぎ見る」、前書「東海寺即興」。●この日荷風は服部南郭の墓に拝せんとて品川東海寺に赴き、服部惟恭、服部小山の墓碑銘を写し取った。東海寺は臨済宗大徳寺派の万松山東海寺で、寛永一六年(一六三九)に徳川家光が沢庵宗彭を招聘して創建せしめた寺。沢庵禅師その人の墓所、服部南郭累代の墓所の他、賀茂真淵などの墓がある。

551 ●木犀 銀木犀、または金木犀で中国原産の常緑喬木。其角「木犀や六尺四人唐めかす」(『焦尾琴』)。一笛「木犀や廊下は唐を行くこころ」(『国の花』)。

昭和一六年一一月五日東都版・中公版・岩波版・日歴 ●『日乗』同日の条に「鐘楼もあり。白菊の咲匂へる垣の中の花壇に葉鶏頭おびただしく西日を浴びて立ちたり」。

552 昭和一六年一一月五日東都版・中公版・日歴 ●以下554まで、注551参照。

553 昭和一六年一一月五日岩波版

554 昭和一六年一一月五日岩波版

555 昭和一六年一一月一五日東都版・中公版・日歴 ●以下559まで改案を含めて『日乗』同日の条に「日比谷を過ぐ。菊まつりとやら称ふる催ありとて人雑踏せり。戯に口ずさむこと左の如し」として掲出。

556 昭和一六年一一月一五日岩波版 ●555とともに嵐雪「黄菊白菊其外の名はなくも哉」(『其の袋』)を踏まえる。

557 昭和一六年一一月一五日東都版・中公版・日歴 ●竹にたよる 竹を添え木として。竹を支えとして。寂芝「初雪や竹をたよりにふりかかる」(『小柑子』)。

558 昭和一六年一一月一五日岩波版 ●類句557。

559 昭和一六年一一月一五日岩波版　●しだらなく「だらしなく」の江戸語。
560 昭和一六年一二月七日東都版・中公版・日歴　○岩波版　座五「二十年」。●561と共に「此等の器具(火鉢あんか置炬燵など)は二十余年前或時は築地或時は新橋妓家の二階、またある時は柳橋代地の河岸にて用ひしもの」云々とありて、小机、火鉢、煙管などの自筆の絵とともに掲出。●ながらへて歌語。其角「憎まれてながらふる人冬の蝿」(『続虚栗』)。
561 昭和一六年一二月七日東都版・中公版・日歴　◎「木村富子著『浅草富士』序」○岩波版　中七・座五「わびて住む世の時雨かな」。●宗祇「世にふるもさらに時雨の宿りかな」(『自然斎発句』)。
562 昭和一六年一二月三〇日東都版・中公版・岩波版・日歴　●『日乗』同日の条に「燈刻芝口の金兵衛に至りて夕飯を食す。おかみさん色紙を持来りて来春の句を乞ふ。左馬をかきて」として掲出。
563 昭和一七年一月二七日東都版・中公版・岩波版・日歴
564 昭和一七年一月二七日東都版・中公版・岩波版・日歴
565 昭和一七年六月一六日東都版・中公版・日歴
566 昭和一七年六月一六日岩波版　●類句565。
567 昭和一七年六月二六日岩波版　●以下572まで改案も含めて『日乗』同日の条に「雨やまず。人よりたのまれし扇子に句をかきて郵送す。夜深川散歩。空はれ月まどかなり」として掲出。
568 昭和一七年六月二六日東都版・中公版・岩波版・日歴
569 昭和一七年六月二六日東都版・中公版・日歴　●以下572まで類句。
570 昭和一七年六月二六日岩波版
571 ＊

572 ＊

573 昭和一七年七月二日東都版・中公版・日歴　○岩波版　座五「夏柳」。●以下586まで改案も含めて『日乗』同日の条に「晩間浅草向島散策。雨後夕涼の人おびただし」として掲出。

574 昭和一七年七月二日東都版・中公版・日歴　○岩波版　座五「なる夜かな」。●われ勝ちに　われさきにと。他人と競うようにして。三子「我がちに天窓《あたま》ならぶる土筆哉」(『国の花』)。

575 ＊●類句574。

576 昭和一七年七月二日東都版・中公版・日歴　○岩波版　座五「皐月川」。●縁日の　有継「縁日の挑灯ひとつ月一ッ」(『七柏集』芭蕉庵興行「住人も」四吟歌仙)。●遠き火影　蕪村「住ムかたの秋の夜遠き灯影哉」(『蕪村書簡』)。

577 昭和一七年七月二日東都版・中公版・岩波版・日歴

578 昭和一七年七月二日東都版・中公版・岩波版・日歴　●蕪村「朝がほや手拭のはしの藍をかこつ」(『夜半叟』)。

579 昭和一七年七月二日東都版・中公版・日歴　○岩波版　中七「洗ひざらしの」。●さもあらばあれ　歌語。「遮莫」などの漢語の訓として普及。人に笑われても構わない。人からどう思われても気にしない。風虎「さもあらばあれ花も紅葉も寒のべに」(『時勢粧』)。

580 昭和一七年七月二日東都版・中公版・岩波版・日歴　●出水　洪水。川の氾濫。宗継「梅の雨は枝川までも出水かな」(『ゆめみ草』)。

581 昭和一七年七月二日東都版・中公版・岩波版・日歴

582 昭和一七年七月二日東都版・中公版・日歴　●是非なき蚊遣　隠者でも蚊を厭うのは常人と同じなの

で蚊遣り火をたく意。

583 昭和一七年七月二日岩波版　●類句582。

584 昭和一七年七月二日東都版・中公版・日歴　●酸漿の種を掻きだして口に含み、他人の迷惑も顧みずにしきりに鳴らすさま。太祇「鬼灯や物うちかこつ口のうち」(『太祇句選後編』)。

585 昭和一七年七月二日岩波版　●類句584。

586 昭和一七年七月二日東都版・中公版・日歴　○岩波版　中七「家出娘の」。

587 昭和一七年七月一〇日東都版・中公版・日歴　○岩波版　上五「ふけ渡る」。●以下591まで『日乗』同日の条に「眠つかれぬがままに」として掲出。この日荷風は腹痛のため箱崎川に面した土州橋病院に入院中であった。

588 昭和一七年七月一〇日東都版・中公版・日歴　○岩波版　座五「闇夜哉」。

589 昭和一七年七月一〇日東都版・中公版・岩波版・日歴

590 昭和一七年七月一〇日東都版・中公版・日歴　○岩波版　座五「涼台」。

591 昭和一七年七月一〇日東都版・中公版・日歴　○岩波版　上五「爪びきや」、座五「蛍かご」。

592 昭和一七年七月一五日東都版・中公版・岩波版・日歴　●『日乗』同日の条に「帰途烏森の妓家既に送火を焚くを見る」として掲出。

593 昭和一七年七月一五日東都版・中公版・日歴

594 昭和一七年九月二五日岩波版　●『日乗』同日の条に「十六夜の月空くもりて明らかならず」として掲出。

595 昭和一七年一〇月二四日東都版・中公版・岩波版・日歴　●以下596までは『日乗』同日の条に「人よ

り句をこはれて」として掲出。

596 昭和一七年一〇月二四日東都版・中公版・日歴　○岩波版　座五「時雨哉」。昭和一九年一〇月二二日東都版・中公版・日歴　座五「時雨哉」。同日の岩波版　座五「時雨かな」。

597 昭和一七年一一月一四日東都版・中公版・日歴　○岩波版　座五「小ぬか雨」。●『日乗』同日の条に598と共に「昼の中は折々音もなくふり来る小雨、しぐれの趣ありしが暮れてより大ぶりになり風も吹き添ひたり。枕上読書前夜の如し」として掲出。

598 昭和一七年一一月一四日東都版・中公版・岩波版・日歴　●枇杷の花　枇杷は冬にごわごわとした白い花を咲かせ、夏に実をつける常緑樹。露川「降らぬ日もふれと祈るか枇杷の花」(『冬の花』)。

599 昭和一七年一二月一日東都版・中公版・日歴　○岩波版　座五「日暮かな」。●537、600と共に『日乗』同日の条に「くもりて暗し。終日蓐中に在り…本年配給の炭立消えして火鉢の灰には埋むべくもあらず、小さき七輪に入れておこすなり」として掲出。　●粉炭　くだけてばらばらになって原型をとどめぬ廉価な炭。長翠「庵の夜や粉炭つかむ捨ごころ」(『あなうれし』)。

600 昭和一七年一二月一日岩波版

601 昭和一七年一二月一九日東都版・中公版・日歴　●以下608まで改案も含めて『日乗』同日の条に「頃日諸方より新年の句を請はる。左の拙吟は唯責《せめ》をふさぐに過ぎず」として掲出。

602 *

603 昭和一七年一二月一九日東都版・中公版・岩波版・日歴

604 昭和一七年一二月一九日東都版・中公版・日歴

605 昭和一七年一二月一九日岩波版

606　昭和一七年一二月一九日東都版・中公版・日歴　●初夢に見る縁起がいいものとして一富士、二鷹、三茄子を挙げる俗信に基づく。我則「富士の夢さめ行窓や初霞」(『紫狐庵聯句集』)。

607　昭和一七年一二月一九日岩波版　●類句606。

608　昭和一七年一二月一九日岩波版　●床の山　歌枕。鳥籠山。滋賀県犬上郡(彦根市)近くにあった山で、現在の大堀山とも鍋尻山とも言われる。荷風はこれを転じてふとんからなかなか出ないでねている自分の姿として詠んだ。芭蕉「昼がほに昼寝せうもの床の山」(『韻塞』)。嵐雪「蒲団着て寝たる姿や東山」(『枕屛風』)。

609　昭和一八年三月一八日東都版・中公版・岩波版・日歴　●『日乗』同日の条に以下614まで相磯凌霜に請われてつくった画賛の発句として掲げる。●山村耕花　山村豊成(一八八六―一九四二)。明治から昭和にかけて活躍した東京品川生まれの浮世絵師、版画家。●縄すだれ　安明「門口をふさぐや藤の縄すだれ」(『崑山集』)。

610　昭和一八年三月一八日東都版・中公版・岩波版・日歴　●家中の　屋内で最も快適な。

611　昭和一八年三月一八日東都版・中公版・日歴　○岩波版　上五「とんぼうや」。●探丸「蜻蛉やなにの味ある芋(竿)の先」(『芭蕉菴小文庫』)。

612　昭和一八年三月一八日東都版・中公版・岩波版・日歴　●青だゝみ　新しく青々とした畳。園女「すずしさや額をあてて青畳」(『摩詰庵入日記』)。

613　昭和一八年三月一八日東都版・中公版・日歴　○岩波版　座五「水雞哉」。●注32参照。

614　昭和一八年三月一八日岩波版

615　昭和一八年四月一六日東都版・中公版・日歴　●『日乗』同日の条に「庭を掃き石蕗移植す。既に蚊柱の立つを見る」として掲出。其角「蚊ばしらに夢の浮はしかかる也」(『己が光』)。
616 昭和一八年四月一六日岩波版
617 昭和一八年六月四日東都版・中公版・日歴 ○岩波版 座五「若楓」。 ●『日乗』同日の条に以下622まで「夜人よりたのまれし団扇その他に発句を書す」として掲出。 ●捨てし世 権中納言公雄「捨てし世のしるしやなにぞいまも猶うき身はなれぬわが涙かな」(『続千載和歌集』雑下)。 ●わか楓 長翠「翌《あす》よりもきのふ恋しやわか楓」(『あなうれし』)。
618 ＊
619 昭和一八年六月四日東都版・中公版・岩波版・日歴 ●五右衛門風呂 戦国時代の盗賊石川五右衛門を豊臣秀吉が釜茹での刑に処したという伝説に基づく野天の風呂釜の名称。竈の上に金属製の風呂釜を載せ底を薪などで熱して湯をあたため、入浴する者は底に沈めた木製の板を足で踏んで熱くないようにしたもの。
620 昭和一八年六月四日東都版・中公版・日歴 ○岩波版 上五・中七「しろと画の拙さ」。 ●しろと絵 素人絵。職業画家でない者が描いた絵。横井也有『鶉衣』(後編上)「鍾馗画賛」に「素人絵の幟にかかれて」とある。
621 昭和一八年六月四日岩波版 ●慈円「春雨にわか楓とて見し物を今は時雨に色かはりゆく」(『拾玉集』)。
622 昭和一八年六月四日岩波版
623 昭和一八年六月八日東都版・中公版・日歴 ●『日乗』同日の条に以下627まで改案を含めて「帰途新橋の金兵衛に憩ふ。梓月子が三日月に近く星あり椎若葉の名吟を憶ふ」として掲出。

624 昭和一八年六月八日岩波版
625 昭和一八年六月八日岩波版
626 昭和二一年四月二二日付酒泉健夫宛　●乙二「長生をするも詮なし蟇《ひきがへる》」(『松窓乙二発句集』)。
627 『荷風書誌』●類句626。
628 昭和一八年六月一五日日歴　●『日乗』同日の条に以下629まで「今日もまた浅草を歩す。帰途月佳し」として掲出。●卯の花月夜　歌語。初夏に咲く白い卯の花が月に光るのを愛でる語。芳州「夢かとぞ卯の花月夜半むかし」(『俳諧夏つくば』)。
629 昭和一八年六月一五日東都版・中公版
630 昭和一八年六月一五日岩波版
631 昭和一八年六月三〇日東都版・中公版・日歴　●『日乗』同日の条に「椎の落葉階砌《かいせい》を没す。午後掃きて焚く」として掲出。暁台「ほろほろと夏の落葉や閑古鳥」(『暁台句集』)。
632 昭和一八年八月五日「木村富子著『浅草富士』序」●諷竹「春もまだ寒し柳の宵月夜」(『小弓俳諧集』)。
633 昭和一八年八月五日「木村富子著『浅草富士』序」●夜あるき　其角「夜あるきや寒ンの雪駄のひろひ足」(『蝶すがた』)。●素足哉　如龍「春草に目立つ女の素足哉」(『いぬ桜』)。
634 昭和一八年八月五日「木村富子著『浅草富士』序」●ふじ詣　陰暦六月一日の山開きの日に、江戸市中に勧請した富士浅間神社(神社の境内に小高い丘を作って富士山に見立てたもの)に参詣すること。ここでは書名の『浅草富士』にかける。『歯がため』(天明三年)に「江戸駒込また浅草に、浅間の社あり。六月朔日、参詣群衆す。これを富士詣といふ」。

635 昭和一八年八月五日「木村富子著『浅草富士』序」　●刎ばし　江戸時代に行われた架橋の形式で、渓谷の両岸の岩盤に刎ね板を突き立て上へ上へと板を重ね、後の刎ね板をすこしずつ中央にせり出して造る橋。橋脚がないので橋下からの眺望がある。浮生「刎橋やこころとどかぬ華薄《はなすすき》」(『或時集』)。

636 昭和一八年八月五日「木村富子著『浅草富士』序」　●橋場の烟　浅草裏、隅田川のほとりの橋場(現、東京都台東区)にあった今戸焼という陶器を焼くために窯から立ち上るけむり。広重の『名所江戸百景』に「墨田河橋場の渡かわら窯」があるなど江戸の風景を描いた浮世絵に頻繁に登場した風物詩。

637 昭和一八年八月五日「木村富子著『浅草富士』序」　●切戸　くぐり戸。または演劇の舞台から楽屋へ入るための戸。　●山谷堀　浅草の北の地名で、隅田川を舟で吉原に通う客が舟を降りた場所で、船宿や芸妓、音曲師の家が軒を並べていた。

638 昭和一八年八月一五日東都版・中公版・日歴　○岩波版　中七・座五「しぐれ降る夜のさしむかひ」。●『日乗』同日の条に「万年堂主人よりたのまれたる瓢の炭取りに発句を題す」として掲出。正秀「炭の香に膝直さばや冬籠」(『夏の月』)。

639 昭和二〇年八月一七日付池田尊臣治宛

640 昭和一八年九月七日東都版・中公版・日歴　○岩波版　上五「夜毎聞く」。　●類句639。

641 昭和一八年九月七日東都版・中公版・岩波版・日歴　●蜀山が筆　蜀山は蜀山人で大田南畝(一七四九―一八二三)が享和元年(一八〇一)から用いた号。南畝は江戸後期に活躍した文人、狂歌師で、荷風は「葷斎漫筆」、「狂歌を論ず」などの随筆で敬慕の情を披瀝し、「大田南畝年譜」を作る。荷風は尾崎紅葉がその右肩あがりで繊細な独特の南畝の筆跡を模したのに続き、二世市川左団次らとともに南畝の筆跡を模した。

642 ＊●641の改案。

643 昭和一八年一〇月二日岩波版　●類句638。『日乗』同日の条に「薄暮土州橋に至る。金兵衛に飰す。色紙に書を乞ふ人ありたれば」として掲出。

644 昭和一八年一〇月一四日東都版・中公版・岩波版・日歴　●『日乗』同日の条に645と共に「五叟其の知人より余が列書を請はれたりと言ふ。色紙に句を書して与ふ」として掲出。●からす瓜　ウリ科の多年生植物で、夏の日没後に開花、秋には朱色の実をつける。亀翁「ほどがやの夕日やわたるからす瓜」（『雑談集』）。素イ「竹藪に人音しけりからす瓜」（『或時集』）。

645 昭和一八年一〇月一四日岩波版

646 昭和一八年一〇月一九日東都版・中公版・岩波版・日歴　●『日乗』同日の条に「鄰家の垣に木槿の花猶白くさき残り葉鶏頭も霜に染りて立ちすくみたり。蔦の葉も既に赤く薄暮門巷の秋色頗愛すべきものあり」として掲出。

647 昭和一八年一一月一三日東都版・中公版・岩波版・日歴　●『日乗』同日の条に以下656まで改案も含めて「人よりたのまれし白扇に自画賛を試む」として掲出。

648 ＊●蕪村「蚊屋つりて翠微作らん家の内」（『蕪村句集』）。

649 昭和一八年一一月一三日東都版・中公版・日歴　●わが庵は　歌語。喜撰法師の「わが庵は都のたつみしかぞ住む世を宇治山と人はいふなり」（『古今和歌集』）は俳諧でもよく踏まえられる。蓼太「我庵は紙帳かぶせて置うよや」（『蓼太句集』）。

650 昭和一八年一一月一三日岩波版　●類句649。

651 昭和一八年一一月一三日東都版・中公版・日歴　〇岩波版　上五「蝉や」、座五「枕もと」。

652 昭和一八年一一月一三日東都版・中公版・日歴　○岩波版 中七「どの本読まむ」。●月もよし 読み人知らず「月夜よしよよしと人につげやらばこてふににたりまたずしもあらず」(『古今和歌集』恋四)。●蛔の中 智月「手枕や月は布目の蚊屋の中」(『藤の実』)。

653 昭和一八年一一月一三日東都版・中公版・日歴　○岩波版 上五・中七「つみ上げし書物崩れて」。

654 昭和一八年一一月一三日中公版・日歴　●蕪村「窓の灯の佐田はまだ寝ぬ時雨哉」(『新五子稿』)。●諷竹「月涼し百足の落る枕元」(『藤の実』)。

655 昭和一八年一一月一三日岩波版　●類句654。

656 昭和一八年一一月一三日東都版・中公版・日歴　○岩波版 中七「落葉踏む音」。

657 昭和一九年一月一日「枯葉の記」(「不易」)　●類句554。

658 昭和一九年一月一八日東都版・中公版・岩波版・日歴　●荷風はこの日関根歌の十年ぶりの来訪に感激している。●松過ぎて 門松をはずすべき正月七日が過ぎて。杉風「飾松過ぎてうれしや終の道」(『杉風句集』)。

659 昭和一九年二月一日「雪の日」(「不易」)　●朱絃「残る雪残る案山子の珍しく」(『鶴の歩み』)。

660 昭和一九年二月一日「雪の日」(「不易」)

661 昭和一九年二月一日「雪の日」(「不易」)　●芭蕉「いざさらば雪見にころぶ所迄」(『花摘』)。

662 昭和一九年二月一日「雪の日」(「不易」)　●類句661。

663 昭和一九年二月一日「雪の日」(「不易」)　●舟足 舟の便。芭蕉「船足も休む時あり浜の桃」(『芭蕉庵』)。

664 昭和一九年二月一八日中公版・日歴　●以下670まで改案を含めて『日乗』同日の条に「怙寂子(兎屋

主人)に送る手紙の末に」として掲出。但英「夕貌をみるなにがしの隠居哉」(『崑山集』)。

665 昭和一九年二月一八日岩波版　●類句664。

666 昭和一九年二月一八日東都版・中公版・日歴　●雪を煮て　雪を煮て茶を飲む。雪を溶かした水で茶を煎じるのは中国文人のスタイル。中唐、白居易「晩起」に「雪融かして香茗を煎ず」。晩唐、喩鳧の「潘咸を送る」に「雪を煮て茶味を問ふ」。志度「雪を煮て呉天の雪を興じけり」(『新虚栗』)。●寝しな　寝る前に。和水「燗つけて寝しなに忍ぶ一銚子」(『七柏集』蓼太・和水両吟歌仙)。●夜の梅　夜寝る前に梅干しを食すること、あるいは虎屋製造の切り口の小豆が梅を象徴する羊羹。

667 昭和一九年二月一八日岩波版　●類句666。

668 昭和一九年二月一八日東都版・中公版・岩波版・日歴　●陳皮　漢方薬。中国ではマンダリンオレンジの皮、日本では温州蜜柑の皮を干したもので、体を温め、風邪などに効くとされる。

669 昭和一九年二月一八日岩波版　●文債　締切のある依頼原稿。あるいは自らに課した原稿執筆。荷風は前日に小説「踊子」(戦後発表)を浄写している。●窓の雪　中国晋代の孫康が窓の雪の光で読書をしたという苦学を象徴する故事による語。『蒙求』題では「孫康映雪」。荷風が勤勉に机に向かうさまを暗示。桂葉「白梅や是も学びの窓の雪」(『続山井』)。

670 昭和一九年二月一八日岩波版　●二竹「雪空や墨べたべたと夕がらす」(『国の花』)。

671 昭和一九年七月一七日東都版・中公版・日歴　○昭和一九年七月一八日岩波版　座五「川わたし」。●以下673まで『日乗』同日の条に「鄰組の者に書を需められていやいやながら短冊に」として掲出。白雄「時雨《しぐる》るや舟まつ岸の戻り馬」(『しら雄句集』)。

672 昭和一九年七月一七日中公版・日歴　●撫子に　麦林「撫子に舟をひかせて夕すずみ」(『麦林集』)。

●松の外　松林(海岸の防風林)の向こう側。諸九尼「島々や松の外にはわたり鳥」(『秋風記』)。

673 昭和一九年七月一八日岩波版　●艪亭「松も琴弾やみにけり合歓の花」(『蕉門むかし語』)。

674 昭和一九年九月七日東都版・中公版・岩波版・日歴　●世の中は　歌語。完来「世の中はこんなものやと枯野見し」(『空華集』)。●柳の一葉　秋季に枯れて散る柳の葉。老衰の象徴。麦林「其の人を問へば柳の一葉かな」(『麦林集』)。

675 昭和一九年九月七日東都版・中公版・岩波版・日歴　●秋高く　秋の空が晴れ渡って高く感じられること。漢詩に由来する表現。盛唐、杜甫「茅屋秋風に破る所と為るの歌」(『古文真宝前集』)に「八月秋高くして風怒号し、我が屋上の三重の茅を巻く」。芳室「秋高し鬚より下の香炉峰」(『誹諧句選』)。

676 昭和一九年九月七日岩波版

677 昭和一九年九月七日岩波版

678 昭和一九年九月七日東都版・中公版・岩波版・日歴

679 昭和一九年九月七日岩波版　●亡国の調　晩唐、杜牧「秦淮に泊す」(『三体詩』)に「商女は知らず亡国の恨み、江を隔てて猶ほ唄ふ後庭花」に拠る語。日本の敗戦を予感させる音調。

680 昭和一九年九月七日東都版・中公版・日歴　○岩波版　座五「調かな」。●秋蟬　唐詩に基づく語。晩唐、斉己「折楊柳詞四首」其二に「剣去つて国亡びて台殿毀《こぼ》たれ、却つて紅樹に随つて秋蟬噪し」。●あしたを知らぬ　切迫した、追い詰められた。秀利「あすしらぬその日ぐらしか秋の虫」(『宝蔵』)。

681 昭和一九年一〇月二二日東都版・中公版・岩波版・日歴　●596と以下685まで改案を含めて『日乗』同日の条に掲出。●類句646。

682 昭和一九年一〇月二二日岩波版　●嵐青「百舌なくやまだ明星の入残り」(『刀奈美山』)。

683　昭和一九年一〇月二二日東都版・中公版・日歴　●類句682。

684　昭和一九年一〇月二二日東都版・中公版・岩波版・日歴

685　昭和一九年一〇月二二日東都版・中公版・岩波版・日歴

686　昭和一九年一〇月二九日東都版・中公版・岩波版・日歴　●以下689まで『日乗』同日の条に「菊山茶花の時節となりぬ。虫猶鳴く。小説ひとりごと草稿浄写。明月庭をてらす。其形を見るに九月十三夜の月なるが如し。其角の句に家こぼつ木立も寒し後の月といへるを思出でて」として掲出。其角の句は『炭俵』所載。●後の月　九月十三夜の月を指す。

687　昭和一九年一〇月二九日東都版・中公版・日歴　○岩波版　中七「盗みとられて」。

688　昭和一九年一〇月二九日東都版・中公版・岩波版・日歴

689　昭和一九年一〇月二九日東都版・中公版・日歴　○岩波版　中七「世に成り果てゝ」。

690　昭和一九年一二月二五日岩波版　●紹巴「霜とけて浅茅色そふふゆ野かな」(『大発句帳』)。

691　昭和二〇年一月一二日東都版・中公版・岩波版・罹災日録　●以下692まで『日乗』同日の条に「山谷の混堂に行く」として掲出。「混堂」は銭湯。蕪村「月天心貧しき町を通りけり」(『蕪村句集』)。

692　昭和二〇年一月一二日東都版・中公版・罹災日録　○岩波版　上五・中七「凩や坂道いぞく」。

693　昭和二〇年二月一二日東都版・中公版・岩波版(二月一三日)・罹災日録　●以下695まで『日乗』同日の条に籾山梓月の二句を抜書きした後に掲出。

694　「手帖 甲」　●闇の門　宵闇に包まれた門。去来「うのはなの絶間たたかん闇の門」(『炭俵』)。

695　昭和二〇年二月一二日東都版・中公版・罹災日録　○昭和二〇年二月一三日岩波版　中七「北斗のかげや」。「手帖 甲」上五・中七「冴渡る北斗影や」。●屋根の雪　北斗七星の光を反射している。梅父「くるる日や煙に染まる屋根の雪」(『骨書』)。

696 昭和二〇年五月一六日付籾山梓月宛　●衣かへし　歌語。衣裳を裏にかえして着て寝ると恋人の夢に自分が現れるという俗信があった。読み人知らず「我妹子に恋ひてすべなみ白栲の袖返ししは夢に見えきや」(『万葉集』巻十一)。法印静賢「から衣かへしてはねじ夏のよはゆめにもあかで人わかれけり」(『千載和歌集』恋)。

697 昭和二〇年八月一七日付池田尊臣治宛　◎昭和二〇年八月二〇日東都版・中公版・罹災日録　○岩波版　前書「某子に送る手紙のはしに」、中七「聞く鳥や皆」。●以下698まで『日乗』同日の条に掲出。荷風は岡山県真庭郡三門町の宿舎にあった。赤人「旅に出てまつこひすらし時鳥神なひ山にさ夜中に鳴く」(『赤人集』)。

698 昭和二〇年八月一九日付平松恒三郎宛　◎昭和二〇年八月二〇日東都版・中公版・岩波版・罹災日録○岩波版　前書「果樹園の主人平松氏に贈る」。●果樹園の主人平松氏　庭瀬(岡山県岡山市北区庭瀬)の人。

699 昭和二〇年八月二二日東都版・中公版・岩波版　●以下700まで『日乗』同日の条に「哺下驟雨、須臾にして晴る、夜月色清奇なり」として掲出。

700 昭和二〇年八月二二日東都版・中公版・岩波版　●李由「踊るべきほどには酔て盆の月」(『炭俵』)。

701 昭和二〇年九月二〇日東都版・中公版・岩波版・罹災日録　●以下704まで改案を含めて『日乗』同日の条に「去年の日記をくり返し見るに十五夜は十月の二日頃なりしが曇りて月無しと記されたり、今年は家なき流浪の身も兎に角に命ありて熱海の勝地に来り従弟の家の厄介になりて曇りがちながら名月に対することを得たり、幸なりと言はざるべからず」として掲出。●老のつとめ　老人の仕事。

基家「あさごとの老のつとめもやすむまはうき世のことと花をみるかな」(『弘長百首』)。

702 昭和二〇年九月二〇日東都版・中公版・罹災日録　○岩波版　上五「すき腹に」。●一茶「すき腹に風の吹きけり雲の峰」(『文化句帖』)。

703 昭和二〇年九月二一日付川尻清潭宛　●類句702。

704 昭和二〇年九月二〇日東都版・中公版・岩波版・罹災日録　○昭和二〇年九月二一日付川尻清潭宛座五「けふの月」。

705 昭和二〇年一〇月三日東都版・中公版・罹災日録　●以下716まで改案を含めて『日乗』同日の条に「夜に入り風雨」として掲出。●小六月　陰暦十月の異称。風雨も少なく暖かい陽気が続く故の呼称。

706 昭和二〇年一〇月三日岩波版　●類句705。

707 昭和二〇年一〇月三日東都版・中公版・岩波版・罹災日録　●下駄草履　野坡「涅槃会や合羽からかさ下駄草履」(『野坡吟草』)。●門の秋　土芳「道明て籾干す門の秋日和」(『笈日記』「笋の」歌仙)。

708 昭和二〇年一〇月三日の日記原本で抹消

709 昭和二〇年一〇月三日東都版・中公版・罹災日録　●かへり花　二度咲きする花。季節はずれに咲く花。枝雪「雁がねもおどろくほどぞかへり花」(『続山井』)。

710 昭和二〇年一〇月三日岩波版

711 昭和二〇年一〇月三日の日記原本で抹消

712 昭和二〇年一〇月三日東都版・中公版・岩波版・罹災日録　●師兼「いたづらに老いゆく身こそなげかるれ昔の遠くなるにつけても」(『師兼千首』)。

713 昭和二〇年一〇月三日の日記原本で抹消　●類句712。

714 昭和二〇年一〇月三日岩波版 ●其角「栗売の玄関へかかる閑居かな」(『五元集拾遺』)。
715 昭和二〇年一〇月三日岩波版 ◎昭和二〇年一〇月二六日付川尻清潭宛
716 昭和二〇年一〇月二六日付川尻清潭宛 ●類句712、713。
717 昭和二〇年一二月三日東都版・中公版・罹災日録 ●以下718まで『日乗』同日の条に掲出。●見残す夢 寝ざめた後にも覚えている夢。光経「おのづからまどろむゆめもなかりけりとなりの月にこころうつ夜は」(『光経集』)。曽行「天童を見残す夢の朝ぼらけ」(『金龍山』)。
718 昭和二〇年一二月三日東都版・中公版・罹災日録
719 昭和二〇年一二月二七日付相磯勝弥宛 ●許六「煤掃や蜜柑の皮のやり所」(『犬註解』)。
720 昭和二〇年一二月二七日付相磯勝弥宛 ●障子を洗ふ 障子紙を貼りかえる際に、桟にこびりついた紙を水で洗い落とす。
721 昭和二〇年一二月二七日付相磯勝弥宛
722 昭和二一年三月二四日東都版 ●以下727まで改案を含めて『日乗』同日の条に掲出。●葛飾 昭和二一年一月一六日より荷風は市川市菅野二五八番地の借家に杵屋五叟一家とともに住んでいた。
723 昭和二一年三月二四日岩波版・日乗稿 ◎昭和二一年三月二九日付相磯勝弥宛
724 昭和二一年三月二四日東都版 ○岩波版 中七「交じりて竹と」。
725 昭和二一年三月二四日日乗稿 ○昭和二一年三月二九日付相磯勝弥宛 中七「まじりて竹と」。
726 昭和二一年三月二四日東都版・岩波版・日乗稿
727 昭和二一年三月二四日岩波版・日乗稿
728 昭和二一年三月二九日付相磯勝弥宛 ●本句は723、725とともに「市川の梅もそろそろ散り初め真間の桜並木程なく花さく事と存候」として掲出。

729 昭和二一年四月二二日付酒泉健夫宛

730 昭和二一年四月二八日東都版　〇岩波版　座五「雨少し」。日乗稿　中七「小米桜に」。●以下732まで改案を含めて『日乗』同日の条に「燈刻近藤博士来りて句を請ふ」として掲出。●小米ざくら　小米花。ユキヤナギの別名。小さい五弁の白い花をぎっしりつける。

731 昭和二一年四月二八日東都版・岩波版・日乗稿　●牡丹散　蕪村「牡丹散て打重りぬ二三片」(『俳諧新選』)。●芭蕉「芭蕉野分して盥に雨を聞夜哉」(『武蔵曲』)。

732 「創作ノート」●類句731。

733 昭和二一年五月一〇日東都版　●以下739まで改案を含めて『日乗』同日の条に「窓前今まさに百花爛漫の趣あり、殊に牡丹紅白数株ありて花の盛なり、流寓の身にとりては是亦意想外の幸福ならずや」として掲出。

734 昭和二一年五月一〇日岩波版　〇日乗稿　中七「盛りの花も」。●類句733。

735 昭和二一年五月一〇日東都版・岩波版　●篤老「をられてもそしらぬかほや山桜」(『篤老園自撰句帖初編』)。

736 昭和二一年五月一〇日東都版　●蕪村「牡丹切て気のおとろひし夕哉」(『写経社集』)。

737 昭和二一年五月一〇日岩波版

738 昭和二一年五月一〇日岩波版　●富まぬ身も　牡丹の別名が富貴花というのをふむ。

739 昭和二一年五月一〇日岩波版

740 昭和二一年五月一〇日日乗稿

741 昭和二一年五月一〇日日乗稿
742 昭和二一年五月一〇日日乗稿
743 昭和二三年三月一三日付永田秀吉宛　●故里　東京を指す。　●柳も招ぐ　柳の枝葉が風に靡くさまを人を招く手に見たてた。
744 昭和二四年三月二七日岩波版　〇「創作ノート」　中七「夜はふけやすし」　●以下745まで『日乗』同日の条に「独浅草大都座に往く。女優由美子停電上演紀念にとて短冊に句を請ひければ」として掲出。　●停電の夜　荷風が浅草大都座のために昭和二三年一二月に書き、昭和二四年三月二五日より四月七日まで大都劇場で上演された脚本「停電の夜の出来事」をふまえる。
745 昭和二四年三月二七日岩波版　〇「創作ノート」　座五「日永かな」　●襦袢　肌襦袢。下着。　支考「つめたくも妾のきせる襦袢かな」(『風俗文選犬註解』)。
746 ＊　昭和二七年　●昭和二七年一一月三日に荷風に文化勲章が授与され、一二月二六日に中央公論社社長嶋中鵬二と対談した際に詠まれた句。
747 ＊　昭和二七年　●類句746。
748 ＊　以下836まで年次未詳　●諷竹「まだ咲かぬ梅の梢や三日の月」(『続山彦下』)。
749 ＊
750 「手帖　甲」(岩波版第二九巻)
751 ＊　●宵月夜　夕月夜。宵の間だけ月のでている旧暦八月二日から七日の夜。　諷竹「春もまだ寒し柳の宵月夜」(『小弓俳諧集』)。
752 ＊　●面打　謡の演者が使う面を作ること。または面を製作する職人。　●岡本綺堂作『修禅寺物語』

（明治四十四年五月明治座初演）の主人公は伊豆修善寺の面作師夜叉王で、荷風と親交のあった二世市川左団次が何度も演じた。

753 「創作ノート」（岩波版第二九巻）

754 ＊

755 ＊

756 ＊ ●白雄「川ぞひや脊ぐゝまり行く雪の人」（『白雄句集』）。類句8。

757 ＊ ●嵐山「花はないと振るうて見せる柳かな」（『俳諧新選』）。

758 「手帖 甲」 ●芭蕉「阿蘭陀《おらんだ》も花に来にけり馬に鞍」（『俳諧一葉集』）。

759 ＊ ●紙雛 神雛《かみびいな》。男女一対の紙製のひな人形で、立ち姿のもの。江戸初期から飾られた。春の季語。

760 ＊ 森井書店提供

761 小堀杏奴「飯田屋の「どぜう」」（昭和三四年七月一日「酒」） ●御百度 御百度参り。もとは社寺に百日間かけて参拝することであったが、後に一日に百回本堂・拝殿と入口との間を往復して参拝することを指すようになった。一茶「御百度や花より出て花に入」（『西国紀行』）。

762 ＊ 森井書店提供

763 「手帖 甲」

764 「手帖 甲」

765 ＊ ●市ケ谷の八幡 市ケ谷八幡。文明一一年（一四七九）、太田道灌創建。鎌倉鶴岡八幡の分霊を祀る。現在は新宿区市ケ谷八幡町一五にある。荷風は明治四一年帰国後、大正五年まで大久保余丁町に住んだが、ここは市ケ谷監獄所の裏に当たり、八幡は坂の上の高台に見上げるような位置にあった。

766 ＊
『荷風書誌』 ●寂芝「人影もうくか野中のむめのはな」(『続山彦下』)。
767 ＊ ●茂秋「行く春を巣から覗くやほととぎす」(『類題発句集』)。
768 ＊ ●竹の秋　春先に竹の葉が枯れたように黄ばむこと。大江丸「いざ竹の秋風聞かむ相国寺」(『俳
769 懺悔』)。
770 「創作ノート」
771 「創作ノート」
772 ＊
773 ＊ ●涼しさや　既侑「涼しさや橋の贔屓の長みじか」(『古今俳諧明題集』)。 ●橋の上　荒尾直久
「出て涼め宿といすかの橋の上」(『時勢粧』)。以下775まで類句。
774 ＊　森井書店提供
775 ＊「山水洞」(昭和一四年九月二五日、山水堂書房)
776 ＊ ●猪牙　猪牙舟。隅田川を上り下りした吉原通い専用の快速舟。一茶「猪牙舟もついついついぞ
時鳥」(『文化句帖』)。
777 ＊ ●風かをる　白雄「風かをれ唐とやまとの墨の色」(『白雄句集』)。 ●定家の机　文人・歌人など
が用いる小机。杉風「橘や定家机のおき所」(『藤の実』)。
778 ＊　東都版第五巻口絵 ●其角「樟脳に代をゆづり葉の鎧かな」(『小弓俳諧集』)。蕪村「薫風やもよ
ぎ匂ひの鎧ぬぐ」(『落日庵句集』)。
779 ＊ ●蕪村「薫風や恨みなき身の夏ごろも」(『夜半叟』)。

780 ＊

781 ＊ ●281と類句か。昭和二年関根歌を壷中庵に囲っている折の詠句か。

782 ＊ 『おもちゃの風景』(昭和三九年四月二九日、奥野信太郎著、三月書房) ●小沢蘆庵「思ふどちかたらふ宵のほととぎす心とけてや声もをしまぬ」(『六帖詠草』)。

783 ＊

784 ＊ ●紋ところくづし　着物の家紋のデザインを染め直して恋人の紋にしたり恋人と自分のとをならべた比翼紋などにする。貞徳「ぬるてふや尾花が袖の紋ところ」(『崑山集』)。

785 ＊

786 ＊ ●味噌餡は「味噌痺」に作るも誤りとして訂した。

787 ＊

788 ＊

789 ＊ ●打水　庭先や往来に水を撒いて涼気を誘い、土埃がたたぬようにすること。介我「打水や壁より落つる蝸牛」(『其便』)。

790 「創作ノート」 ●路通「老いを啼くうぐひす思へきのふけふ」(『俳諧故人五百題』)。

791 ＊

792 ＊ ●治天「昼の蚊や机の下の手ならひ子」(『正風彦根体』)。一茶「昼の蚊を後ろに隠す仏かな」(『一茶句集』)。

793 「手帖 甲」 ●笑安「武蔵野にあまるやふじの霙さけ」(『崑山集』)。

794 ＊

795 ＊ ●名も知れぬ路地の稲荷　『濹東綺譚』には玉ノ井遊郭の路地の奥に玉の井稲荷曹洞宗東清寺（現、東京都墨田区墨田三―一〇―一二）があることが叙されている。闌更「名もしれぬ木はなほあはれ帰り花」（『俳諧発句題叢』）。

796 ＊

797 ＊ ●紹巴「あづま屋のなほあまりあるあやめ哉」（『大発句帳』）。

798 ＊ ●一茶「梅咲くや門跡を待つ青畳」（『文政句帖』）。

799 ＊ ●赤茄子　トマトの異称。●耳かくし　大正時代に大流行した女性の髪形。パーマで波打たせた髪で左右の耳を蔽うようにして後ろでたばねた。昭和前後には赤茶色に脱色することも流行った。

800 ＊ ●雪の下　虎耳草。谷川のほとりなどの陰湿地に自生し、庭にも栽植する常緑多年草。夏に小さな花びら三枚の下に大きな花びら二枚の可憐な花を咲かせる。麦林「隠者を尋て」と前書して「花の名の夏なき庭や雪の下」（『麦林集』）。

801 ＊ 森井書店提供　●敷紙　和紙を厚く貼り合わせ渋などを塗った敷物。夏の季語。

802 ＊ ●屋根船　隅田川を遊覧する屋根つきのやや大型な船。

803 ＊

804 ＊ ●春信の柱絵　鈴木春信（一七二五?―一七七〇）の描いた、縦七〇センチ前後、横一二、三センチの縦長の浮世絵。春信は荷風が『江戸藝術論』で絶賛する浮世絵師。柱絵は簡単な軸装に仕立てて柱の節や穴を隠すためにつりさげられた。一八世紀半ばから一九世紀にかけて制作された。

805 ＊ ●紅絵　紅摺絵。錦絵誕生以前の浮世絵で、墨を基調に紅や緑、黄などの色を摺り出したもの。錦絵ほどの多彩な配色は認められない。

806 ＊ ●涼菟「硯から海山ちかし窓の秋」(『山琴集』)。
807 ＊ ●抱一「龍胆や慈鎮の菊の後に咲く」(『屠龍之技』)。
808 ＊ ●芭蕉「名月や北国日和定めなき」(『おくのほそ道』)。
809 ＊ ●注219、526参照。
810 「手帖 甲」
811 ＊ ●和山「行秋や時雨を含む峰の雲」(『たびしうゐ』)。
812 ＊ ●代地　代地河岸。注95参照。
813 ＊ ●観音堂　金龍山浅草寺の観音菩薩を祀った本堂を指す。
814 ＊ ●芭蕉「観音のいらか見やりつ花の雲」(『うら若葉』)。
815 ＊ ●注686参照。寥松「横雲に背中淋しき鉢たゝき」(『八朶園句叢』)。
816 ＊ ●注83参照。
817 ＊ 小堀杏奴「飯田屋の「どぜう」」(昭和三四年七月一日「酒」)
818 ＊
819 ＊ ●鬼貫「遊女の絵に」と前書きして「どのかたを思ふてゐるぞ閨の月」(『誹諧寂栞』)。
820 ＊ ●立鶴子「朧夜や眼鏡かけても朧月」(『陸奥衛』)。
821 ＊ ●蔦もみぢ　注525参照。暁台「つた紅葉下戸を住まする扉かな」(『暁台句集』)。
822 ＊ ●これ　霜を指す。凡河内躬恒「心あてに折らばや折らん初霜のおきまどはせる白菊の花」(『古今和歌集』秋下、『百人一首』)。
823 ＊ ●乙州「このまゝに罪つくる身の日は永し」(『卯辰集』)。

824 ＊ ●十三夜　陰暦九月一三日の月見。後の月。

825 ＊ ●柚味噌　柚子を甘辛く煮込んで作る味噌。程己の句に「隠者を尋ねて遇はず」(『三体詩』などに見られる詩題)と前書して「喰残す柚味噌の釜のいとどかな」(『韻塞』)。歌女「柚味噌や淋しからぬも友に寄る」(『発句類聚』)。●類柑子　榎本(下)其角の遺稿集。其角の俳文・発句・連句などを弟子があつめた俳書。宝永四年(一七〇七)刊。

「手帖　甲」

826

827 ＊ ●千代尼「初時雨風もぬれずに通りけり」(『五車反古』)。

「手帖　甲」　●芦本「つばくらの居なじむそらやほとゝぎす」(『続猿蓑』)。

828

829 ＊ ●冬の蠅　荷風自身を暗示。荷風は其角の「憎まれてながらふる人冬の蠅」(『続虚栗』)に因んで自作の随筆に『冬の蠅』と命名。

830 ＊ ●注829参照。

831 ＊ ●几圭「及びなき人を見初る松の内」(『其雪影』)。

832 ＊ ●注658参照。

833 ＊ ●6の改案か。　●茶屋　花柳界にある料亭や待合茶屋。

834 ＊ ●4の改案か。

835 ＊ ●注834参照。

836 ＊ ●注834参照。

狂歌

837 明治四五年一月三日付巌谷小波宛　●こそ〳〵と　人に知られないように何かするさま。狐鼠狐鼠と表記するので「子年」と縁語。明治四五、大正元年の干支は壬子。●悪玉　悪人。荷風の自称。

838 大正二年一一月一日「大窪多与里」(「三田文学」)　●以下839までは大正二年一〇月八日大田南岳に肖像を示されて詠んだ狂歌。●故郷に帰りて　ここでの故郷は東京で、明治四一年の五年に亘る欧米外遊からの帰国を指す。●忘れな草　春に五弁の可憐な青紫の花を咲かせる多年草。米国で交情を深めたイデス(「西遊日誌抄」)を暗示。●ぺん〳〵草　三味線草。このころ交際し、翌年結婚する新橋の芸妓八重次を暗示。蕪村「妹が垣根三味線草の花咲ぬ」(『初懐紙』)。●引け四ツの夢　四ツは午後十時頃を指す。この時間を吉原などの花柳界では表向きには閉店終業の時刻とした(実際には九ツの午前零時または大引けとされる午前二時)。

839 大正二年一一月一日「大窪多与里」(「三田文学」)　●玉の教　神聖なる教訓。金科玉条。曲亭馬琴が『南総里見八犬伝』で仁義礼智忠信孝悌という八つの儒教道徳の文字を記した霊玉を使ったことをふまえる。「砕けよ」はそうしたありがたい教えを全面否定するの意。●全き瓦　まごうことのない瓦礫のような自分。荷風の自称。「玉砕」と「瓦全」の対比に興じた。●宿る草の名　宿根八重かすみ草を指し、芸妓八重次の名を暗示する。

840 大正四年一二月一二日付黒田直道宛　●片歯の歩み　通常二つある下駄の歯がひとつで歩行がおぼつかないさま。●筆　「筆」に同じ。江戸時代は草冠と竹冠を通用する。

841 大正四年一二月一二日付黒田直道宛 ●待てば甘露の日和 じっと待っているとよい時節が到来するの意。「甘露」は「海路」としても人口に膾炙。荷風の「濁りそめ」に「待てば甘露の日和とやら云ふ事、この辛き世に有哉無哉」。

842 大正四年一二月一二日付黒田直道宛

843 大正四年日付不明久米秀治宛 ●得手に帆を 順調なすべり出し。笹麿「…つくすたはけのかほみせによき評判とえてに帆をあけてあてたるふきや町…」(『徳和歌後万載集』巻十三)。 ●明舟町 東京市の町名。芝区西久保明舟町。現在の東京都港区虎の門二丁目。「金比羅」は北隣の芝区琴平町(現、虎の門一丁目)にある金刀比羅宮。荷風は大正一四年の暮れより交情を深めていた大竹トミを翌年一月に江戸見坂下明舟町に囲った。

844 大正四年画帖 ●三味線の皮にかきける 三味線の皮に語句や詩歌を記すのは風流人の常で、酒井抱一は韓愈の「孟東野序」に「物の其の平を得ざれば則はち鳴る」とあるのを踏まえて三味線の皮に「孟東野」と記した。 ●水調子 三味線の絃を緩くはり音程を低くするもの。 ●しのび駒 「駒」は三味線の絃と皮の間に挟んで音程を調節する道具。「しのび駒」は特に音量を抑えるためにつかう。

845 大正四年画帖 ●一番町より大久保築地と移り住み 荷風の父永井久一郎は明治二七年一〇月に小石川区金富町四五番地から麹町区一番町四二番地の借家に移り、明治三五年五月二日に牛込区大久保余丁町七九番地に移った。父の没後、大正四年五月には京橋区築地一丁目六番地に転居した。

846 大正四年日付不明久米秀治宛 ●注843参照。

847 大正四年画帖 ●敗荷 明治四五年七月八日付啞々井上精一宛書簡に「意気とみに銷沈いよいよ残柳舎敗荷と改名可致哉」とあり、「敗荷」と署名。注212参照。 ●水鳥のういた心 読み人知らず(紀貫之)「水鳥のうきて心はまどふかなみやぢの池に年はへぬれど」(『夫木和歌抄』雑)。

848 大正四年画帖　●注847参照。

849 大正五年五月一日「矢はずぐさ」(「文明」)　○『机辺之記』(昭和一一年四月三日、青燈社) 二・三・五句「せなかもやかて」「円火はし」「老をまつかな」　●唐衣橘洲「世にたつはくるしかりけり腰屏風まがりなりには折かゞめども」(『徳和歌後万載集』巻十)。

850 大正五年五月一日「文明」　●時は今天が下　四世鶴屋南北作「時今也桔梗旗揚《ときはいまききやうのはたあげ》(馬盥の光秀)」(文化五年七月江戸市村座初演)の三幕目「愛宕山連歌の場」で主人公武智光秀が度重なる恥辱を受けて主君小田春永に謀反することを決意し連歌師里村紹巴に披露した句「時は今天が下知る皐月かな」に拠る。　●雨声会　明治四〇年六月を初回として総理大臣西園寺公望が日本の文学者を招いて主催した歓談の宴。荷風は明治四四年一一月の第六回から招かれている。

851 大正七年八月一四日「毎月見聞録」　●芭蕉「物いへば唇寒し秋の風」(『芭蕉庵小文庫』)と藤原敏行「秋来ぬと目にはさやかにみえねども風の音にぞおどろかれぬる」(『古今和歌集』)とを「秋の風」でつなぎ合わせた。

852 大正七年八月一五日「毎月見聞録」

853 大正七年八月一五日「毎月見聞録」　●戸をたてゝ　家に閉じこもって。家を閉め切って。『蒙求』題「孫敬閉戸」を踏まえる。

854 大正七年一二月三〇日東都版・中公版・岩波版

855 大正一四年五月一六日東都版・中公版　●俗諺「女房と畳は新しいほうがよい」の畳を麦わら帽に替えた措辞。

856 大正一四年五月一六日東都版・中公版・岩波版

857 大正一四年六月三日東都版・中公版・岩波版　●行先　牛籠遅道「赤杉のゆもとをさして行先も箱根ときけば打つけた旅」(『狂言鶯蛙集』巻九)。●雞の林　雞林。韓国南部の慶尚北道慶州市にある新羅の王族慶州金氏の発祥の地。転じて朝鮮半島を漠然と指す。

858 ＊　大正一五年

859 昭和五年七月二日東都版・中公版・岩波版　●863は類歌でいずれも「バレ歌」。

860 昭和五年七月二日東都版・中公版・岩波版　●都々逸「恋に焦がれて鳴く蟬よりも鳴かぬ蛍が身を焦がす」。

861 ＊　昭和六年　●類歌854。昭和六年の干支は辛未なので「羊」を詠んだ。

862 ＊　昭和一〇年代　●邯鄲のゆめ　邯鄲は中国河北省の都市名で古代中国趙の都。唐代小説「枕中記」の、盧生という若者が道士に借りた枕で昼寝をしている間に五十年間の人生の栄枯盛衰を夢見て悟るという故事で、謡曲『邯鄲』などで人口に膾炙する。●契　男女の交合。「契なりけり」は歌語。

863 ＊　昭和一〇年代

864 昭和一二年四月『濹東綺譚』(私家版)挿入写真　◎『永井荷風日記』第四巻(昭和三四年三月二日、東都書房)口絵写真　●里の名を　遊里の名を。遊び場所の名前を。紫式部「里の名をわが身に知れば山城の宇治のわたりぞいとど住み憂き」(『新拾遺和歌集』雑中)。●しらつゆの玉　歌語。玉ノ井遊郭に掛けている。『伊勢物語』第六段「芥川」に「白玉かなにぞと人の問ひし時露と答へて消なましものを」。●井深きそこ　一度はまったらなかなか脱しえぬ色欲の深淵の意味を掛ける。

865 昭和一五年一月一八日東都版・中公版・岩波版　●辰巳の里　深川遊郭。荷風は「夢の女」で深川を舞台とした。●うしと見し世ぞ　藤原清輔「ながらへば又このごろやしのばれんうしとみし世ぞいまは恋しき」(『百人一首』)。

866 昭和一五年一月一八日東都版・中公版　○岩波版　五句「老のさか道」。

867 昭和一五年一二月一五日東都版・中公版　○岩波版　四句「誰が堀りそめし」。●川竹の「川竹の身」で遊女のあてどない境涯を指す。高橋万里に「北里静玉楼にあり」として「川竹のながれもきよく身そぎしてかへる四つ手に秋風ぞふく」(大田南畝『細物推理』)。蜀山人に「遊女花姿が竹の画に」と前書して「川竹のふしどをいでばきぬぎぬのそでひきとめてはなつまじくや」(『万紫千紅』)。長唄「枕獅子」に「川竹の流れ立つ名の憂きことば」。

868 ＊

869 ＊

870 昭和一五年一二月一五日東都版・中公版　○岩波版　二句「洗ふときけば」。

871 昭和一六年一月一二日東都版・中公版・日歴　●872は改案。

872 昭和一六年一月一二日岩波版

873 昭和一六年二月一五日東都版・中公版・日歴　●874は改案。仏仙「雪とのみ思へば月の寝覚め哉」(『俳諧新選』)。

874 昭和一六年二月一五日岩波版

875 昭和一六年三月二三日東都版・中公版・日歴　●876は改案。兵衛「五月雨のはれせぬころぞかつまたの池もむかしのけしきなりける」(『続詞花和歌集』夏)。

876 昭和一六年三月二三日岩波版

877 昭和一六年三月二三日東都版・中公版・日歴 ●878は改案。●言問ふ 尋問するの意と言問橋とを掛けた。●角袖 警官の異称。明治期に私服警官が角袖外套を着用していたことに由る。

878 昭和一六年三月二三日岩波版

879 昭和一六年四月二二日東都版・中公版・日歴 ●880は改案。安嘉門院四条「あさがほにいくほどまさるわが身とて花をあだには今もみつらん」(『安嘉門院四条五百首』)。

880 昭和一六年四月二二日岩波版

881 昭和一六年四月二二日東都版・中公版・岩波版・日歴

882 昭和一六年一〇月二八日東都版・中公版・日歴 ○岩波版 初句・二句「酒肴みな売切に」。●酒さかな つぶり光「花の山色紙短冊酒さかな入相のかねにしめて何程」(『狂歌才蔵集』巻二)。●鳴海潟 愛知県の歌枕である海浜の名と「売り切れに成る」の「成る」とを掛けた。

883 昭和一六年一〇月二九日東都版・中公版・岩波版・日歴

884 昭和一六年一〇月二九日東都版・中公版・岩波版・日歴 ●藁火 稲の収穫後に山積みとなった藁に火をつけた焚火。

885 昭和一六年一〇月二九日東都版・中公版・岩波版・日歴 ●陰暦の正月一六日と七月一六日とを、地獄の鬼が亡者の呵責を休む日とする「地獄の釜の蓋が開く」という俗諺をふまえる。

886 昭和一六年一一月二四日東都版・中公版・岩波版・日歴 ●揚出し 上野池之端には老舗料理屋「揚出し」があり、早朝より営業し吉原から帰る客に「揚出し豆腐」を供していた。●里のむかし かつての吉原の様子。荷風に吉原について述べた随筆「里の今昔」がある。●生酔 泥酔。前後不覚に酔いしれること。四方赤良「生酔の礼者をみれば大道を横すぢかひに春はきにけり」(『狂歌才蔵集』

巻一）。

887 昭和一七年二月二日東都版・中公版・岩波版・日歴　●後京極摂政「はかなくも花の盛をおもふかなうき世のかぜはやすむよもなし」（『夫木和歌抄』）。

888 昭和一七年二月二日岩波版　●889は改案。増基法師「たかしまやまつのこずゑにふくかぜの身にしむときぞしかもなくなる」（『万代和歌集』秋下）。

889 昭和一七年二月二日東都版・中公版・日歴

890 昭和一七年二月三日東都版・中公版・岩波版・日歴

891 昭和一七年四月五日東都版・中公版・日歴

892 昭和一八年八月一六日岩波版　●893は改案。大江千里「月見ればちぢに物こそかなしけれわが身ひとつの秋にあらねど」（『古今和歌集』秋上）。

893 昭和一八年八月一六日付大賀渡宛

894 昭和一九年九月二〇日岩波版

895 昭和二一年四月二三日東都版　●石部金吉「鉄炮のかくれすみなる山里にたま〳〵人もねらひくるなり」（『徳和歌後万載集』巻十）。

896 昭和二一年四月二二日岩波版　〇日乗稿　五句「風の調を」。●慈円「ひとりすむわが山里のまろ木はし世をゆく人のわたるものかは」（『拾玉集』）。

897 昭和二一年四月二三日東都版　●898は改案。正徹「山と見し庭のよもぎが杣人のたよりもたえてかる冬かな」（『草根集』）。

898 昭和二一年四月二二日岩波版・日乗稿

899 昭和二一年四月二三日東都版　●900から902までは改案。
900 昭和二一年四月二三日岩波版
901 昭和二一年四月二三日日乗稿
902 昭和二一年四月二三日日乗稿
903 昭和二一年四月二三日東都版　○岩波版　二・五句「世の行末は」「思ひ知られて」。●慈円「みだれゆくよにこそたのめもろこしをわが国になすすみよしの神」(『夫木和歌抄』雑)。
904 昭和二一年四月二三日東都版・日乗稿(四月二四日)　○岩波版　二・五句「さはぎもやまぬ」「夢もみるかな」。
905 昭和二一年四月二二日岩波版　●906、907は改案。●われにもあらず　われを忘れて。源仲綱「心さへわれにもあらずなりにけり恋はすがたのかはるのみかは」(『千載和歌集』恋四)。
906 昭和二一年四月二四日日乗稿
907 昭和二一年四月二四日東都版
908 昭和二一年四月二三日岩波版　●916は改案。
909 昭和二一年四月二三日日乗稿　●類歌910。
910 昭和二一年四月二四日東都版・岩波版(四月二三日)
911 昭和二一年四月二四日東都版・日乗稿　○岩波版(四月二二日)　四句「もどる我家を」。
912 昭和二一年四月二四日東都版
913 昭和二一年四月二三日岩波版・日乗稿(四月二四日)
914 昭和二一年四月二四日東都版　○岩波版(四月二二日)　初句・二句「鶯もこゝろして鳴け」。●うぐ

ひすも　時鳥のみならず鶯もの意。後鳥羽院「ほととぎすこころしてなけたち花のはなちるさとの夕暮の空」(『後千載和歌集』夏)をふまえる。

915 昭和二一年四月二四日日乗稿

916 昭和二一年四月二四日東都版

917 昭和二一年四月二四日東都版・岩波版(四月二二日)　○日乗稿　二・五句「人や尋ねん」「小道歩めば」。

918 昭和二一年四月二四日日乗稿

919 昭和二一年四月二四日日乗稿

920 昭和二一年四月二四日日乗稿

921 昭和二二年「南畝先生手蹟帖に題す」　●おれが書　大田南畝蜀山人の書き遺したもの。荷風は二代目左団次とともに南畝の書物や筆跡を収集し、その書体を模した。注641参照。

922 昭和二三年四月七日岩波版

923 昭和二三年八月一五日岩波版

924 昭和二四年一〇月二五日岩波版　○『葛飾土産』(昭和二五年二月一五日、中央公論社)　四・五句「またふりかゝる村雨のこゑ」。

925 昭和二四年一〇月二五日岩波版　○昭和二四年一一月一一日付籾山梓月宛　四句「ひるも昔の」。●人の来ぬこそ嬉しけれ　伝蜀山人の狂歌に「世の中は人来るこそうるさけれとはいふもののおまへではなし」、内田百閒はそれを転じて「世の中は人の来るこそうれしけれとはいふもののおまへではなし」と興じた(「おまへではなし」)。樗良「むめが香に誰も来ぬこそうれしけれ」(『樗良発句集』)。

926 昭和二四年一〇月二九日岩波版　●烏瓜　注644参照。

927 昭和二五年二月一五日『葛飾土産』挿入写真　●この里も　この片田舎も。こうした山里でも。師光「この里もうらなれにけりあさたてばみやこを出でしここちのみして」(『師光集』)。●住めば都　俗諺。どこに住もうとも住み馴れればそこが大都会のように居心地がよいの意。桂華「沢山に住めば都のひがし山」(安永八年笈脱いだ百韻)。●三たび来て見るまゝ川の花　葛飾の市川で川のほとりに咲く桜を三度見た。「まゝ川」は手児奈が入水自殺を遂げたとされる入江で現在の真間川。千葉県市川市を漠然とさす歌枕。荷風は昭和二一年一月一六日杵屋五叟一家とともに熱海から市川市菅野二五八番地に転居してから、翌年一月七日には菅野二七八番地の小西茂宅に寄寓、翌二三年一二月二八日に菅野一一二四番地に購入した自宅を終焉の地とした。

928 昭和二五年二月一五日『葛飾土産』挿入写真　●弘法寺のしだれ桜　弘法寺は真間山弘法寺で、天平九年(七三七)に真間川に入水した手児奈を供養するために行基が創建したと伝えられ、現在、千葉県市川市真間四―九―一にあり、境内には樹齢四百年ともされる枝垂れ桜がある。

929 昭和二八年五月五日岩波版　●姥桜　葉が出る前に花を咲かせる彼岸桜などの意と、老齢の女性の意とを掛ける。●木のめのかすむ　木の芽に春霞のかかるさまと老眼がかすむ意を掛ける。

930 昭和二八年五月五日岩波版　●富貴　牡丹の異称を富貴草という。注738参照。

931 ＊　●つきぢ門跡　築地本願寺。「築」は手を「つく」との掛詞。

小唄他

頁行

一八五2　「夏の雨」　大正一五年四月一日「郊外」掲載。

一八五3　●口舌した　男女の口喧嘩。痴話喧嘩。常磐津「五人囃子」に「いつもの口舌の無理酒に」。

一八五4　●切戸　裏のくぐり戸。芝居小屋の楽屋口。常磐津「夕月」に「一寸切戸を開けてんかいな」。

一八五8　「無題」　大正一五年四月一日「郊外」掲載。

一八五10　●小桜　こぶりな桜。女性の比喩。長唄「執着獅子」に「誰が小桜憎からぬ」。

一八五11　●池の柳にや蛙がとまる　竹田出雲作「小野道風青柳硯」(宝暦四年初演)に風に揺れる柳の枝に何度も飛びつこうとして失敗していた蛙が遂に成功する姿に励まされて道風が書に上達したという話が取り込まれている。

一八六2　●翼かはしてぬれ燕　長唄「都鳥」に「翼かはして濡るる夜は」。

一八六4　「新橋」　大正一五年四月一日「郊外」掲載。

一八六5　●橋　出雲橋。東京市京橋区竹川町と木挽町(現在の銀座七丁目)をつないで三十間堀川に架かっていた橋。荷風の「見果てぬ夢」にこの橋上からの眺望が叙されている。

一八六8　●築地の河岸　注33、219参照。

一八六10　●鍋町　東京市京橋区南鍋町一丁目、二丁目。

一八六11　●金春　金春新道。新橋芸者発祥の地で界隈に料亭が多かった。現在の銀座八丁目。「いつ来ん春」を掛けている。

一八六12　●日吉　赤坂日枝神社。日吉山王権現を祀るゆえにこう表記されることもある。東京市の京橋区、麹町区、芝区といった花柳界が栄えていた土地の人を氏子とする。「首尾のよい日」を掛けている。

一八七1　「よし町」　大正一五年四月一日「郊外」に掲載。　●よし町　葭町。芳町。日本橋の東にあって明治十年頃から隣接する蠣殻町に米商会があったため花柳界として発展、元大阪町、住吉町、葭町、浜町三丁目の歌妓を総称して「葭町芸者」と呼んだ。「すみだ川」のヒロインお糸は葭町芸者になった。

一八七3 ●かりがね　秋の景物「雁がね」と借金の「借り金」を掛けた。

一八七5 ●中洲　江戸中期の安永四年(一七七五)から天明八年(一七八八)まで大川(隅田川)と箱崎川が分かれる場所は埋め立て地「三俣《みつまた》」として船宿・料理茶屋でにぎわっていたが、明治一九年に至って再び埋め立てられて、真砂座という劇場を囲んで花柳界を形成した。荷風「桑中喜語」に言及あり。

一八七7 ●一ツ目　東京市本所区千歳町と元町をつないで竪川に架かる一ノ橋のこと。隅田川の中洲をはさんで対岸には葭町の花柳界が控えていた。

一八七8 ●島田　芸者がよく結ったつぶし島田という髪型。清元「双六」に「鬢のほつれの島田宿」。

一八八2 「松屋呉服店広告用端唄」　大正一五年七月二三日東都版・中公版・岩波版に掲載。

一八八4 ●羽織の紋どころそつと崩して　羽織についている自家の家紋を染め直して、恋人の家紋と合体簡略化した紋に変える。

一八八4 ●比翼　比翼紋。相思相愛の男女がそれぞれの家紋を組み合わせてひとつの紋所とすること。

一八八5 ●たて縞　着物の柄でたて筋が入ったもの。

一八八5 ●子持じま　着物の柄で太い縞の間に細い縞が入ったもの。

一八八5 ●川といふ字に寐て見たい　夫婦と子供で蒲団を並べて寝たい。夫婦となって子をなしたい。

一八八8 「わかれて…」　昭和三年四月二〇日東都版・中公版・岩波版に掲載。

一八八11 ●せめては夢をたよりにて　清元「茶筅売り」に「せめて頼みの夢さへも」。

一九一1　●無理な願に日をくらす　常磐津「五人囃子」に「無理な願も恋の意地」。

一九一4　「市川や清きながれの…」　昭和四年一〇月一〇日東都版・中公版・岩波版に掲載。●市川や　四代目沢村訥升(一九〇八-七五、大正一五年襲名)のことを詠じた端唄なので、市川は昭和四年に義父となった二代目市川左団次(一八八〇-一九四〇)。訥升はこの後左団次と離縁する昭和一一年まで市川松筵を名乗る。

一九一4　●松の木蔭の蔦の門　市川左団次の家紋である「松皮菱に鬼蔦」を言い換えたもの。

一九一8　「上汐に風も…」　昭和一七年六月二五日東都版・中公版・日歴に掲載。○岩波版「松ヶ枝」「見わたす景色は」「佃ぶし　合ノ手　いつか」「うかぶ梢の」。●上汐に　常磐津「三人生酔」に「山谷堀まで上汐に」。

一九一8　●船の内　清元「青海波」に「筑波がのぞく船の内」。

一九一8　●首尾の松　吉原通いの客が隅田川を舟で北上する際に、西岸の浅草御米蔵の四番堀と五番堀との間にあって、その長い枝を川面にさしかけているこの松を船上で見ながら吉原での首尾いかんを占ったという。清元「梅の春」に「首尾の松が枝竹町の」。

一九一8　●金龍山の塔　金龍山浅草寺の境内にある五重の塔。

一九一9　●佃節　隅田川を上り下りする船上で芸者が三味線を奏でて唄を添えた曲。またはそれを摂取した歌舞伎の下座の音楽。清元「卯の花」に「船は家根船佃節」。

一九一9　●山谷堀　隅田川西岸の待乳山聖天と今戸神社の間にあった堀。隅田川を引き込んだこの堀は今戸から山谷まで続いており、ここを吉原通いの船客が舟の乗降場としたため、船宿や料理屋が軒を並べていた。現在、東京都台東区浅草七丁目で堀は埋められ公園となっている。

一九〇1 「こゝろにもないこと…」 画軸に掲載。

一九〇1 ●柳影 川岸に立っている柳が作るこかげ。長唄「浅妻船」に「入るや岸根の柳蔭」。

一九〇2 ●駒下駄 さし歯ではなく、一本の杉、朴、桐などをくりぬいて作った下駄。駒下駄の形態でさし歯にしたものを日和下駄という。江戸中後期に流行し、主たるはき手として下町の女性が想定される。清元「累」に「駒下駄はいて歩いたら」。

一九〇2 ●茶屋 料亭、出合い茶屋など、男女が密会する場所。

一九〇5 「琴唄行秋」 昭和三年九月四日『おもかげ』写真版に掲載。

一九一1 「荷風薫色波」『日乗』昭和一一年二月二二日に掲載。●『日乗』同日の条に「昨夜久辺留茶店にて吉住小六郎余が旧作脚本の中に在りし浄瑠璃を録して示さる。長唄に節付するなりと云ふ」として引用する。語り物音曲としての浄瑠璃だが、本作は長唄よりも清元に近く、殊に「梅柳中宵月《うめやなぎなかもよひづき》(十六夜《いざよひ》)」との関連が顕著である(児玉竜一氏示教)。

一九一2 ●行水に 長唄「二人椀久」に「行水に映れば変わる飛鳥川」。

一九一2 ●蓮の浮葉 自堕落なさまを指す「蓮葉」を掛ける。清元「十六夜」に「蓮の浮気や一寸惚れ」。

一九一2 ●溜池 農業用水を蓄えておくための人工の池。ここでは後に「氷川明神」や「赤坂」が出てくるので、広重の『名所江戸百景』にも描かれた赤坂溜池を指す。明治半ばには埋め立てられて町となった。

一九一4 ●しめりがちなる鐘の音 雨もよいで湿気の多いため鐘の音もくぐもって聞こえる。清元「お半」に「空に雨持つ鐘の音も」。

一九一4 ●えにし桐畑 「桐」は縁を切るとの掛詞。長唄「お七吉三」に「浮世を思ひ桐銀杏」。

一九一4 ●夢の短夜　清元「雁金」に「結びし夢も短夜に」。

一九一5 ●二人連れ立つ死出の旅　「死出の旅」は男女が相対死にするための外出。心中のための道行文であることが分かる。長唄「珠取蜑」に「二人連れ立ち」。

一九一13 ●蕾のままの若衆振り　まだういういしさの残る少年。美少年。常磐津「角田川」に「つぼみのままに散りしゆえ」。常磐津「神楽娘」に「粋な若衆がはりあげる」。

一九二1 ●量見して　勘忍して。

一九二1 ●郭　吉原。

一九二2 ●松の位の君　松の位の太夫。吉原でも最上級の遊女。「吉原細見」で松の印がその名前の上に付けられた。秦の始皇帝が暑さに苦しんだ折に心地よい影を供した松に太夫の官職を授けたという故事による。常磐津「松の緑」に「松の位の外八文字」。長唄「老松」に「松の太夫のうちかけは」。

一九二2 ●比翼連理の石ぶみ　夫婦合葬の墓碑。「比翼連理」は中唐、白居易「長恨歌」に見える語で、雌雄の翼がつながった鳥、雌雄の枝がくっついた樹木を指し、男女の仲睦まじいさまを形容。常磐津「松の羽衣」に「連理の枝に比翼の鳥」。長唄「執着獅子」に「比翼連理のかはゆらし」。芝居では、鳥取藩士平井(白井)権八が同僚を殺害した咎で鈴ヶ森で処刑に遭った後、吉原で平井が馴染みを重ねた遊女小紫がその墓前で自害したという事件があり、ふたりが合葬された墓が目黒不動尊仁王門そばにあって「比翼塚」とされていることが有名で、「江戸《えど》名所縁曽我《めいしょゆかりそが》」(安永八年五月江戸森田座初演)、「驪山比翼塚」(同年七月江戸肥前座初演)などこの事件に取材した権八小紫物が一系譜をなしている。

一九二3 ●山の手遠き氷川なる、明神様　赤坂氷川神社。治暦二年(一〇六六)創建、徳川吉宗の厚い庇護を受け、享保一五年に一ツ木台地から現在の場所(東京都港区赤坂六―一〇―一二)に遷宮。

一九二 4 ●水茶屋　神社への参詣客が茶や菓子で休憩する場所。江戸後期には水茶屋の看板娘が鈴木春信の浮世絵などに描かれて客を集めた。茶屋の看板娘といえば江戸谷中笠森稲荷門前の「鍵屋」のお仙と二十軒茶屋「蔦屋」のおよしとが有名。荷風は前者について「恋衣花笠森」を記し、谷中大円寺に「笠森阿仙乃碑」を建てた。

一九二 4 ●二世の縁　夫婦となって来世まで添い遂げようと誓うこと。常磐津「釣女」に「二世の縁神の御前で祝言は」。

一九二 4 ●障子を一寸立膝に　障子も閉めるか閉めないかの状態で、立膝のままあわただしくも。

一九二 5 ●恥も白露の　恥も知らずに男女が情を交わして。清元「曽我菊」に「尾花に結ぶ白露の」。

一九二 5 ●賤しい勤　賤しい勤めの身。吉原の女郎であることを指す。清元「徒《あだ》な勤めを実にして」。

一九二 6 ●清水谷　清水坂脇の谷地。清水坂は俗に紀州藩、尾張藩、井伊家の藩邸が隣接しているため紀尾井坂と呼ばれる。三藩の中屋敷であった谷地は現在清水谷公園となっている。ここでは「恋の誠が染みる」との掛詞。

一九二 6 ●赤坂に「深き心をあけすけに」との掛詞。

一九二 6 ●汐見坂　伊皿子台から下る坂道で榎坂から直結する。坂下に松平大和守の藩邸があったので大和坂とも呼ばれる。江戸中期までは坂上から江戸湾が見えた。

一九二 7 ●葵の堰のせく水　赤坂溜池が江戸城外堀の一部を構成していることを指す。

一九二 11 ●後生のさはり　死後来世で添い遂げることの妨げ。清元「累」に「後生大事の殿後ぢやと」。

一九二 11 ●闇の夜　実際に月もなく暗い夜の意と恋の煩悩ゆえに現実が見えなくなっているの意を掛ける。

長唄「枕獅子」に「闇の夜は吉原ばかり月夜かな」。この句は其角の句(『武蔵曲』)の引用。

一九一11 ●これが此世の見納と　清元「十六夜」に「これが此世の別れかと」。

一九一12 ●互に抱き月影も　清元「十六夜」に「互に抱き月影も」。

一九一14 ●つなぐ縁も今日かぎり　清元「十六夜」に「此世で添はれぬ二人が悪縁」。

一九一14 ●覚悟はよいか　清元「十六夜」に「死なうと覚悟を極めし上は」。

一九三1 ●「南無あみだ仏」　清元「十六夜」に「南無阿弥陀仏」。

一九三2 ●パッと飛立つ水鳥の　二人が入水した暗示。清元「十六夜」に「ざぶんと入るや水鳥の」。

一九三2 ●浮寐　鳥が水に浮いたまま寝ているさまと男女がかりそめの添い寝をすることを掛けている。凡河内躬恒「なみだ川まくらながるるうきねにはゆめもさだかにみえずぞありける」(『古今和歌集』恋一)。

一九三2 ●あはれを風につたへけり　清元「十六夜」に「浮名を跡に残しける」。

解　題——文章家荷風、荷風文学における漢詩と俳句

池澤一郎

のっけから私事に渉って恐縮だが、流行に支配される現代に生きる者の常として、筆者もまた大学受験に際して予備校なるものに通ったことがある。お茶の水にある某予備校であった。大学教授顔負けの名物講師を揃えているとの評判もあり、人気講師の講義には立ち見も出ていた。そうした人気講師に直接話しを聴く機会が予備校生に提供されたことがあり、筆者はエネルギッシュな語りが魅力的で、現在も都内の私立大学でアメリカ文学を講じる英語のT講師を二、三の同級生と囲んだ。筆者がT講師にぶつけた質問は「先生はどんな時に人生の至福を感じるか」という陳腐なものであった。T講師曰く、「すわり心地のよいロッキングチェアーに身をもたせ掛けて、極上のブランデーを啜りながら、荷風全集を繙いている瞬間を仕合せと感じるね」、と。その当時筆者は荷風の文章に接したことすらなかったが、ブランデーと同じような陶酔感を読者に味わわ

せてくれる文章の作り手として荷風の名前を銘記した。

いささか旧聞に属する私事を引っ張り出して語るまでもなく、読書人の間に荷風を文章家として愛《め》で、その文章に陶酔する風はあまねく行き亘っている。ここではむしろ、「俳諧の何たるかを余に教ゆるもの」(本書所収「江戸庵句集序」)と評するほどに荷風に畏敬され、俳人荷風を鍛え上げるのに、あるいは巌谷《いわや》小波《さざなみ》の木曜会以上に与って力のあったとおぼしい籾山《もみやま》梓月《しげつ》の言葉を紹介しておこう。大正五年(一九一六)四月二十七日付荷風宛梓月書簡の一節である。

矢筈草愈《いよいよ》おもしろく行文の妙、実に〳〵驚嘆の外無之候。昨日石田氏の曰く「紅葉以来の文章家」なりと。予曰く「何ぞ以来と云はん」と。

通俗小説『金色夜叉』を、その彫心鏤骨の文章のみで不朽の作品たらしめた尾崎紅葉を稀代の文章家として捉える風は既に大正文壇に通有のものであったが、荷風が新橋の芸妓巴屋八重次《やえじ》との出会いと別れとを綴った随筆「矢筈草《やはずぐさ》」の文章を紅葉を凌ぐものとする讃辞を梓月は呈していた。既に自ら文章家たるべきことを自覚して「思想があつても此れを他人に伝へる発表の方法がなければ思想がないのも同様でせう。だから私は文学者の一番苦心しなければならない点は文章だと云ふのです。私は外国のものを読む毎《ごと》に、日本の文学者は一層文章の為めに苦しまなければならないと思ひますよ」(「冷笑」)と述べていた荷風が、かかる梓月の讃辞にほくそえまなかったはずはない。

荷風の陶酔感を帯びた文章を支えているものはその溢れんばかりの詩情であり、その詩情は若い頃からの俳句、漢詩への傾倒に裏打ちされているものである。私見では、寺田寅彦が漱石の俳句、漢詩について述べた次のような言説はほぼそのまま荷風の俳句、漢詩についても当て嵌まりそうなのである。

ともかくも先生の晩年の作品を見る場合にこの初期の俳句や詩を背景に置いて見なければほんたうの事はわからないのではないかと思ふ事がいろいろある。少なくも晩年の作品の中に現はれてゐるいろいろのものの胚子がこの短い詩形の中に多分に含まれてゐることだけは確実である……先生の俳句を味はう事なしに先生の作物の包有する世界の諸相をながめる事は不可能なやうに思はれる。また先生の作品を分析的に研究しやうと企てる人があらばその人はやはり充分綿密に先生の俳句を研究してかかる事が必要であらうと思ふ。

（「夏目先生の俳句と漢詩」昭和三年五月、「漱石全集月報」）

寺田は漱石の遺した「俳句はレトリックのエッセンスである」という発言をも右の文章中で伝えてくれている。荷風の文章のエッセンスもまた俳句と漢詩とである。荷風の文章には豊富な詩情とそれを裏打ちする、自覚的に付与された音楽性・リズム感がある。主としてこれらを形成しているのが、俳句・漢詩の実作と鑑賞とによって鍛えあげられた、七五調と訓読のリズムとであろう。七五調のリズム体得には、黙阿弥劇のセリフや江戸音曲に関する造詣の深さも与って力がある。これに加えるに、一語一語の凝縮しかつ重層性を帯びた意味内容、風景描写に横溢する季節感、そしてなによりも悲哀感と背中合わせの艶情への拘泥といった要素がその類稀な詩情を形作っている。

荷風の文章の陶酔感は、意図的にその詩情を殺そうとした「おかめ笹」や戦後のモーパッサン流の冷徹なリアリズムを実現した「買い出し」などの少数の例外を除いて、詩情を奔出させたものに濃厚である。「すみだ川」、「松葉巴」(「新橋夜話」)、「うぐひす」、「花瓶」、「腕くらべ」、「葡萄棚」、「雨瀟瀟《あめしょうしょう》」、『濹東綺譚』といった系譜の作品群に顕著なのである。筆者の個人的な嗜好では、荷風文学において詩情を掬すべきはまず随筆に指を屈する。小説ではあっても、「雨瀟瀟」や『濹東綺譚』なぞは、随筆体小説とでも称すべきもので、たとえば本書所収の「雪の日」と並べた場合区別がしにくい。しかし、荷風随筆の妙味を説くことは別席での話柄として、ここではいわゆる小説に分類される作品について語ろう。習作期の「夢の女」なども捨てがたいにしろ、やはり帰朝直後の「すみだ川」をその文学的生涯の前半を画するものと捉え、東洋文人趣味と艶情とが抱き合わせになった「雨瀟瀟」がその後の高峰をなし、随筆では『葛飾土産』まで枯渇することなく続く詩情が、小説ジャンルでは崩壊せんとする直前の『濹東綺譚』をして後期を代表させうることは大方の追認する所であろう。この三作については後に触れる。

今回、荷風の俳句と漢詩とを一通り読み直すに当たって、作品の中に奔放に詩情を解き放った、こうした系譜の作品を読み直してみたが、その系譜の原初に位置する文章のひとつとして「上海紀行」があることを再認識した。

「上海紀行」は荷風十八歳の明治三十年(一八九七)九月に、父久一郎が日本郵船会社上海支店支配人として再度上海に渡るのに、母と弟と同行した際の日記で、翌年二月刊の『桐陰会雑誌』に、同時に賦した漢詩連作「滬遊雑吟《こゆうざつぎん》」とともに発表された。日記の文章と漢詩との連作とは互いに相補う内容を有するが、漢詩を訓読して並べてみると両者は等質のものであることが一目瞭然とする。「小史」は荷風の自称である。

小史悄然船上に孤立すれば九月新涼。風は露を含む多し。知らず青衫《せいさん》已に湿《うるほ》ふを。水夫時に鐘を叩くこと十一点。気冷又冷。小史乃《すなはち》船房に入《いり》て眠る。暗潮枕を打て篷窓に泣く急。短夢幾度か回《めぐ》る。頭上の電気燈光青く孤客の痩影黒く壁上にあり。

（「上海紀行」入黄浦江）

暗潮枕を打ちて　夢成し難く、奈《いか》んともする無し　愁人此の夜の情。独り船頭に立ちて苦ろ《ねんご》に首を回《めぐ》らせば、満江の風雨　三更に逼《せま》る。

（「滬遊雑吟」火輪船中作）

もとより詩としての表現の凝縮、語句の倒置ということはあるが、舟の甲板に立ってひとしきり旅愁にふけった後に、船室に入って寝《しん》に就くも、うたた望郷の念にさいなまれて夢を結び難いといった両者の内容は合致し、「暗潮枕を打」つという措辞は共通する。つまり、十八歳の荷風は後年ひとしお表現が円滑になるけれども、すでに『濹東綺譚』作後贅言にも基調として存する漢詩文訓読体のスティルをほぼ手中にしていたことが推察される。と同時に漢詩と交錯するような文章にはすでにたっぷりと詩情が湛えられていることは見やすい。ほどなく門を叩いて創作の指導を受ける広津柳浪に試作を見せて「永井は最初からズバ抜けて才能があつた」といわしめる(広津和郎『年月のあしおと』)だけの詩情を備えた文章の作り手で、既に十八、九の荷風はあったのであり、『断腸亭日乗』で四十餘年持続される漢文訓読体の文体は既に十代後半にその基本を備えていた。

文章家荷風を論じて、荷風の若年期の漢詩に及んだので、俳句に先立って荷風の文章における漢詩の位置を確かめておく。荷風の漢詩に対する態度は一口にいえば、愛憎併存である。若き日に漢詩人でもあった父の感化を受け、十歳の頃より『大学』『中庸』の素読を近隣の漢学者に授けられた。東京英語学校や中学で正課として漢学を修めるのみならず、自ら進んで父の紹介で岩渓裳川《いわたにしょうせん》に入門したのが十七歳の時であり、「裳川門では評判があり、作詩の数も相当あつた」(今関天彭「一楽居士」『雅友』第六十二号、一九六四年六月)が、帰朝後の「冷笑」などでは「人間が折角持つてゐる自己特別の感情を圧迫して、如何に此れを一定の方式中に当てはめべきかと云ふ、苦しい処を苦しくないやうに見せる手際を悟る」などと繰り返し漢詩文否定の言辞を吐いている。父の死後、その家父長的拘束から脱して、却って東洋文人趣味を体現した漢詩人永井禾原《かげん》として憧憬する口吻を弄し（「父の恩」）、終生の師である鷗外の儒者の史伝を模して江戸漢詩人の評伝「下谷叢話」を書き綴ると思いきや隅田川に自作の漢詩の旧稿を放擲したりしている（『断腸亭日乗』昭和三年八月二十八日）。その時、川に放擲された旧稿の中には「滬上紀行一巻」「紅蓼白蘋録《こうりょうはくひんろく》」と題するものと「雨瀟瀟」の草稿たる「紅箋堂佳話《こうせんどうかわ》」とがあったが、前者は右の「上海紀行」と「滬遊雑吟」とを併せたものであろうし、後者は「夏の町」、「下谷の家」に抄出された漢詩によってその一部が伝わる。また放擲した漢詩草稿は「濹上春遊二十絶　存十首」（明治三十一年二月二十六日『桐陰会雑誌』、本書所収）をも含んでいたであろうが、隅田川東岸の木母寺を詠じた第十首を、荷風は二十七年後の大正十五年四月六日に二世左団次の歌舞伎座楽屋の襖の木母寺河上の画に題した。一方で川に漢詩の草稿を放擲した昭和三年より後にも、左団次の為に七絶を詠じている（『断腸亭日乗』昭和六年七月九日の条、本書所収）。

若年期から晩年まで終生作り続けた俳句とは事変わり、漢詩についてはかかる複雑な態度を持していたのは、恐らく岩渓裳川門下で学んだ頃を頂点として、それ以後、古今東西の文藝への多岐に亘る荷風の嗜好が、漢詩人として熟練の域に達しうるまでに漢詩制作に没頭することを許さなかったことに帰因するものであろう。しかしながら、荷風の文章の骨格をなすものとして、漢詩文に関する素養が存し続けたことは紛れもない。

荷風文学中期の高峰をなし、東洋文人趣味と詩情の横溢する「雨瀟瀟」にはあまたの東西の詩歌が引用されているが、中に就いて、森春濤「春詩百題」(『春濤詩鈔』甲籤巻之四)其一(春寒)の

六扇《りくせん》の紅窓《こうそう》掩《おお》ひて開《ひら》かず
半庭《はんてい》の糸雨《しう》残梅《ざんばい》を溼《うる》ほす
春寒凍了《しゅんかんとうりょう》す笙《しょう》を吹《ふ》く手《て》
妙妓《みょうぎ》の懐中《かいちゅう》より暖《だん》を取《と》り来《きた》る

の起句と結句とを引用して「妓を擁せざるもパンを抱いて歩めば寒からずと覚えず笑《えみ》を漏らした」と記しているのは印象深い。この春濤詩は荷風が愛誦置くあたわざるものであったごとくで、「丙寅春日」と題する自作の絶句(本書所収)の転句に「六扇の紅窓　風暗《ひそ》かに入り」と詠じたのは、春濤詩の起句を転用したものである。

荷風が岩渓裳川門で学んだものに『三体詩』があるが、中世から近世を経て、近代に至っても『唐詩選』と並んでよく読まれたこの詩集は、主に中晩唐期の詩人の作を集めたもので、唐朝が異民族の侵入などで衰滅に向かって行く時期の頽廃美を詠じた詩が多いという点で、いかにも荷風の嗜好にかなうアンソロジーであった。中でも司空曙の「病中妓を遣《や》る」という七絶は荷風が常住忘れえなかった作品で、

万事《ばんじ》傷心目前《しょうしんもくぜん》に在《あ》り
一身憔悴《いっしんしょうすい》して花《はな》に対《たい》して眠《ねむ》る
黄金《おうごん》用《もち》ひ尽《つく》して歌舞《かぶ》を教《おし》へ
他人《たにん》に留与《りゅうよ》して少年《しょうねん》を楽《たの》しましめよ

という四句の中、前半二句を、大正四年四月十四日付井上啞々宛書簡に「此頃身辺の事すべて万事傷心在目前一身憔悴対花眠の一首に云尽されたる心地致居候」などと自身の心境を代辯させるために引用する。さらにはほぼ同じ頃大正五年初めに発表された「花瓶」という小説では、題名の由来をなす重要な小道具である花瓶に同じ起承句の十四字

を染め付けさせ、主人公政吉をしてこの「十四字が宛《さなが》ら小房に対する自分の身の行末を占ふもの」といわしめている。僅かに伝わる荷風自作の漢詩に目を転じても、「邦枝君大雅正之　丁卯歳秋分前一日」と題する絶句(本書所収)の「書剣十年《しょけんじゅうねん》唯だ自ら憐《みずかあわ》れみ、如《し》かず　午夢《ごむ》　花《はな》に伴《ともな》ひて眠《ねむ》るに」という前半部は明らかに司空曙詩の第二句に学んだものであるし、「辛未歳春日書懐二首」其二(本書所収)の「花《はな》は落《お》ちて　晩風冷《ばんふうひや》やかなること秋に似たり、一身多病閑愁《いっしんたびょうかんしゅう》に慣れたり」という前半もまた「一身憔悴対花眠」を典範とするものであろう。昭和五年二月十四日の『断腸亭日乗』には、おりしも番町の壺中庵に囲っていた関根歌から、妾の身分を返上して再び芸妓になりたいといわれた荷風が、本詩全体を引用して「余が今日の悲しみを言尽したり」と述べた後、野口寧斎の『三体詩評釈』の中から本詩について述べた部分をも引用し、「余満腔の愁思を遣るに詩を以てせむと欲するも詩を作ること能はず、僅《わずか》に古人の作を抄録して自ら慰むるのみ」という謙辞を綴っている。さらに云えば、大正六年に草稿「紅箋堂佳話」を脱し大正十年に発表された「雨瀟瀟」のプロットが、彩箋堂《さいせんどう》主人が身請けして江戸音曲の極北たる薗八節《そのはちぶし》を習わせていた小半という芸妓が若い活動辯士と恋に落ちて主人を裏切ったので絶縁するというものなのであるが、これはあだかも「黄金用ひ尽して歌舞を教へ、他人に留与して少年を楽しましめよ」という司空曙詩の後半の内容に合致するのである。注記すれば、「雨瀟瀟」執筆の折に荷風の脳裏にたゆたうていたのは、大正四年二月に新橋芸妓巴屋八重次と離別した後の悲哀であり、昭和五年二月十四日の関根歌が「左褄《ひだりづま》取る身になりたし」といった場合とは異なる。「雨瀟瀟」において荷風は杜牧や王次回、あるいは森春濤などの漢詩作品を自らの胸中を代辯せしめるために効果的に引用するにとどまらず、その全体の構成もまた漢詩に拠るものであったために、全篇に詩情が横溢するものとなったのである。

荷風は古今東西の漢詩集を耽読し、意に叶った作品は反復暗誦し、注釈書なども参観する好学癖も示して、あるときは文章の中に原文のまま引用して自己の心懐を託し、またあるときは自作の漢詩として再生させ、さらには小説作品の構成要素、プロットとして詩句を用いていたのである。文章家荷風を支える礎石のひとつとして漢詩文はかかる比重を占めていた。

「雨瀟瀟」に即して、荷風の文章における漢詩の占める位置を見定めたところで、今度は俳句の実作鑑賞が文章家荷風を築き上げるのにいかに貢献しているかを測定したい。まずは「雨瀟瀟」の中にある横井也有の『鶉衣《うずらごろも》』絶賛の一文を見ておきたい。

鶉衣の文章ほど複雑にして蘊蓄《うんちく》深く典故によるもの多きはない。其れにも係はらず読過《とっか》其調の清明流暢なる実にわが古今の文学中その類例を見ざるもの。和漢古典のあらゆる文辞は鶉衣を織り成す緯《よこいと》と成り、元禄以後の俗体はその経《たていと》をなし、これを彩るに也有一家の文藻と独自の奇才を以てす。

ここには荷風自身が抱いていた自身の文章の理想像が提示されているといってよい。既に見た漢詩文の効果的な引用のある「雨瀟瀟」においてその理想の一半は到達せられているといってよい。あとの一半は江戸音曲の素養であり、俳文や発句を含む俳諧文学への傾倒であり、さらにはフランスの藝文への心酔などによって形作られている。

お半二度左褄取る気やら又《また》晴れて活辯と世帯でも持つか其《そ》の後の事はさつぱり承知致さず。折角《せっかく》の彩箋堂今は主《あるじ》なく去年尊邸より頂戴致候秋海棠《しゅうかいどう》坂地にて水はけよき為め本年は威勢よく西瓜の色に咲乱れ居候折柄実の処銭三百落したよりは今少し惜しいやうな心持一貫三百位と思召被下べく候。まづは御笑草《おわらいぐさ》まで委細《いさい》如件《くだんのごとし》。

これは「雨瀟瀟」において金阜《きんふ》山人《さんじん》が彩箋堂主人から小半との破綻を打ち明けられた書簡の末尾であるが、この書簡において金阜山人から貰い受けた秋海棠の色彩を形容してやや唐突な「西瓜の色」という表現においては、典故たる芭蕉の「秋海棠西瓜の色に咲きにけり」(『東西夜話』)という句が効果を挙げていて、濃厚な俳趣味が髣髴とし、金阜山人が荷風ならば、彩箋堂主人は籾山梓月に擬せられるであろう。また小半の名は人形浄瑠璃『桂川連理柵《かつらがわれんりのしがらみ》』の女主人公の名お半に由来するのであり、その浄瑠璃の原曲が薗八節の代表曲である「桂川恋の柵」であることも想起されておいてよい。荷風は「柳嶋画賛」として

葡萄酒の色にさきけりさくら艸

という句を詠んでいるが、これは右の「雨瀟瀟」書簡に溶かしこまれた芭蕉句を舌頭に転がす日常から案出されたものといえよう。漢詩と同じく俳句もまた気に入ったものは反復暗誦せられて、ある時は小説の文章のさびとして生かされ、またある時は自身の句作の契機となっていたのである。

詩情横溢する荷風の文章の中で俳趣味の濃厚なものの一つに「すみだ川」がある。主人公長吉の理解者として俳諧師蘿月《らげつ》が登場することがその一因をなす。

田圃《たんぼ》づたひに歩いて行く中《うち》水田のところ〴〵に蓮の花の見事に咲き乱れたさまを眺め青々とした稲の葉に夕風のそよぐ響をきけば、さすがは宗匠だけに、銭勘定の事よりも記憶に散在してゐる古人の句をば実に巧いものだと思返すのであつた。

ここで荷風の念頭にあった「古人の句」が何であったかは知らない。しかし人はここで蕉門の白雪の「水際のこころもとなし蓮の花」(『流川集』)や、林紅の「ならび田へくぐる広さや蓮の花」(『続有磯海』)、月渓の「稲の葉の青かりしよりかかし哉」(『五車反古』)などの古句を記憶の糸に手繰り寄せて、右のくだりの詩情を掬することができる。「すみだ川」の次の一節などは、芭蕉の「古池や蛙飛こむ水のおと」(『春の日』)を荷風がいかに鑑賞していたかを髣髴とさせるものである。

古寺は大概荒れ果てて、破れた塀から裏手の乱塔場がすつかり見ゑる。束になつて倒れた卒塔婆と共に青苔の斑点に蔽はれた墓石は、岸といふ限界さへ崩れてしまつた水溜りのやうな古池の中へ、幾個となくのめり込んでゐる。無論新しい手向の花なぞは一つも見ゑない。古池には早くも昼中に蛙の声が聞ゑて、去年のままなる枯草は水にひたされて腐つてゐる。

荷風文学の特徴の一たる荒廃、退嬰の詩情を涵養するのに俳文学が与って力のあったことが理解されよう。

正面に待乳山を見渡す隅田川には夕風を孕《はら》んだ帆かけ船が頻りに動いて行く。水の面の黄昏れるにつれて鷗の羽の色が際立つて白く見える。宗匠は此の景色を見ると時候はちがふけれど酒なくて何の己れが桜かなと急に一杯傾けたくなつたのである。

「すみだ川」の右の叙述では、戸田茂睡《とだもすい》の待乳山上の歌碑「あはれとは夕越てゆく人もみよまつちの山に残すことの葉」あたりの元禄ぶりを潜ませて文をやった後、後半では滑稽本や落語(「長屋の花見」「寄合酒」)などでおなじみの川柳「酒なくて何の己れが桜かな」を引用して卑俗な詩情を振り撒いてみせる。正に活殺自在の筆致なのである。

「すみだ川」において俳諧師蘿月が登場することは、全篇に俳趣を行き亘らせる機能を果たしているのみではない。蘿月の存在は河竹黙阿弥の芝居『小袖曽我《こそでそが》薊色縫《あざみのいろぬい》(十六夜清心)』(安政五年二月江戸市村座初演)の世界が本作にオーバーラップしていることを示す標識である。蘿月は序幕「稲瀬川の場」で隅田川に入水した十六夜を舟に救い上げる俳諧師白蓮の分身に他ならない。

「すみだ川」で長吉の胸からほとばしる切ない詩情が最も高鳴るのは、長吉が病後の散策の途次、浅草観音裏にあった宮戸座という小芝居の劇場に立ち寄り、立見席で「稲瀬川の場」の清元の出語りに聞き惚れ、その浄瑠璃を口ずさみながら隅田川畔の風景に陶然とする場面であろう。長吉は翌日もまた宮戸座で同じ芝居を観た。長吉の感慨が荷風自身のものでもあったことは随筆「春のおとづれ」に、歌舞伎座でやはり「十六夜清心」を観劇した後に、興奮さめやらぬまま、築地川のほとりを経巡る記述にも確認されよう。

「雨瀟瀟」が薗八節の情調を全篇に通底させ、『新橋夜話』「松葉巴」が「哥沢節《うたざわぶし》」への傾倒を披瀝する作品であるのと同様に、「すみだ川」は清元節への思い入れが篇中にふんだんに看取される。先にも触れたように荷風の江戸音曲の素養は尋常一様のものではなかった。「町中に掘割に沿うて夏の夕を歩む時、自分は黙阿弥翁の書いた「島衙《しまちどり》月白浪《つきのしらなみ》」に雁金に(の)結びし蚊帳もきのふけふ——清元の出語がある妾宅の場を見るやうな三味線的情調に酔ふ事が屢《しばしば》ある」(「夏の町」)などと荷風の清元節への愛好は、大の清元好きで数々の詞章を自身で作りもした河竹黙阿弥への高い評価(『紅茶の後』鋳掛松)と背中合わせのものであった。さすれば同じ劇通として交遊のあった小山内薫の「私が黙阿弥物を読んでいつも感心するのは、その詞の美しい事である」(「三人吉三」随筆)という評言はそのまま荷風のものであったとしてよい。文章家荷風を支える大きな礎石として俳句、漢詩に加えて江戸音曲や黙阿弥劇などの七五調のセリフが存することをくどくも繰り返しておく。荷風の江戸音曲、清元愛好の精華を、偶然『断腸亭日乗』に書き留めておいてくれた自作の清元に認めることができる。この清元の浄瑠璃「荷風薫色《はすのかぜかをるいろ》波《なみ》」(本書所収)に知人が長唄の節をつけるのだと荷風は『日乗』に記すが、部分的には自然描写を主調とする長唄的要素はあるにせよ、この作は何といってもお辰と柳吉の心中の道行きを叙したものであり、男女の口舌、愛憎のセリフが基調となっているところが、いかにも清元的なのである(倉田喜弘氏、児玉竜一氏ご示教)。つまり黙阿弥の十六夜清心の「稲瀬川の場」で太夫が出語りで唄い、「すみだ川」の長吉が宮戸座でそれに聞き惚れ川畔を散策しながら口ずさむ清元「梅柳中宵月《うめやなぎなかもよひづき》(十六夜)」の、十六夜清心が入水自殺する隅田川を赤坂溜池に暗転させれば、「荷風薫色波」の世界となる。末節の入水前後の条りには、語彙レベルでの踏襲すら認められる。

「すみだ川」には長吉が隅田川東岸の陋巷を歩き、そこが本所中郷竹町であることを知り、ゆくりなく為永春水の『梅暦《うめごよみ》』の世界を思い出すくだりがある。荷風が若いころより江戸戯作を耽読し、一時期などは自分の書斎の机上に窓からの採光がしかねるほどに、人情本が積み上げられるほどであった(「為永春水」)というのは周知の事であろう。洒落本、人情本、滑稽本といった戯作の世界には、今から考える以上に四季折々の風景描写が織り込まれており、俳文学との連接点も枚挙に遑《いとま》がない。

梅《うめ》一輪《りん》一輪づつの暖かさ。春の日向《ひなた》に解けやすき雪の中裏なかなかに、憂き事つもる仮住居。それさへ兼て米八《よねはち》が、三筋の糸《いと》し可愛さの、女の一念真実に、思込んだる仕送りを、請けてその日の活業《なりわい》は、世間《ひとまえ》つくる丹次郎……

これは『新橋夜話』「風邪ごこち」の冒頭部分である。置炬燵に当たる男が差し向かいの風邪気味の女に『梅暦』の右の一節を読んで聞かせている。冒頭の「梅一輪」の句は、「梅一りん一輪ほどの暖さ」の形で蕉門の嵐雪作とされるもの（『旅寝論』）。荷風が愛した其角とともに蕉門では江戸座という都市系俳諧の祖と仰がれる人物である。

人情本や先行する洒落本の文章が冒頭に発句を掲げたり、文中に鏤めたりすることはよくあることで、山東京伝の洒落本『古契三娼《こけいさんしょう》』は其角の「鐘一ツうれぬ日はなし江戸の春」（『五元集拾遺』）から語り出される。

江戸音曲のような唄い上げる調子で春水の文は流れているが、俳諧の発句が江戸音曲の詞章に鏤められることはしばしばあることで、先に引用した「夏の町」に引かれる黙阿弥の清元の語り出しも「雁金の結びし蚊帳もきのふけふ」という発句であった。其角の「我が雪と思へば軽し笠の上」（『雑談集』）を冠して「我が物と思へば軽き傘の雪、恋の重荷を肩にかけ、妹がり行けば冬の夜の、川風寒く千鳥なく。待つ身はつらき置火燵、じつにやるせがないはいな」などという端唄もあった。本稿では、荷風の文章における漢詩、俳句、江戸音曲などの機能を見極めようとしているのであるが、それぞれが個々に機能しているのではなく、渾然一体と融合して機能している面があるわけなのである。

荷風文学後期の秀作『濹東綺譚』は、「雨瀟瀟」と相似た随筆体小説である。両者ともに自作も含めてふんだんに古今東西の詩歌の効果的な引用が認められる。決定的に違うのは、後者が荷風と梓月とを髣髴とさせる金阜山人と紅箋堂主人との高雅な趣味人の、山の手を舞台とする風交が基盤となっているのに対し、前者は作者の分身たる主人公と陋巷の遊里に生きる女性とのはかない交情を描くもので、冬になっても蚊が絶えない溝の汚水の臭気鼻をつく場末の陋巷が舞台であるが故に、漢詩・和歌・連歌の掬い取れない卑俗さと背中合わせの詩情を掬しうる点で、俳趣がいっそふんだんなのである。糞尿にすら詩美を見出しうる俳諧は、溝と蚊とに詩情を味わう『濹東綺譚』にうってつけなのである。つとに明治四十五年の「妾宅」において荷風は「希臘《ギリシヤ》、羅馬《ローマ》以降泰西の文学は如何ほど熾《さかん》であつたにしても、未だ一人として我が俳諧師其角、一茶の如くに、放屁や小便や野糞までも詩化するほどの大胆を敢てするものは無かつた」と喝破していた。『濹東綺譚』全篇では明治末に莫逆の友井上唖々を深川長慶寺裏の長屋に訪問した折々に成った八句(本書所収、私家写真版だとさらに八句を加える)の自作俳句の再録部分前後の叙述に俳趣はあふれる。

『濹東綺譚』の主人公が玉ノ井に出掛けるに際して「古ズボン」「古下駄」「古手拭」といったもので一種の変装をなし、すっかり場末の陋巷に溶け込んで得られたくつろぎを叙したくだりに「じだらくに居れば涼しき二階かな」という句を引く。これは本来元禄俳人去来(宗次)作の「じだらくに寝れば涼しき夕かな」(『猿蓑』)を変えたものであるが、この引用などにも『濹東綺譚』の世界がいかに俳文藝の世界に合致しているかが示されていよう。

漢詩のことでいえば、荷風が『日乗』で小唄にでも翻訳したいと述べた『紅楼夢』の「秋窓風雨夕」の引用などが秀逸な効果を上げているが、その直後いわゆる「小説的結末」を省筆しての突如の擱筆宣言とともに、ありうべき「結末」として、無言のまま玉ノ井から遠のいた主人公とヒロインお雪が偶然邂逅する場面の例として「楓葉荻花秋は瑟々たる刀《と》禰《ね》河《がは》あたりの渡船で摺れちがふ処などは、殊に妙であらう」としているのが心に残る。「楓葉荻花秋は瑟々たる」という形容句はいうまでもなく、中唐、白居易「琵琶行」の中の句である。『古文真宝前集』に収録されている詩であるから、かつての日本人は荷風のこの言に「琵琶行」の世界を想起して、汲めども尽きせぬ詩情に浸れた。荷風も若き日より「琵琶行」を踏まえた措辞を自作の詩中に織り込んでいた(「滬遊雑吟」

長崎夜泊、浦東、本書所収)。

『濹東綺譚』といえば、玉ノ井というもと水田のあぜ道が路地をなすような陋巷であり、地図でもなければよそ者は即刻路に迷うラビラントが舞台であることを誰もが想起する。荷風がかかる迷路のような町に詩情を嗅ぎ取ったことには背景がある。『新橋夜話』「昼過ぎ」に次のような一節がある。

尋ねる人を尋ねかね、迷ひ迷つて行く先々の横丁の角。古寺の門の前、掘割の橋袂には、仰いでも見えない花火をば唯だその響だけに迷はされ、若い男女の立騒ぐ様子といひ、燈火の少いその辺の夏の夜の薄暗さ、何処からともなく立迷つて来る蚊遣りの煙。それでもたうたう溝泥臭い引汐の、唯ある溝川に架けられた殊に危い木橋を渡つて、幾度か下駄の鼻緒を切らうとした凸凹な路地道に、漸く思ふ侘住居を尋ねあてたその時の光景……。

荷風が三十代の頃から既に迷路のような世界に踏み迷うことに詩趣を汲んでいたことが右の一節に知れるのであるが、この詩趣が如何に俳味を帯びているかは、たとえば蕪村の「蚊遣り火や柴門多く相似たり」(『新五子稿』)や「枸杞垣《くこがき》の似たるに迷ふ都人《みやこびと》」(『落日庵句集』)と引き比べて見れば、歴然たるものがあろう。蕪村の句は『三体詩』所収雍陶の「城西にて友人の別墅を訪ふ」の転結句を踏まえている。

澧水橋西小路斜
日高猶未到君家
村園門巷多相似
処処春風枳殻花

澧水橋西小路《れいすいきょうせいしょうろ》斜《なな》めなり
日《ひ》高《たか》くして猶《な》ほ未《いま》だ君《きみ》が家《いえ》に到《いた》らず
村園門巷《そんえんもんこう》多《おお》く相似《あいに》たり
処々《しょしょ》の春風《しゅんぷう》　枳殻《きこく》の花《はな》

まさにラビラントの詩情を奏でる絶句である。先述したように荷風が十代後半に岩渓裳川に就いて学んだ『三体詩』所収の詩であるから、荷風愛誦の一詩であったと推定でき、その証左として荷風が「三田文学発刊の辞」(『紅茶の後』所収)に『三田文学』発刊の準備中にあまたの文学者の家を訪ね、「生垣続きの分りにくい番地は村園門巷多相似、処々春風枳殻花の句を思はせた」と綴っていることが挙げられる。ラビラントの詩情は、『濹東綺譚』に満開の花を咲かせるに至るが、これが若い頃からの漢詩や俳諧への親昵を原基として、少しずつ育まれて行ったものであったという消息が見てとれる。ここでも俳諧と漢詩とが分かちがたく一体化して荷風の文章を形作っていたことが認められる。

荷風の俳句、漢詩、狂歌、江戸音曲などを集成してその詩藻を改めて味わい尽そうとする本書の解説であるが、それぞれを別箇の作品として把握するのではなく、主として文章の中に如何に融解して、荷風一流の名文を形成しているかを見ようとした。既に引用したように荷風は横井也有の俳文の「蘊蓄深く典故によるもの多」くしてかつ「其調の清明流暢なる」を理想の文章としていた。しかしこれは何も「雨瀟瀟」執筆時に始まったことではなく、既に三十代の「すみだ川」などにも十分にさあらんとする傾向を認めることができた。荷風の文章はまさに滋味深くして、舌さきに何度ころがしても餘韻の消えない極上のブランデーのようであった。それを支えるものとして本書に収録された作品から理解される俳句、漢詩、音曲、そして江戸戯作への荷風の傾倒があった。

T先生。あなたは二十年前に荷風の名文の味わいを一予備校生にお伝えになったことを御記憶であろうか。

本書の編者加藤郁乎氏は、昨年五月十六日に楽郊に帰せられた。本書の内容構成をほぼ整えられた後の事であった。『俳句集』と題しながらも、狂歌・漢詩・江戸音曲の詞章さらには高雅な俳趣掬すべき五篇の随筆までをも集成して、荷風の詩藻の全貌を窺おうとする編者の手腕には舌を巻く他はあるまい。あまつさえ、私家版『濹東綺譚』等より、俳句・漢詩・音曲と写真との配合を抽出して、現代版題画文学の妙を呈示されたことには幾度讃辞を捧げても及ぶものではない。自ら好んで絵筆を執り、着賛した荷風の文人精神の深奥に迫る試みに読者をいざなうものだからである。

恩師雲英末雄先生と風雅の交わりを訂せられ、詩人の飯島耕一氏の御引き合わせもあったために、生前の加藤氏にはひとかたならぬご厚情をかたじけなくしている。本書完成の暁に共に酌もうとのお言葉が今も耳底に残っていて、まなかいにちらつくその温容とともに筆者の力となった。また『濹東綺譚』の舞台に幼少期を過ごし、そこに登場する玉の井稲荷曹洞宗東清寺(本書三三九頁に写真)に愛猫を葬りしごとき、筆者の個人的な荷風との浅からぬ因縁をも後ろ盾にして、本書の漢詩・俳句部分の注解の試みを最後まで漕ぎつけえた。もとより不備の謗りは免れないが、読者諸子には本書に併せて編者加藤郁乎氏の名著『俳人荷風』(岩波現代文庫)をお読みいただくことをお願いしたい。

ご苦労をかけた編集部鈴木康之氏とともに氏の墓前に本書を捧げ、氏が微苦笑を以て嘉納してくださることを祈るのみである。

二〇一三年二月末日

解　説

加藤郁乎

永井荷風は明治三十二年(一八九九)二十歳のとき一高生の俳句回覧紙「翠風集」に二十四句を発表、その終わりの昭和三十四年八十歳近くまで、およそ六十年を俳句に親しんだ。文人俳句の余技といってしまえばそれまでながら、荷風には俳人の血が受け継がれているのを忘れてなるまい。曽祖父には尾張の俳人として知られた士前(明治十一年没)があり、また祖父に芝椿(明治三十三年没)があり、いずれも諸方の俳友と交わり句集もあった。そうした荷風に唯一の句集『荷風句集』(昭和二十三年刊)があり、これは昭和十三年刊の『おもかげ』に収めた「自選荷風百句」を底本としたもので百十八句が録されてある。生涯七、八百句からを遺した荷風の俳句俳諧観をうかがう上で貴重の一本だが、これまでほとんど論じられていない。

わが発句の口吟、もとより集にあむべき心とてもなかりしかば、書きもとどめずなどとある自序からも察せられるように、いわゆる俳壇時流の俳人たちと没交渉だった荷風は一家の集など思いもよらぬ他人事であったろう。当世風の新派俳句よりは俳諧古句の風流を慕い、江戸情趣の名残を終生追いもとめた荷風の句はたしかに古風、遊俳にひとしい自分流だったにすぎない。『日和下駄』を十七文字化した俳味、頽廃落魄の趣味が身上といえばいえよう。しかし、其角や太祇、くだって抱一あたりの風に通う俳趣には捨てがたい味わいがある。

出そびれて家にゐる日やさし柳
八文字ふむや金魚のおよぎぶり
秋雨や夕餉の箸の手くらがり
下駄買うて簞笥の上や年の暮

四季折々より一句宛て引いてみたが、やはり荷風俳句の妙味は戯場色町などに材を得た人事句にあったといってよい。

色町や真昼しづかに猫の恋
蝙蝠やひるも灯ともす楽屋口
　向嶋水神の茶屋にて
葉ざくらや人に知られぬ昼あそび
釣《つり》干《ほし》菜《な》それ者と見ゆる人の果

『断腸亭日乗』昭和十二年五月二十三日に、広瀬千香女史のすすめに応じ荷風百句を編纂した旨の記事が見えるが、それにしても百句とは厳しく、自選句集として百句（百十八句）はすくない方に属する。なぜ、かようの厳選態度に徹したか。文体を重んずるスタイリスト荷風は吟調の上でもおのれに厳しかっただろうことは容易に察せられるが、それればかりではあるまい。二度にわたる待合経営、これはそれぞれの愛妾にまかせた恰好ながら毎夜のように訪れている。そこでの戯れ句、あるいは妓女に与えた色紙短冊のなかには他に知られることをはばかった秘吟艶句がすくなくなかったかもしれぬ。

稲妻に臍《へそ》もかくさぬ女かな

右の句は『日乗』昭和四年九月一日に出、麴町三番町の待合幾代の隣家から一妓が来て請われるままに与えた四句のうちの一句、だが句集に採られていない。同月二十八日には、同じく句を請われ「吉日をえらむ弘めや菊日和」を与えており、これは「妓の写真に」の前書を付した上で『荷風句集』に収められた。『日乗』昭和二年十一月十日のくだりに、「午後多年よみ捨てたりし俳句を思ひ返して別冊にしるす、過半は忘れ果てたれど是日心に浮びたるもの凡二百句に近し、但しいづれも駄句のみ」とあり、注意されてよい。

江戸趣味の荷風が格別惹かれたのはやはり其角だった。『日和下駄』に述懐しているように、その『類柑子《るいこうじ》』(宝永四年刊)は愛読の書であり、岡野知十旧蔵の『其角七部集』(天明八年刊)を座右の書としている。「文明」第一巻第十二号(大正六年三月)の「毎月見聞録」に、

二月三日　雲白く月かゞやきて、いと静かなる今日の日も暮れうつりぬ。今宵節分

とて都大路の何とはなしにものめくも頼みある心地ぞせらる。

豆 を 打 つ 声 の 中 な る 笑 か な　　其角

まさしく家々の様なるべし

とあり、これは『五元集拾遺』から引かれており、荷風は其角句にかなり精通していたと思われる。

昭和十年、五十六歳の荷風は随筆『冬の蠅』を上梓、「憎まれてながらへる人冬の蠅といふ晋子が句をおもひ浮べて、この書に名つく」と自序で書名のよってきたるところを明らかにした。

長 ら へ て わ れ も こ の 世 を 冬 の 蠅　　荷風

『日乗』昭和二年十月二十一日、壺中庵記のむすびに右の一句が見えたが、これもまた『荷風句集』に採られなかった。自分流の俳句を大切にした散人の短冊など、たまに見かける。

＊

「文明」第十九号、その大正六年九月上旬より中旬にいたる「毎月見聞録」に、

九月一日　断腸亭主人自画像自賛の句

蜱と脛くらべせん露の宿

が見える。大正六年は荷風三十九歳、境涯の作というには遠く、自嘲の句とするには作りものの遊びが目に立つ。自嘲といえば、日夏耿之介の推賞を俟つまでもなく「紫陽花や身を持ちくづす庵の主」(昭和二年作)は古今人事句をかえりみて俳趣絶倫の作であろう。荷風の自嘲句には年季が入っている。たとえば関根歌女のために持たせた妾宅、壺中庵の記のむすびに置いた「長らへてわれもこの世を冬の蠅」は散人一代の句案だったと思う。しかし、これとて、私家版『冬の蠅』の序にも使われた其角の「憎まれてながらへる人冬の蠅」がすくなからぬ影を落としているのはいうまでもない。ついでながら荷風は何に拠って引いたかしらぬが、其角句の中七は「なからふる人」が正しい。ま、それ

はそれとして、籾山庭後、井上唖々などと大正五年に創刊した「文明」は毎号表紙に古句を掲げ、小泉迂外ほかの俳人より寄稿を得、さらには荷風小史の連載「矢はずぐさ」に江戸庵庭後の句を引いて讃えるなど、ひとり江戸趣味にとどまらず俳誌と見紛うばかりの俳味豊かな風流誌だった。だが、大正六年十二月に同誌から手を引くまでの荷風が示した句は前出のほか二作ほどにすぎない。巌谷小波の興した木曜会に入り俳名を生涯の筆名とした荷風がつぎつぎと境涯詠ほかを録して示すようになるのは、同年九月十六日に筆を起こす断腸亭日記、四十二年にわたる『日乗』に於いてである。

「われ俳才なく自作の句を記憶せず」(『礫川徜徉記』)とか、「自分は書家でも俳諧師でもない」(『にくまれぐち』)とか書いているが、これまた自嘲韜晦めかしの気味がなくもない。文人荷風の俳句は素人離れした余技の産物でありながら、折々清興も新たに思わず膝打って感じ入る佳句がすくなからずある。六十年、八百句に及ぼうとする並々でないその句業は謂えば断腸亭俳諧とでも称すべき玄人受けのする手すさびであった。私家版『濹東綺譚』にみずから撮影した玉の井界隈の写真それぞれに形影伴うごとく入れた自作の十句(あるいは九句)、これらを吟味することなく『おもかげ』に収められた「自選荷風百句」のちの『荷風句集』のみを云々して、江戸座好みの余業とするのは当らぬ。其角堂雪中庵の遺風を慕い、遊里歌舞音曲にかかわる詠句が多いのはたしかながら、決して江戸座好みではなく江戸好みの趣味に徹したまでである。そもそも江戸座の称は点取俳諧の宗匠による二大流派からきたもので、独立独往、誰の世話になることもなく自分流で鍛えた荷風には迷惑千万の濡れ衣、いや、買い被りだったと同情する。荷風の俳句を江戸座好みとする従来の説を不当として駁したのは、筆者の知るかぎり『絵入墨東今昔』の伊庭心猿あるのみ。人生には三つの楽しみがある、一に読書、二に好色、三に飲酒と『日乗』かどこかに書いてあったが、みずから恃むところ高き散木荷風には文事淫事を問わず市井人事のことごとくが四季とりどりの句となり得た、それでよいではないか。

『日和下駄』で往昔の江戸を偲び、かつがつ便利に媚びる文明批判をぶつけつづけた荷風だったが、この東京散策記へのささやかの不満をいえば其角、素堂などの句がときたま引かれるくらいで、下町山の手への徘徊趣味よろしく拾えたであろう自作の遊吟あたり一句として見られぬ。小説随筆俳句とかぎらず昔日の東都風景をいかに活写採り入れるか、これは荷風文学の最大の主題である。『日和下駄』後日譚にひとしい連作ほかを『日乗』より少々拾ってみよう。

昭和二年九月二十六日には小星お歌を伴って浅草の観音堂に詣でてより、仲店から六区瓢箪池畔の見世物小屋を見て歩き八句を得ている。

小芝居の裏木戸通る夜寒哉
浅草や夜長の町の古着店
　駒形の新橋を過ぎて
駒形に似合はぬ橋や散柳

昭和六年七月十四日は雨、夜に入りて中洲から永代橋にいたる川筋をゆき「物さびしく一種の情趣あり」として六句を書き付ける。

五月雨やたゞ名はかりの菖蒲河岸
さみたれのまた一降りや橋なかば
深川の低き家並みやさつき空

しょうぶがし、ともいわれたあやめ河岸はいまの日本橋浜町のあたり、ここから中洲へ渡す男橋と女橋の二つがあったのを知る者はよほどの東京通、作例またほかに知らない。

昭和七年一月十五日、中洲から乗合汽船で千住大橋にいたり、歩いて荒川放水路の長橋をわたる。即興五句を得ている。

千住晩歩即興

蒲焼の行燈くらし枯柳
はだか火に大根白き夜店かな
渡場におりる小道や冬の草

荷風の下町散策は筋金入りの考証家もかくやとばかり、一種の土地勘も手伝ってか隅田川以東の地めざして意識的に流してゆく。銀座、神楽坂、あるいは九段牛込の旗亭斜巷から浅草吉原を経て、やがて玉の井へといたるには前々よりそれなりの足ならしがなされてあった。折ふしの人生方寸の記録、十七文字に云い尽す俳句が一段と味わい深くなってゆくのは当然の成りゆきであろう。

二年後の昭和九年四月二十六日、新大橋から乗合汽船に乗ろうとしたとき、桟橋の番人を見ると先年まで見馴れた老人の姿はなく洋装の女となっていた。「従業員淘汰の事ありて老人は皆解雇せられたりと言ふ」「世は時と共に全く移り変りたるが如き思あり」と。

両国や船にも立てる鯉幟

昭和十六年十月二十五日、戦時下の食料品はいよいよ品不足、「市中の散歩も古書骨董を探るが為ならず餓饑道の彷徨憐れむべし」とあり、「礫川散策途上」と題する四句を得ている。荷風は明治十二年、小石川金富町の生まれ、昔流にかぞえればこの年で六十三歳。

故里は巣鴨にちかし菊の花
山茶花や生れし家の垣根道

昭和十七年七月二日、「晩間浅草向島散策。雨後夕涼の人おびたゞし」とあって十一句からをしるす。

上汐のあふるゝ岸や夏の月

人中を家出娘の浴衣かな

昭和十三年二月十日の記に出る野田書房主人のもとめに応じて与えた吉原十句、さらには戦後の昭和二十一年三月二十四日、市川の寓居に詠みなした四句あたりまでゆるゆるたどってくると、俳句はすでに文人荷風の一部となり得ている。これに、俳優妓女ほかに与えた色紙短冊扇面への染筆や返書の端にしたためた偶詠などを丹念にあつめて感賞すれば、荷風の俳事句業は龍雨万太郎をこえる特異の存在となるかもしれぬ。

荷風の曽祖父だった鳥津また士前、祖父の芝椿ともに俳諧をたしなみ知られた。『日乗』昭和十年十月三十日の記には、惟草の『俳諧人名録』二編(天保十年刊)をひもとき、尾張鳴海在荒井村永井松右衛門、永井鳥津の四句を引いてある。秋庭太郎氏はすでにその『考證永井荷風』『永井荷風伝』に博捜、永井家より出た二俳人を紹介された。このほか、『尾張俳人考』(昭和十五年刊)には「荒井の入道」と呼ばれた永井士前の「川中やたもとふかるゝ春の風」ほかを挙げる。

『葛飾土産』に「わたくしが梅花を見てよろこびを感ずる心持は殆ど江戸の俳句に言尽されてゐる」とあるごとく、荷風はよく古書肆ほかに江戸俳書を探り岡野知十旧蔵の『其角七部集』を獲たりしている。その『花つみ』に「妻もあり子もある家の暑かな」(冰花)をみつけ、「独身のわれは暑さも知らず」と強がりを言ってから、「湯あがりや風邪引きやすき夕涼」などと吐いているあたりは御愛敬にすぎよう。其角に次いで抱一を慕った荷風は料亭座敷などで床の間に抱一の書幅画賛をみつけては素直に感じ入っている。「雪の夜やふけてひそかに竹の月」の一句を得たと昭和三年二月六日の記にしたためているところをみると、それとなく雪門の蓼太句集あたりも繰っていたものだろう。『雨瀟瀟』に也有の『鶉衣』を絶賛推重した荷風は、早く昭和二年のころその『蘿隠編』を読んでいるが、すでに俳諧文庫あたりで見知っているはずの『蘿葉集』についての記述は見ない。

岡野知十、籾山梓月のふたりは荷風が最も心惹かれた同時代の俳人である。梓月については「樅山庭後」一篇があるものの知十についての改まってこれといった言及はない。しかし、翁の尊称を呈して生涯敬仰した俳人といえば知十ひとりのみである。大正九年十二月、早くもその『玉菊とその三味線』(大正九年十二月刊)を読む記事が出、昭和七年八月十四日の『日乗』にはその死去を欄外に朱書してあった。翌年九月、嗣子より私家版句集『鶯日』を贈られた荷風は年末のころまでむさぼり読んだものらしく、まず十二月三日の記には、

三下り秋めく里の景色かな
右市川松莚筆遊女画賛なり

ほかの五句をえらみ、「その他名吟多し挙るに遑あらず」としるす。その『鶯日』に就て見るに、右の句には「北州の一曲を聴く(松莚子筆遊女画賛)」の前書がある。同書には「荷風松莚両家合製の春掛け、その箱にものかきてと娘の乞ふに」の前書をもつ「仲よしの乗合船や初霞」の一句があった。

白魚に発句よみたき心かな

断腸亭俳諧は白魚のごとし、絶えることない江戸風流の心躍りを与える。

＊

永井荷風は七十歳にして『荷風句集』を上梓しているが昨今では採り挙げる者もない。戦後間もない昭和二十三年の刊行、奉書紙の袋綴による造りは当時珍しかった。すでに昭和十三年に岩波書店より出した作品集『おもかげ』に、自選荷風百句、と銘打って録した句稿を単行本としたものながら、いまになってみるとその文業に句集一本が加えられてあるのは何やら嬉しい。百句と題しているが春夏秋冬併せて百十八句を収める。

荷風散人の戯号で署した自序に「わが発句の口吟、もとより集にあむべき心とてもなかりしかば、書きもとゝめず」しかじかと謙辞めかしに述べる。折ふし斜巷教坊《しゃこうきょうぼう》に材を採る作が大方を占めるためか艶冶の句柄が基調となっているように思われ勝ちながら、案に相違して句風は手固い。花柳小説の手だれは余技とは思えぬ花柳俳句の風を脱して四季嘱目あるいは人生機微の俳味をさらりと詠みなしてある。

子を持たぬ身のつれ〴〵や松の内
行春やゆるむ鼻緒の日和下駄
石菖や窓から見える柳ばし
わが儘にのびて花さく薊かな
かくれ住む門に目立つや葉鶏頭
秋雨や夕飼の箸の手くらがり
釣干菜それ者と見ゆる人の果
下駄買うて箪笥の上や年の暮

『新橋夜話』『腕くらべ』『濹東綺譚』の作者という思い入れから花柳紅燈の俳趣をうかがおうとする向きには意外に過ぎる正調であろう。江戸座の俳諧また春水の人情本からの脱化でもなく、荷風独自の俳味風流を賞するのみ。

俳人荷風としての出発は早く、巌谷小波に就きその木曜会に入会した明治三十三年のころに始まる。同年五月、荷風は清国のひと蘇山人と句相撲「小楼一夜」十句を木曜会の機関誌「活文壇」七号に発表している。

はるさめに昼の廓を通りけり
つめ弾きの一中節や春の雨

なんとも舌たるく、ゆるい句調、他は推して知るべし。この時分より雑誌ほかに生涯八百句からを遺しているのだから余技だけとは申せまい。これには「三田文学」「文明」創刊のころからの雅友籾山梓月との風交が与って大きい。大正五年出版の梓月第一句集『江戸庵句集』に与えた長文の序文にはすでに荷風の俳句観がうかがわれる。先輩俳人梓月に一歩をゆずる趣きでありながら古今の句を通すなどしてみずからの俳句観を明らかに提示したといってよい。

歌舞劇評の仲間、木村錦花の夫人富子より請われるままその随筆集『浅草富士』(昭和十八年刊)には序文に代えて十句を呈した。業俳でもなかなかできない大らかさ、その内の一句に、

西河岸にのこる夕日や窓の梅

が出る。西河岸は吉原京町一丁目の溝際を指し、切見世があった。浅草富士詣ほかを知り抜いた北里通の荷風でなくては吐けぬ風流句である。

明治このかた荷風は漱石、鷗外、龍之介を凌ぐほど数多く論じられてきた。にもかかわらず、その俳句考証はほとんど無きにひとしい。そうしたなかで唯一見るべきは日夏耿之介による「荷風俳諧の粋」である。「俳句研究」昭和十三年十月号に発表され荷風俳句の本旨また核心に迫った白眉の評論、これを超えるものを見ない。そして、この一作、として推すのが次の句である。

紫陽花や身を持ちくづす庵の主

この一句ただちに荷風の「人生」が磅礴《ほうはく》するすずろげなけはひがある、と讃えた。右の句を精しく論じたものはいまに一向に見当らぬが、これは昭和二年に書かれた「梅雨日記」改め「歌舞伎座の稽古」六月二十六日のくだりに出る三句の内の一句である。

荷風、永井壮吉については聞人に過ぎるので略歴ほかを略す。大正九年に発表の「小説作法」はいまに繰り直して興尽きない好き勝手の自説惣まくりで愉快きわまるが、こうした筆趣で俳句作法が書かれなかったのを惜しむ。

私家版『濹東綺譚』(烏有堂版)には「名も知れぬ小草の花やつゆのたま」以下、荷風みずから撮った写真に付けた十句に「お雪が住む家の茶の間に、或夜蚊帳が吊つてあつたのを見て、ふと思出した旧作」八句ほどが出ている。この一書は俳人荷風によりものせられた風俗考証といった錯覚さえ催す。

『日和下駄』(大正四年刊)で其角の『類柑子』は愛読書の一冊と明らかにしてあり、没する三年の前にも芝二本榎の上行寺に其角の墓参りをしている。これほど傾倒した荷風に晋子の風を慕う其角忌の一句すらないのは妙でならない。昭和二十七年の作、辞世の吟と目してよい。

かたいものこれから書きます年の暮

「解説」は、編者加藤郁乎の著作、随筆の中より、以下の三篇を選んで収めた。

- 「荷風句集」(『市井風流』岩波書店、二〇〇四年十二月)
- 「断腸亭俳諧」(『荷風全集』月報25、岩波書店、一九九四年十月)
- 「永井荷風　花柳小説の巨匠」(『俳の山なみ』角川学芸出版、二〇〇九年七月)

初句索引

・俳句、狂歌の初句と句・歌番号を示した。配列は、現代仮名遣いによる五十音順とした。
・初句が同一の複数の句・歌は、第二句、第三句まで示した。

俳句

あ

か

き

し

す

せ

そ

た

ふ

み

む

め

よ

狂歌

あ行

か行

荷風俳句集《かふうはいくしゅう》

2013年4月16日　第1刷発行
2022年7月27日　第3刷発行

編　者　加藤郁乎《かとういくや》

発行者　坂本政謙

発行所　株式会社 岩波書店
〒101-8002 東京都千代田区一ツ橋2-5-5
案内 03-5210-4000　営業部 03-5210-4111
文庫編集部 03-5210-4051
https://www.iwanami.co.jp/

印刷・精興社　製本・松岳社

ISBN 978-4-00-360018-4　Printed in Japan

読書子に寄す

――岩波文庫発刊に際して――

岩波茂雄

真理は万人によって求められることを自ら欲し、芸術は万人によって愛されることを自ら望む。かつては民を愚昧ならしめるために学芸が最も狭き堂宇に閉鎖されたことがあった。今や知識と美とを特権階級の独占より奪い返すことはつねに進取的なる民衆の切実なる要求である。岩波文庫はこの要求に応じそれに励まされて生まれた。それは生命ある不朽の書を少数者の書斎と研究室とより解放して街頭にくまなく立たしめ民衆に伍せしめるであろう。近時大量生産予約出版の流行を見る。その広告宣伝の狂態はしばらくおくも、後代にのこすと誇称する全集がその編集に万全の用意をなしたるか。千古の典籍の翻訳企図に敬虔の態度を欠かざりしか。さらに分売を許さず読者を繫縛して数十冊を強うるがごとき、はたしてその揚言する学芸解放のゆえんなりや。吾人は天下の名士の声に和してこれを推挙するに躊躇するものである。このときにあたって、岩波書店は自己の責務のいよいよ重大なるを思い、従来の方針の徹底を期するため、すでに十数年以前より志して来た計画を慎重審議この際断然実行することにした。吾人は範をかのレクラム文庫にとり、古今東西にわたって文芸・哲学・社会科学・自然科学等種類のいかんを問わず、いやしくも万人の必読すべき真に古典的価値ある書をきわめて簡易なる形式において逐次刊行し、あらゆる人間に須要なる生活向上の資料、生活批判の原理を提供せんと欲する。この文庫は予約出版の方法を排したるがゆえに、読者は自己の欲する時に自己の欲する書物を各個に自由に選択することができる。携帯に便にして価格の低きを最主とするがゆえに、外観を顧みざるも内容に至っては厳選最も力を尽くし、従来の岩波出版物の特色をますます発揮せしめようとする。この計画たるや世間の一時の投機的なるものと異なり、永遠の事業として吾人は微力を傾倒し、あらゆる犠牲を忍んで今後永久に継続発展せしめ、もって文庫の使命を遺憾なく果たさしめることを期する。芸術を愛し知識を求むる士の自ら進んでこの挙に参加し、希望と忠言とを寄せられることは吾人の熱望するところである。その性質上経済的には最も困難多きこの事業にあえて当たらんとする吾人の志を諒として、その達成のため世の読書子とのうるわしき共同を期待する。

昭和二年七月

《日本文学(現代)》〔緑〕

怪談 牡丹燈籠	三遊亭円朝
真景累ヶ淵	三遊亭円朝
塩原多助一代記	三遊亭円朝
小説神髄	坪内逍遥
当世書生気質	坪内逍遥
青年	森鷗外
阿部一族 他二篇	森鷗外
山椒大夫・高瀬舟 他四篇	森鷗外
渋江抽斎	森鷗外
舞姫・うたかたの記 他三篇	森鷗外
鷗外随筆集	千葉俊二編
森鷗外 椋鳥通信 全三冊	池内紀編注
浮雲	二葉亭四迷 十川信介校注
野菊の墓 他四篇	伊藤左千夫
吾輩は猫である	夏目漱石
坊っちゃん	夏目漱石
草枕	夏目漱石
虞美人草	夏目漱石
三四郎	夏目漱石
それから	夏目漱石
門	夏目漱石
彼岸過迄	夏目漱石
漱石文芸論集	磯田光一編
行人	夏目漱石
こころ	夏目漱石
硝子戸の中	夏目漱石
道草	夏目漱石
明暗	夏目漱石
思い出す事など 他七篇	夏目漱石
文学評論 全二冊	夏目漱石
夢十夜 他二篇	夏目漱石
漱石文明論集	三好行雄編
倫敦塔・幻影の盾 他五篇	夏目漱石
漱石日記	平岡敏夫編
漱石書簡集	三好行雄編
漱石俳句集	坪内稔典編
漱石・子規往復書簡集	和田茂樹編
文学論 全二冊	夏目漱石
坑夫	夏目漱石
漱石紀行文集	藤井淑禎編
二百十日・野分	夏目漱石
五重塔	幸田露伴
運命 他一篇	幸田露伴
努力論	幸田露伴
天うつ浪 全二冊	幸田露伴
渋沢栄一伝	幸田露伴
子規句集	高浜虚子選
病牀六尺	正岡子規
子規歌集	土屋文明編
墨汁一滴	正岡子規

仰臥漫録	正岡子規
歌よみに与ふる書	正岡子規
子規紀行文集	復本一郎編
金色夜叉 全二冊	尾崎紅葉
二人比丘尼色懺悔	尾崎紅葉
不如帰	徳冨蘆花
謀叛論 他六篇 日記	徳冨健次郎 中野好夫編
武蔵野	国木田独歩
愛弟通信	国木田独歩
蒲団・一兵卒	田山花袋
田舎教師	田山花袋
藤村詩抄	島崎藤村自選
破戒	島崎藤村
春	島崎藤村
千曲川のスケッチ	島崎藤村
桜の実の熟する時	島崎藤村
新生 全二冊	島崎藤村
夜明け前 全四冊	島崎藤村
生ひ立ちの記 他一篇	島崎藤村
にごりえ・たけくらべ	樋口一葉
大つごもり・十三夜 他五篇	樋口一葉
修禅寺物語 正雪の二代目 他四篇	岡本綺堂
高野聖・眉かくしの霊	泉鏡花
歌行燈	泉鏡花
夜叉ケ池・天守物語	泉鏡花
草迷宮	泉鏡花
春昼・春昼後刻	泉鏡花
鏡花短篇集	川村二郎編
日本橋	泉鏡花
外科室・海城発電 他五篇	泉鏡花
湯島詣 他一篇	泉鏡花
鏡花随筆集	吉田昌志編
化鳥・三尺角 他六篇	泉鏡花
鏡花紀行文集	田中励儀編
俳句はかく解しかく味う	高浜虚子
回想子規・漱石	高浜虚子
有明詩抄	蒲原有明
上田敏全訳詩集	山内義雄 矢野峰人編
宣言	有島武郎
一房の葡萄 他四篇	有島武郎
ホイットマン詩集草の葉	有島武郎選訳
寺田寅彦随筆集 全五冊	小宮豊隆編
柿の種	寺田寅彦
与謝野晶子歌集	与謝野晶子自選
与謝野晶子評論集	鹿野政直 香内信子編
私の生い立ち	与謝野晶子
入江のほとり 他一篇	正宗白鳥
つゆのあとさき	永井荷風
濹東綺譚	永井荷風
荷風随筆集 全二冊	野口冨士男編
おかめ笹	永井荷風

摘録 断腸亭日乗 全二冊	永井荷風 磯田光一編
すみだ川・新橋夜話 他一篇	永井荷風
夢の女	永井荷風
あめりか物語	永井荷風
江戸芸術論	永井荷風
下谷叢話	永井荷風
ふらんす物語	永井荷風
浮沈・踊子 他三篇	永井荷風
花火・来訪者 他十一篇	永井荷風
問はずがたり・吾妻橋 他十六篇	永井荷風
斎藤茂吉歌集	山口茂吉 柴生田稔 佐藤佐太郎編
桑の実	鈴木三重吉
小鳥の巣	鈴木三重吉
千鳥 他四篇	鈴木三重吉
鈴木三重吉童話集	勝尾金弥編
小僧の神様 他十篇	志賀直哉
万暦赤絵 他二十二篇	志賀直哉
暗夜行路 全二冊	志賀直哉
志賀直哉随筆集	高橋英夫編
高村光太郎詩集	高村光太郎
北原白秋歌集	高野公彦編
北原白秋詩集 全二冊	安藤元雄編
フレップ・トリップ	北原白秋
野上弥生子随筆集	竹西寛子編
野上弥生子短篇集	加賀乙彦編
お目出たき人・世間知らず	武者小路実篤
友情	武者小路実篤
釈迦	武者小路実篤
銀の匙	中勘助
鳥の物語	中勘助
犬 他一篇	中勘助
若山牧水歌集	伊藤一彦編
新編 みなかみ紀行	若山牧水 池内紀編
新編 啄木歌集	久保田正文編
時代閉塞の現状・食うべき詩 他十篇	石川啄木
蓼喰う虫	谷崎潤一郎 小出楢重画
春琴抄・盲目物語	谷崎潤一郎
吉野葛・蘆刈	谷崎潤一郎
卍（まんじ）	谷崎潤一郎
幼少時代	谷崎潤一郎
谷崎潤一郎随筆集	篠田一士編
多情仏心 全二冊	里見弴
道元禅師の話	里見弴
今年竹 全二冊	里見弴
萩原朔太郎詩集	三好達治選
郷愁の詩人 与謝蕪村	萩原朔太郎
猫町 他十七篇	萩原朔太郎 清岡卓行編
恩讐の彼方に・忠直卿行状記 他八篇	菊池寛
父帰る・藤十郎の恋 菊池寛戯曲集	石割透編
河明り 老妓抄 他一篇	岡本かの子
春泥・花冷え	久保田万太郎

大寺学校　ゆく年	久保田万太郎
室生犀星詩集	室生犀星自選
犀星王朝小品集	室生犀星
出家とその弟子	倉田百三
羅生門・鼻・芋粥・偸盗	芥川竜之介
地獄変・邪宗門・好色・藪の中 他七篇	芥川竜之介
河童 他二篇	芥川竜之介
歯車 他二篇	芥川竜之介
蜘蛛の糸・杜子春・トロッコ 他十七篇	芥川竜之介
芭蕉雑記・西方の人 他七篇	芥川竜之介
侏儒の言葉・文芸的な、余りに文芸的な	芥川竜之介
芥川竜之介俳句集	加藤郁乎編
芥川竜之介随筆集	石割透編
蜜柑・尾生の信 他十八篇	芥川竜之介
年末の一日・浅草公園 他十七篇	芥川竜之介
芥川竜之介紀行文集	山田俊治編
都会の憂鬱	佐藤春夫
美しき町・西班牙犬の家 他六篇	佐藤春夫 池内紀編
海に生くる人々	葉山嘉樹
日輪・春は馬車に乗って 他八篇	横光利一
宮沢賢治詩集	谷川徹三編
童話集 風の又三郎 他十八篇	宮沢賢治 谷川徹三編
童話集 銀河鉄道の夜 他十四篇	宮沢賢治 谷川徹三編
山椒魚・遙拝隊長 他七篇	井伏鱒二
川釣り	井伏鱒二
井伏鱒二全詩集	井伏鱒二
太陽のない街	徳永直
伊豆の踊子・温泉宿 他四篇	川端康成
雪国	川端康成
山の音	川端康成
川端康成随筆集	川西政明編
三好達治詩集	桑原武夫 大槻鉄男選
詩を読む人のために	三好達治
夏目漱石 全二冊	小宮豊隆
社会百面相 全二冊	内田魯庵
新編 思い出す人々	内田魯庵 紅野敏郎編
檸檬《レモン》・冬の日 他九篇	梶井基次郎
蟹工船 一九二八・三・一五	小林多喜二
風立ちぬ・美しい村	堀辰雄
富嶽百景・走れメロス 他八篇	太宰治
斜陽 他一篇	太宰治
人間失格・グッド・バイ 他一篇	太宰治
津軽	太宰治
お伽草紙・新釈諸国噺	太宰治
真空地帯	野間宏
日本唱歌集	堀内敬三 井上武士編
日本童謡集	与田凖一編
森鷗外	石川淳
至福千年	石川淳
近代日本人の発想の諸形式 他四篇	伊藤整
小説の認識	伊藤整

中原中也詩集　大岡昇平編
ランボオ詩集　中原中也訳
小熊秀雄詩集　岩田宏編
夕鶴 彦市ばなし 他二篇 ―木下順二戯曲選II　木下順二
子午線の祀り 沖縄 他一篇 ―木下順二戯曲選IV　木下順二
元禄忠臣蔵 全二冊　真山青果
玄朴と長英 他三篇　真山青果
随筆滝沢馬琴　真山青果
旧聞日本橋　長谷川時雨
新編 近代美人伝 全二冊　長谷川時雨　杉本苑子編
古句を観る　柴田宵曲
俳諧随筆 蕉門の人々　柴田宵曲
評伝 正岡子規　柴田宵曲
新編 俳諧博物誌　柴田宵曲　小出昌洋編
随筆集 団扇の画　柴田宵曲　小出昌洋編
子規居士の周囲　柴田宵曲
小説集 夏の花　原民喜

原民喜全詩集
いちご姫・蝴蝶 他二篇　山田美妙　十川信介校訂
貝殻追放抄　水上滝太郎
銀座復興 他三篇　水上滝太郎
魔風恋風 全二冊　小杉天外
柳橋新誌　成島柳北　塩田良平校訂
島村抱月文芸評論集　島村抱月
立原道造詩集　杉浦明平編
野火／ハムレット日記　大岡昇平
中谷宇吉郎随筆集　樋口敬二編
雪　中谷宇吉郎
伊東静雄詩集　杉本秀太郎編
冥途・旅順入城式　内田百閒
東京日記 他六篇　内田百閒
西脇順三郎詩集　那珂太郎編
草野心平詩集　入沢康夫編
金子光晴詩集　清岡卓行編

大手拓次詩集　原子朗編
評論集 滅亡について 他三十篇　武田泰淳　川西政明編
山岳紀行文集 日本アルプス　小島烏水　近藤信行編
雪中梅　末広鉄腸　小林智賀平校訂
宮柊二歌集　宮英子　高野公彦編
新編 東京繁昌記　木村荘八　尾崎秀樹編
新編 山と渓谷　田部重治　近藤信行編
日本児童文学名作集 全二冊　桑原三郎　千葉俊二編
山月記・李陵 他九篇　中島敦
眼中の人　小島政二郎
新選 山のパンセ　串田孫一自選
新美南吉童話集　千葉俊二編
岸田劉生随筆集　酒井忠康編
摘録 劉生日記　岸田劉生　酒井忠康編
量子力学と私　朝永振一郎　江沢洋編
書物　森銑三　柴田宵曲
窪田空穂随筆集　大岡信編

窪田空穂歌集　大岡信編	ぷえるとりこ日記　有吉佐和子	日本近代短篇小説選　全六冊　紅野敏郎・紅野謙介・千葉俊二・宗像和重編
鶯邏　貴いろいろ他十三篇　尾崎一雄／高橋英夫編	江戸川乱歩短篇集　千葉俊二編	自選　谷川俊太郎詩集　谷川俊太郎
梵雲庵雑話　淡島寒月	江戸川乱歩作品集　全三冊　江戸川乱歩	訳詩集　白孔雀　西條八十訳／山田俊治・山田俊治編
奴　隷―小説・女工哀史1　細井和喜蔵	怪人二十面相・青銅の魔人　江戸川乱歩	茨木のり子詩集　谷川俊太郎選
工　場―小説・女工哀史2　細井和喜蔵	少年探偵団・超人ニコラ　浜田雄介編	第七官界彷徨・琉璃玉の耳輪他四篇　尾崎翠
森鷗外の系族　小金井喜美子	堕落論・日本文化私観他二十二篇　坂口安吾	大江健三郎自選短篇　大江健三郎
木下利玄全歌集　五島茂編	桜の森の満開の下・白痴他十二篇　坂口安吾	M／Tと森のフシギの物語　大江健三郎
新編　学問の曲り角　河野与一／原二郎編	風と光と二十の私と・いずこへ他十六篇　坂口安吾	キルプの軍団　大江健三郎
放浪記　林芙美子	久生十蘭短篇選　川崎賢子編	辻征夫詩集　谷川俊太郎編
山　の　旅　近藤信行編	墓地展望亭・ハムレット他六篇　久生十蘭	明治詩話　木下彪
日本近代文学評論選　全二冊　千葉俊二／坪内祐三編	六白金星・可能性の文学他十一篇　織田作之助	石垣りん詩集　伊藤比呂美編
食　道　楽　全二冊　村井弦斎	夫婦善哉　正続　他十二篇　織田作之助	漱石追想　十川信介編
酒　道　楽　全二冊　村井弦斎	わが町・青春の逆説他一篇　織田作之助	芥川追想　石割透編
文楽の研究　全二冊　三宅周太郎	歌の話・歌の逆説　折口信夫	荷風追想　多田蔵人編
五　足　の　靴　五人づれ	円寂する時他二篇　折口信夫	自選　大岡信詩集　大岡信
尾崎放哉句集　池内紀編	死者の書・口ぶえ　折口信夫	うたげと孤心　大岡信
リルケ詩抄　茅野蕭々訳	折口信夫古典詩歌論集　藤井貞和編	日本の詩歌　その骨組みと素肌　大岡信
	汗血千里の駒　坂本龍馬君之伝　林原純生校注／坂崎紫瀾	

岩波文庫の最新刊

バーリン著／桑野 隆訳

ロシア・インテリゲンツィヤの誕生 他五篇

ゲルツェン、ベリンスキー、トゥルゲーネフ。個人の自由の擁護を徹底して求めた十九世紀ロシアの思想家たちを、深い共感をこめて描き出す。

〔青六八四‐四〕 定価一一一一円

正岡子規著

仰臥漫録

子規が死の直前まで書きとめた日録。命旦夕に迫る心境が誇張も虚飾もなく綴られる。直筆の素描画を天然色で掲載する改版カラー版。

〔緑一三‐五〕 定価八八〇円

宗像和重編

鷗外追想

近代日本の傑出した文学者・鷗外。同時代人の回想五五篇から、厳しさと共に細《こま》やかな愛情を持った巨人の素顔が現れる。鷗外文学への最良の道標。

〔緑二〇一‐四〕 定価一一〇〇円

今月の重版再開

トーマス・マン著／青木順三訳

講演集 リヒャルト・ヴァーグナーの苦悩と偉大 他一篇

定価七二六円 〔赤四三四‐八〕

コンドルセ他著／阪上 孝編訳

フランス革命期の公教育論

定価一二一〇円 〔青七〇一‐一〕

岩波文庫の最新刊

フロイト著／高田珠樹訳

日常生活の精神病理

知っているはずの画家の名前がどうしても思い出せない――フロイト存命中もっとも広く読まれた著作。達意の翻訳に十全な注を付す。

〔青六四二-一一〕　定価一五八四円

エーリヒ・ケストナー著／酒寄進一訳

終戦日記一九四五

世界的な児童文学作家が、第三帝国末期から終戦後にいたる社会の混乱、戦争の愚かさを皮肉とユーモアたっぷりに描き出す。

〔赤四七一-二〕　定価一〇六七円

萩原朔太郎著

恋愛名歌集

萩原朔太郎(一八八六―一九四二)が、恋愛を詠った抒情性、韻律に優れた古典和歌の名歌を選び評釈した独自の詞華集。(解説＝渡部泰明)

〔緑六二-四〕　定価七〇四円

鵜飼信成著

憲法

戦後憲法学を牽引した鵜飼信成(一九〇六―八七)による、日本国憲法の独創的な解説書。先見性に富み、今なお異彩を放つ。初版一九五六年。(解説＝石川健治)

〔白三五-一〕　定価一三八六円

……今月の重版再開……

千葉俊二編

鷗外随筆集

〔緑六-八〕　定価七〇四円

木村浩編訳

ソルジェニーツィン短篇集

〔赤六三五-二〕　定価一〇一二円

定価は消費税 10% 込です　2022. 6